HOTEL
— DE LAS —
LETRAS

SOBRE LOS HUESOS DE LOS MUERTOS

OLGA TOKARCZUK

SOBRE LOS HUESOS DE LOS MUERTOS

Traducción de Abel Murcia

PUBLICACIÓN
SUBVENCIONADA POR
EL INSTITUTO POLACO
DEL LIBRO

INSTYTUT KSIĄŻKI

THE ©POLAND
TRANSLATION
PROGRAM

©POLAND

Diseño de portada: Manuel Monroy

SOBRE LOS HUESOS DE LOS MUERTOS

Título original: PROWADŹ SWÓJ PŁUG PRZEZ KOŚCI UMARŁYCH

Traducción: Abel Murcia
Asesora de la traducción: Katarzyna Mołoniewicz

D. R. © 2021, Editorial Océano de México, S.A. de C.V.
Guillermo Barroso 17-5, Col. Industrial Las Armas,
Tlalnepantla de Baz, 54080, Estado de México
info@oceano.com.mx

Cuarta reimpresión: septiembre, 2021

ISBN: 978-607-735-621-9

Impreso en México / Printed in Mexico

A Zbyszek y a Ágata

I

A PARTIR DE AHORA, TENGAN CUIDADO

Aunque antes fue sumiso, al verse en una senda peligrosa
el hombre justo
entró al valle de la muerte.

H E LLEGADO A UNA EDAD Y A UN ESTADO EN QUE cada noche antes de acostarme debería lavarme los pies y arreglarme a conciencia por si tuviera que venir a buscarme la ambulancia. Si aquella noche hubiera consultado el libro de las efemérides para saber qué sucedía en el cielo, jamás me hubiera ido a acostar. Pero en lugar de eso caí en un sueño profundo, gracias a una infusión de lúpulo que acompañé con dos pastillas de valeriana. Por eso, cuando a mitad de la noche me despertaron los golpes en la puerta –violentos y desmesurados, y por lo tanto, de mal augurio–, me costó recuperar la conciencia. Salté de la cama, y me puse de pie con el cuerpo tembloroso, tambaleante y a medio dormir, incapaz de saltar del sueño a la vigilia. Sentí que me mareaba y di un traspié, como si fuera a desmayarme de un momento a otro –algo que por desgracia solía sucederme recientemente y tenía relación con mis dolencias. Tuve que sentarme y repetir varias veces: «Estoy en casa, es de noche, alguien golpea la puerta», y sólo así logré controlarme. Mientras buscaba las pantuflas en la oscuridad oí que la persona que llamaba a la puerta daba la vuelta a la casa y murmuraba en voz baja. Abajo, en el hueco que hay entre los contadores de la luz, guardo una botella de gas paralizante que me dio Dionizy por si me agredieran los cazadores furtivos, y justo en aquel momento me acordé de ella. Aunque me hallaba a oscuras conseguí dar con la forma fría y familiar del aerosol, y armada de aquel modo encendí la luz del exterior. Eché un vistazo al porche por la ventanita lateral. La nieve emitió un crujido y en mi campo de visión apareció Pandedios, uno de mis vecinos. Éste estrujaba con ambas manos el viejo abrigo de piel de cordero con el cual lo había visto trabajar cerca de mi casa, a fin de que se mantuviera apretado alrededor de su cuerpo. Por debajo de éste se veían sus piernas, enfundadas en una pijama a rayas y unas pesadas botas de montaña.

—Abre –me dijo.

Sin disimular su extrañeza observó el traje de lino de verano que yo vestía como pijama (suelo dormir con un traje que el profesor y su esposa pensaban tirar en verano, el cual me recuerda las modas de antes y los años de mi juventud, de manera que sumo lo práctico a lo sentimental) y sin encomendarse a dios ni al diablo entró en mi casa.

—Vístete, por favor: Pie Grande está muerto.

La impresión me quitó el habla durante unos segundos; incapaz de decir palabra agarré unas botas altas para la nieve y me eché encima el primer forro polar que encontré en una de las perchas. Al pasar por el halo de luz de la lámpara del porche la nieve del exterior se transformaba en una lenta y somnolienta ducha. Pandedios estaba a mi lado en silencio; alto, delgado, huesudo, como una figura esbozada con un par de trazos a lápiz. A cada uno de sus movimientos la nieve caía de él como de un dulce espolvoreado con azúcar glas.

—¿Cómo que «está muerto»? –logré preguntar al fin, con la garganta encogida, mientras abría la puerta, pero Pandedios no contestó.

En general habla poco. Seguro que tiene a Mercurio en el signo zodiacal, imagino que en Capricornio o en la conjunción, quizás en el cuadrado o en oposición con Saturno. También es posible que tenga a Mercurio en retroceso, lo cual provoca ese tipo de carácter reservado.

Salimos de mi casa e inmediatamente se apoderó de nosotros ese aire frío y húmedo, que conocemos de sobra, el cual nos recuerda invierno tras invierno que el mundo no ha sido creado para el hombre y al menos seis meses al año nos muestra cuán hostil es hacia nosotros. El hielo atacó violentamente nuestras mejillas y blancas nubes de vaho zarparon de nuestras bocas. La luz del porche se apagó automáticamente y caminamos por la crujiente nieve en completa oscuridad, si exceptuamos la linterna frontal de Pandedios, que agujereaba aquella oscuridad en un punto que se desplazaba unos pasos por delante de él. Yo lo seguía a pasos cortos en las tinieblas.

—¿No tienes una linterna? –me preguntó.

Claro que tenía, pero ¿dónde? Eso sólo podría averiguarlo a la luz del día. Siempre pasa lo mismo con las linternas, sólo son visibles durante el día.

La casa de Pie Grande estaba un poco retirada, un poco por encima de todas las demás. Era una de las tres que permanecían habitadas durante todo el año. Sólo él, Pandedios y yo vivíamos allí, sin temor al invierno; los demás habitantes cerraban herméticamente sus residencias a partir de octubre; vaciaban las tuberías del agua y volvían a sus respectivas ciudades.

Entonces dejamos el camino del que habían retirado la nieve parcialmente, el cual pasaba por nuestro poblado y se ramificaba hasta convertirse en los diversos senderos que conducían a cada una de las casas. A la de Pie Grande se llegaba por un sendero hondo que el uso continuo fue abriendo en la nieve, tan estrecho que nos obligaba a poner un pie detrás de otro todo el tiempo y a esforzarnos por mantener el equilibrio.

—No es algo agradable de ver —advirtió Pandedios, al tiempo que giraba hacia mí y me cegaba por completo con la linterna.

No esperaba otra cosa. Calló un segundo, y como intentando justificarse, agregó:

—Me preocupé al ver luz en la cocina y los ladridos y aullidos de la perra, tan desesperados. ¿No oíste nada?

No, no había oído nada. Dormía, aturdida por el lúpulo y la valeriana.

—¿Dónde está la perra?

—La saqué de allí, me la llevé a casa, le di de comer y se calmó.

Nos quedamos otro momento en silencio.

—Pie Grande siempre se acostaba temprano y apagaba la luz para ahorrar, pero en esta ocasión la luz seguía encendida, creando una clara estela en la nieve, visible desde la ventana de mi dormitorio. Así que fui hasta allí, mientras me decía que quizá se había emborrachado o maltrató tanto a su perra que la hizo aullar.

Dejamos atrás el devastado granero y poco después la linterna de Pandedios sacó de la oscuridad dos pares de ojos verdosos y fluorescentes.

—Mira, son corzos —susurré con entusiasmo y lo agarré de la manga del abrigo—. Hay que ver cuánto se han acercado a la casa. ¿No tienen miedo?

A los corzos la nieve les llegaba casi a la altura de la barriga. Nos miraban tranquilamente, como si los hubiéramos pillado realizando un ritual cuyo significado no alcanzábamos a entender. Estaba oscuro, así que no era capaz de distinguir si se trataba de las hembras jóvenes que habían llegado hasta allí en otoño desde Chequia, o eran otras. Y de hecho no deberían ser sólo dos. Aquéllas eran cuatro por lo menos.

—¡Váyanse a casa! —agité los brazos. Los corzos vacilaron, pero no se movieron. Nos acompañaron tranquilamente con la mirada hasta que llegamos ante la puerta. Me recorrió un escalofrío.

Mientras tanto, Pandedios se sacudía la nieve de los pies frente a la puerta de la casa en ruinas, dando fuertes pisotones contra el suelo. Pie Grande había sellado las pequeñas ventanas con diversos plásticos y papeles y la puerta de madera con tela asfáltica.

En las paredes de la entrada se amontonaban trozos de leña irregularmente cortada para encender la estufa. Era un espacio desagradable, ¿qué otra cosa podría decir? Sucio y descuidado. En todas partes se sentía el olor a humedad, madera y tierra —fría, voraz. El tufo del humo se había ido posando en las paredes a lo largo de los años hasta formar una capa grasienta.

La puerta de la cocina estaba entreabierta y de inmediato vi el cuerpo de Pie Grande tumbado en el suelo. Mi mirada apenas si lo tocó y acto seguido se apartó de él. Pasó un instante hasta que pude volver a mirarlo. Era una imagen horrible. Estaba tumbado, retorcido, en una postura extraña, con las manos junto al cuello, como si hubiera forcejeado para arrancarse un pedazo de tela que lo ahorcara. Poco a poco, como hipnotizada, me fui acercando. Vi sus ojos abiertos y fijos en algún lugar bajo la mesa. Su camiseta sucia estaba desgarrada a la altura de la garganta. Parecía como si el cuerpo hubiera luchado contra sí mismo y, derrotado, hubiera sucumbido. El espanto hizo que sintiera frío, la sangre se me congeló en las venas y tuve la sensación de que el frío buscaba instalarse más adentro aún, en el interior de mi cuerpo. Apenas un día antes había visto aquel cuerpo con vida.

—Dios mío –farfullé–. ¿Qué le pasó?

Pandedios se encogió de hombros.

—No consigo comunicarme con la policía, mi teléfono se conecta con los checos.

Saqué del bolsillo mi móvil, marqué el número de emergencias que conocía por haberlo visto en la televisión –el 997– y poco después oí una contestadora automática en checo. Así son las cosas aquí. La cobertura cambia de un momento a otro sin prestar atención a las fronteras de los Estados. En ocasiones la frontera entre las operadoras se detiene a la altura de mi cocina. Llegó a darse el caso de que permaneciera varios días junto a la casa de Pandedios o en su terraza, pero es difícil prever su carácter cambiante.

—Tendríamos que ir mucho más arriba de la casa, a la colina –sugerí.

—Cuando lleguen, estará totalmente rígido –dijo Pandedios con ese tono de sabelotodo que me resulta especialmente desagradable. Se quitó el abrigo y lo colgó en el respaldo de la silla–. No podemos permitir que se quede así. Tiene un aspecto horroroso, pero era nuestro vecino, después de todo.

Yo miraba el pobre y retorcido cuerpo de Pie Grande y me era difícil creer que apenas un día antes había tenido miedo de aquella persona. No me caía bien. Y me quedo corta: no me gustaba. Más bien debería aclarar que me parecía asqueroso: horrible. De hecho, ni siquiera lo consideraba un ser humano. Ahora estaba tirado en el suelo, cubierto de manchas, en ropa interior, sucio, y se veía pequeño, flaco e inofensivo. Un pedazo de materia que a consecuencia de transformaciones difícilmente imaginables se había convertido en un ser frágil y ajeno a todo. Me puse triste, terriblemente triste, porque ni siquiera alguien tan repugnante como él merecía morir. ¿Y quién lo merecía? A mí también me esperaba ese destino, y a Pandedios y a aquellos corzos de allí afuera; todos seremos un día poco más que eso, un cuerpo sin vida.

Miré a Pandedios para encontrar en él algún tipo de consuelo, pero él ya estaba dedicado a tender la cama deshecha, o mejor dicho, el camastro, el cochambroso sofá cama, así que debí consolarme yo sola. Entonces me vino a la mente que la muerte de Pie Grande en cierta forma podía constituir algo bueno, en la medida en que lo había liberado del desorden que era su vida. Además, liberó a otros seres vivos de él. De golpe me di cuenta de qué buena podía ser la muerte, oportuna como un desinfectante o una aspiradora. Reconozco que eso fue lo que pensé, y, de hecho, lo sigo pensando.

Pie Grande era mi vecino, nuestras casas estaban separadas por apenas medio kilómetro, pero raras fueron las ocasiones en las que tuve contacto con él –por fortuna. Lo veía más bien desde lejos: su menuda y fibrosa figura, siempre tambaleante, se deslizaba sobre el fondo del paisaje. Mientras caminaba murmuraba para sí y a veces el viento de la meseta me hacía llegar jirones de aquel monólogo simple y predecible. Su vocabulario estaba compuesto principalmente de palabrotas a las que añadía nombres propios.

Conocía cada palmo de terreno de esta región, parece ser que había nacido en estas tierras y nunca había llegado más allá de Kłodzko. Lo sabía todo sobre el bosque: qué podía darle dinero, a quién debía venderle qué cosa. Setas, moras, madera robada, yesca para el fuego, lazos y trampas, la carrera anual de vehículos todoterreno, las partidas de caza. El bosque proveía a aquel gnomo, y él tendría que haberlo respetado, pero no lo hizo. Una vez, en agosto, durante una época de sequía, prendió fuego a un gran campo de arándanos. Llamé a los bomberos pero no lograron salvar gran cosa. Nunca llegué a saber por qué lo hizo. En verano vagabundeaba por los alrededores con una sierra y talaba los árboles que se hallaban en la flor de la vida. Cuando le llamé la atención de la manera más educada posible, se limitó a responder, controlando su ira con dificultad:

—¡Largo de aquí, vieja chocha!

Sólo que usó peores palabras. Ganaba un dinero extra con lo que robaba, recogía o trapicheaba aquí y allá. Cuando los veraneantes dejaban en el patio una linterna o unas tijeras para podar, Pie Grande siempre encontraba el momento y arramblaba con todo lo que se podía convertir en dinero. En mi opinión, debió ser castigado en más de una ocasión, e incluso acabar en la cárcel. No sé cómo lo hacía, pero siempre salía impune. Quizá cuidaba de él algún ángel; ya se sabe que de vez en cuando se ponen del lado equivocado.

Como cazador furtivo sus métodos tampoco tenían límites. Trataba el bosque como si fuera de su propiedad, todo en él le pertenecía. Pertenecía a la especie de los saqueadores. Pasé muchas noches sin dormir por su culpa –por la impotencia. Llamé varias veces a la policía, pero cuando respondían a la llamada, tomaban amablemente nota de mi denuncia, pero nunca pasaba nada. Pie Grande volvía a las andadas, con su manojo de cepos al hombro, al tiempo que soltaba unos gritos amenazadores, como una pequeña y malvada deidad, cruel e imprevisible. Siempre estaba un poco borracho y quizás era eso lo que liberaba su malévolo humor. Hablaba entre dientes y golpeaba los troncos de los árboles con un palo, como si quisiera apartarlos de su camino; parecía que hubiera nacido en un estado de ligero ofuscamiento. Fueron muchas las veces que seguí sus pasos y fui recogiendo las primitivas trampas de alambre que había puesto para cazar animales: lazos atados a árboles jóvenes, combados de manera que el animal capturado saliese volando hacia lo alto, como disparado por una honda, y quedase colgando en el aire. A veces encontraba animales muertos por culpa de ese sistema: liebres, tejones y corzos.

—Tenemos que trasladarlo a la cama –dijo Pandedios.

No me gustó la idea. No me gustaba la idea de tocarlo.

—Tendríamos que esperar a la policía –dije. Pero Pandedios ya había preparado el lugar en el sofá y se había arremangado el suéter. Me dedicó una mirada penetrante con aquellos ojos suyos tan claros.

—Imagino que no te gustaría que te encontraran así. En tal estado. No es humano...

Estoy de acuerdo: el cuerpo humano es algo inhumano. Especialmente cuando se encuentra sin vida.

¿No resulta una sombría paradoja que tuviéramos que ocuparnos del cuerpo de Pie Grande, que fuera a nosotros a quienes les hubiera dejado ese último problema? A nosotros, sus vecinos, a quienes no respetaba ni apreciaba, y a quienes tenía por menos que nada.

A mí me parece que después de morir debería tener lugar la desmaterialización de la materia. Sería la solución más adecuada. Los cuerpos desmaterializados volverían así directamente a los agujeros negros de los que salieron. Las almas viajarían a la velocidad de la luz hasta la luz. Si es que existe el alma, claro está.

Sobreponiéndome a la terrible resistencia que sentía, hice lo que ordenaba Pandedios. Agarramos el cuerpo por brazos y piernas y lo trasladamos hasta el sofá. Constaté con sorpresa que era pesado, y que no parecía en absoluto inerte, sino más bien tercamente rígido, tan desagradable como las sábanas almidonadas recién salidas de la tintorería. Vi también sus calcetines, o aquello que tenía en los pies en lugar de calcetines: trapos sucios, medias formadas con las tiras de una sábana gris hecha jirones y cubierta de manchas. No sé por qué la visión de aquellas medias me golpeó tan fuerte en el pecho, en el diafragma, en todo mi cuerpo, al grado que no pude contener un sollozo. Pandedios me miró fría, fugazmente y con evidente desaprobación.

—Tenemos que vestirlo antes de que lleguen —dijo Pandedios y vi que también a él le temblaba la barbilla frente a aquella miseria humana (aunque por alguna razón no quería reconocerlo).

Así que primero intentamos retirarle la camiseta sucia y apestosa, pero no hubo manera de quitársela por la cabeza, y Pandedios tuvo que sacar del bolsillo una complicada navaja multiusos y cortar esa tela a la altura del pecho. Pie Grande estaba ahora tendido ante nosotros en el sofá, medio desnudo, peludo como un troll, el pecho y los brazos cubiertos de cicatrices y tatuajes ya ilegibles, entre los cuales me fue imposible reconocer una sola forma que tuviera un mínimo de sentido. Conservó los ojos irónicamente entreabiertos mientras nosotros buscábamos en un desvencijado armario algo decente para vestirlo antes de que el cuerpo se enfriara para siempre y volviera a convertirse en lo que de hecho siempre había sido: un terrón de materia. Unos calzoncillos rotos asomaban por debajo de los pantalones plateados de su conjunto deportivo, recién estrenado.

Retiré cuidadosamente las asquerosas medias y sus pies me sorprendieron. Siempre he tenido la impresión de que los pies son la parte más íntima y personal de nuestro cuerpo: no los genitales ni el corazón, ni siquiera el cerebro, órganos sin mayor importancia de los que se suele tener un alto concepto. Es en los pies donde se esconde todo lo que hay que saber respecto al ser humano, es ahí donde el cuerpo concentra el sentido profundo y dice quiénes somos realmente y cómo nos relacionamos con la tierra. En la manera que tenemos de tocar la tierra, en el punto en que la tierra se une con el cuerpo se encuentra el misterio: nos recuerda que estamos hechos de materia y al mismo tiempo somos ajenos a ella, que estamos separados de ella. Los pies son nuestros instrumentos para hacer contacto. Y esos pies desnudos eran para mí la prueba de la extraña procedencia de Pie Grande. Era imposible considerarlo un ser humano. Debía tratarse de una forma sin nombre, una de esas formas que –como dice nuestro querido Blake– lanzan los metales al infinito y convierten el orden en caos. Puede que fuera una especie de demonio. A los seres demoniacos siempre se les reconoce por los pies, pues pisan la tierra de otra manera.

Aquellos pies tan largos y estrechos, de uñas negras y deformes, con esos dedos angostos, parecían ser prensiles. El dedo gordo estaba un poco separado del resto, como si fuera otro pulgar. Todos estaban cubiertos de espeso pelo negro. ¿Se había visto algo así antes? Pandedios y yo intercambiamos una mirada de asombro.

En el armario, prácticamente vacío, encontramos un traje color café, con alguna que otra mancha, casi nuevo. Nunca vi que lo usara. Pie Grande siempre vestía unas botas de fieltro y unos pantalones raídos que acompañaba de una camisa a cuadros y un chaleco de piqué, fuera la época del año que fuera.

Si vestir al muerto era una especie de caricia, no creo que en vida Pie Grande hubiera experimentado tanto cariño. Lo sostuvimos delicadamente por debajo de los brazos y le pusimos la ropa. Su peso descansaba contra mi pecho y tras una ola de repulsión natural que me produjo náuseas, de repente, me vino a la mente el impulso de abrazar aquel cuerpo, darle unas palmadas en la espalda y decirle en un tono tranquilizador: «No te preocupes, todo saldrá bien». Si no lo hice fue por la presencia de Pandedios —no fuera a interpretar eso como un tipo de perversión.

Aquellos gestos no realizados se transformaron en un pensamiento y sentí lástima de Pie Grande. Quizá lo había abandonado su madre y había sido un infeliz durante toda su triste vida. Más que las enfermedades mortales, son los largos años de desdichas quienes degradan a las personas. Nunca vi en su casa a otra persona, no lo visitaban familiares ni amigos. Ni siquiera los buscadores de setas se paraban frente a su casa para charlar con él. La gente le tenía miedo y no provocaba ninguna simpatía. Parece que sólo mantenía cierto contacto con los cazadores, pero muy rara vez. Le calculé unos cincuenta años, y me dije que daría cualquier cosa por conocer su octava casa y saber si pesaba en ella alguna influencia de Neptuno con Plutón y Marte en el ascendente, porque cuando Pie Grande cargaba en sus manos venosas esa sierra dentada recordaba a un rapaz que vive únicamente para sembrar la muerte y causar sufrimiento.

Para ponerle la chaqueta, Pandedios lo levantó hasta sentarlo y entonces vimos que dentro de su boca la lengua, grande e hinchada, sujetaba algo, así que tras un instante de vacilación, apretando con asco los dientes y retirando varias veces la mano, tomé delicadamente aquel objeto por la punta y vi que tenía entre los dedos un huesecillo largo y fino, afilado como un bisturí. En ese instante brotaron un gorgoteo gutural y una bocanada de aire de la boca muerta, un callado silbido que sonó exactamente igual que un suspiro, y nos apartamos del muerto. Con toda seguridad Pandedios sintió lo mismo que yo: terror. Estoy segura de ello porque poco después salió de la boca de Pie Grande un flujo de sangre color rojo oscuro, prácticamente negro. Un funesto flujo que se derramó en el exterior.

Nos quedamos inmóviles y aterrados.

—Vaya —la voz de Pandedios temblaba—, se atragantó. Se atragantó con un hueso. El hueso se le atoró en la garganta, se atragantó con un hueso en la garganta, se atragantó —repetía nerviosamente.

Y después, como si intentara calmarse él mismo, añadió:

—¡A trabajar! No siempre las obligaciones para con el prójimo tienen que ser agradables.

Me quedaba claro que se había nombrado jefe de aquel servicio nocturno y me puse a sus órdenes.

Nos entregamos por completo a la ingrata labor de embutir a Pie Grande en el traje color café y colocarlo en una postura digna. Hacía tiempo que no había tocado ningún cuerpo ajeno, por no hablar ya de un cuerpo sin vida. Sentí cómo a cada instante iba apoderándose de él la falta de movimiento, cómo se iba petrificando minuto a minuto; por eso nos dimos tanta prisa. Y cuando Pie Grande estuvo acostado con su traje de fiesta el rostro perdió finalmente su expresión humana y se transformó, sin duda alguna, en un cadáver. Únicamente el dedo índice de la mano derecha se negaba a acatar la tradicional posición de las manos cortésmente entrelazadas, y se alzaba hacia arriba, como si quisiera llamar nuestra atención y detener por un instante nuestros nerviosos y precipitados esfuerzos:

—Tengan cuidado, hay algo que no han visto, un elemento oculto y esencial de este proceso, digno de la máxima atención, que se esconde ante ustedes; gracias a él nos hemos reunido en este lugar y en este momento, en una pequeña casa de la meseta, entre la nieve y la noche; yo, como cuerpo sin vida, ustedes, como seres humanos avejentados y de escasa importancia. Pero se trata apenas del principio. Es ahora cuando todo está a punto de suceder.

Pandedios y yo permanecimos en la fría y húmeda pieza, en el gélido vacío que reinó en aquel anónimo amanecer y pensé que, ya fuera bueno o malo, culpable o puro, lo que abandonaba el cuerpo había engullido un pedazo del mundo y dejaba tras de sí un vacío enorme.

Miré por la ventana. Se hacía de día y lentamente unos perezosos copos de nieve se dedicaban a llenar la nada. Caían

24

suavemente luego de caracolear en el aire y retorcerse alrededor de su propio eje como las plumas.

Pie Grande ya se había ido, así que era difícil albergar algún tipo de rencor o resentimiento hacia él. Quedaba un cuerpo sin vida, enfundado en un traje. Parecía tranquilo y feliz, como si el espíritu se alegrara de haberse liberado finalmente de la materia y la materia se alegrara de haber sido liberada por fin de ese espíritu. En el transcurso de aquel breve espacio de tiempo había tenido lugar un divorcio metafísico. Y eso era todo.

Nos sentamos junto a la puerta abierta de la cocina y Pandedios alcanzó una botella de vodka ya empezada que estaba sobre la mesa. Encontró una copa limpia y la llenó –primero para mí y después para él. Por la ventana nevada entraba el amanecer, blancuzco como bombilla de hospital, y con aquella luz me di cuenta de que Pandedios no estaba afeitado y que su barba era tan blanca como mi pelo, que su gastado pijama a rayas sobresalía por debajo del abrigo de piel, y que éste se hallaba cubierto por todo tipo de manchas.

Bebí un buen trago de vodka, que me calentó por dentro.

—Creo que hemos cumplido nuestra obligación para con él. ¿Quién lo habría hecho de no ser nosotros? –Pandedios parecía hablar más consigo mismo que conmigo–. Era un pobre y pequeño bastardo, pero ¿y eso qué?

Se sirvió otra copa y la bebió de un trago, y se estremeció de asco. No estaba acostumbrado.

—Voy a llamarlos –dijo y salió. Como si le hubieran ganado las náuseas.

Me levanté y examiné aquel horroroso desorden. Esperaba encontrar en alguna parte el documento de identidad con la fecha de nacimiento de Pie Grande. Quería saber más, mirar sus facturas.

En la mesa, cubierta con un hule raído, había una fuente para asar con trozos resecos de algún animal, y en un puchero contiguo, cubierto por una capa blanca de grasa, dormía una sopa de remolacha. Había una rebanada de pan, cortada de la hogaza, y la mantequilla en su envoltorio dorado. En el suelo, pedazos de un plato roto recubrían otros restos desperdigados de animales que habían caído de la mesa con el plato, en compañía de un vaso y trozos de galletas, y además todo aquello había sido pisoteado sobre el suelo sucio.

En aquel instante, en el alféizar de la ventana, sobre una bandeja de hojalata, vi algo que mi cerebro reconoció pasado un largo rato, aunque se negaba a hacerlo: era la cabeza cuidadosamente cortada de un corzo. Junto a ella había cuatro patas. Sus ojos medio abiertos debieron seguir atentamente nuestros preparativos todo ese tiempo.

Oh, sí: era una de aquellas hembras hambrientas que se dejaban atraer inocentemente en invierno con manzanas medio heladas y que, capturadas en una de sus trampas, habían muerto entre tormentos, asfixiadas por un alambre.

Cuando comprendí lo que había sucedido allí, fui presa del horror, segundo a segundo. Pie Grande atrapó al corzo con uno de sus lazos, lo mató y descuartizó su cuerpo, lo asó y se lo comió. Un ser se había comido a otro, en silencio, de noche. Nadie había protestado, no habían tronado los cielos. Y sin embargo, el castigo había alcanzado al demonio, si bien nadie era el causante directo de su muerte.

Tan rápido como me lo permitieron las manos temblorosas amontoné en un único lugar, en una pequeña pila esos despojos, aquellos huesecillos, para enterrarlos más tarde.

Encontré una vieja bolsa de plástico y allí los fui poniendo, uno tras otro, en aquel sudario de plástico. Y también metí con cuidado en la bolsa la cabeza del animal.

Era tan grande mi deseo de conocer la fecha de nacimiento de Pie Grande que empecé a buscar nerviosamente su cédula de identidad: en el aparador, entre papeles, hojas de calendario y periódicos, después en los cajones; es ahí donde se guardan los documentos en las casas de los pueblos. Y allí era precisamente donde estaba la identificación, con sus tapas verdes destrozadas y seguramente ya caducada. En la foto, Pie Grande tenía veintitantos años, un rostro alargado, asimétrico y los ojos medio cerrados. No era guapo, ni siquiera entonces. Con el cabo de un lápiz, tomé nota de la fecha y el lugar de nacimiento. Pie Grande había nacido el 21 de diciembre de 1950. En aquel lugar.

Y debería añadir que en aquel cajón había algo más: un mazo de fotografías, bastante nuevas, a color. Les eché un rápido vistazo —la costumbre— y una de ellas llamó mi atención. La miré más de cerca cuando ya la iba a dejar, y durante largo tiempo no pude entender qué estaba viendo. De repente, se hizo el silencio y me encontré en su mismísimo centro. La miré. Mi cuerpo se tensó, preparado para la lucha. La cabeza me daba vueltas y en mis oídos iba aumentando un sombrío zumbido, un rumor, como si desde el horizonte se fuera acercando un ejército de miles de soldados, dando de gritos, haciendo entrechocar sus armas, rechinando las ruedas, todo a lo lejos. La ira hace que la mente sea más clara y aguda, que se vean más cosas. Se apropia de las otras emociones y domina el cuerpo. De la ira nace toda sabiduría, no cabe duda, porque la ira traspasa cualquier frontera.

Con manos temblorosas me metí las fotografías en el

bolsillo y un segundo después oí cómo todo se ponía en marcha, cómo se echaban a andar los motores del mundo y cómo la maquinaria se ponía en movimiento; chirrió la puerta, cayó al suelo otro tenedor. Los ojos se me llenaron de lágrimas.

Pandedios estaba en la puerta:

—No se merecía tus lágrimas.

Tenía los labios apretados y marcaba un número sin perder la concentración.

—Todavía responde la operadora checa –soltó–. Hay que subir a la colina. ¿Vienes conmigo?

Cerramos la puerta detrás de nosotros, en silencio, y nos pusimos en marcha abriéndonos paso por entre la nieve. En cuanto llegamos a la colina, Pandedios se dedicó a girar sobre sí mismo, con los dos teléfonos móviles en las manos, en busca de cobertura. Teníamos ante nosotros toda la Cuenca del Kłodzko bañada por la plateada y cenicienta luz del amanecer.

—Hola, hijo –dijo Pandedios al teléfono–. ¿No te habré despertado?

Una voz respondió algo ininteligible.

—Nuestro vecino ha muerto. Creo que se ha ahogado con un hueso. Ahora mismo. Esta noche.

La voz al otro lado dijo algo.

—No. Por eso llamo hasta ahora. No había cobertura. Ya lo hemos vestido, la señora Duszejko y yo, ya sabes, mi vecina –me miró fugazmente–, para que no se quedara rígido...

Y sonó de nuevo la voz, como si estuviera más nerviosa.

—Bueno, en todo caso ya tiene puesto el traje...

Entonces alguien del otro lado habló mucho y rápido, así que Pandedios apartó el teléfono del oído y lo miró con desagrado.

Después llamamos a la policía.

II
Autismo testosterónico

Un perro hambriento a la puerta de su amo
predice la ruina de la hacienda.

LE ESTABA AGRADECIDA POR HABERME INVITADO A su casa a tomar algo caliente. Me encontraba hecha pedazos y sólo de pensar que debía volver a mi casa fría y vacía me había puesto triste.

Acaricié a la perra de Pie Grande, que desde hacía unas horas vivía en casa de Pandedios. Me reconoció y se alegró visiblemente al verme. Meneaba la cola y no me recordaba. Algunos perros son un poco tontos, como las personas, y aquella perra pertenecía a ese grupo.

Nos sentamos en la cocina, la mesa de madera estaba tan limpia que se podía poner la mejilla sobre ella. Y eso hice.

—¿Estás cansada? –preguntó.

Todo allí era luminoso y limpio, cálido y acogedor. Qué alegría cuando uno se topa con una cocina limpia y cálida. A mí no me solía suceder nunca. No he sabido mantener el orden a mi alrededor. Y es algo que he acabado por aceptar, qué le vamos a hacer.

Antes de que lograra echar un vistazo a mi alrededor, ya

tenía frente a mí un vaso de té. El vaso venía dentro de una preciosa canastilla de metal con asa y se encontraba sobre un posavasos. En la azucarera había terrones de azúcar y recordé la dulce época de mi infancia y ello mejoró mi humor, que no era precisamente bueno.

—Quizá no debimos tocarlo –dijo Pandedios y abrió un cajón de la mesa para sacar y ofrecerme una cucharilla para el té.

La perra daba vueltas entre sus piernas como si no quisiera alejarse de la órbita de su escuálido cuerpo.

—Me vas a tirar –le dijo Pandedios con áspera ternura. Era la primera vez que tenía un perro y era evidente que no sabía muy bien cómo comportarse.

—¿Cómo la vas a llamar? –le pregunté cuando los primeros sorbos de té me calentaron por dentro y aquella maraña de emociones que tenía en la garganta se suavizó un poco.

Pandedios se encogió de hombros.

—No sé, quizá «Mosca» o «Bolita».

No dije nada, pero no me gustaron. No eran nombres que le quedaran bien a aquella perra, sobre todo si tomamos en cuenta su historia. Había que encontrar algo distinto para ella.

Nuestra falta de imaginación se demuestra en los nombres y apellidos que usamos públicamente. Nadie los recuerda nunca, están tan alejados de la persona que deben representar y son tan banales que no aluden para nada a esa persona. Y además todas las generaciones tienen sus modas y de repente todos se llaman Małgorzata, Patryk o –no quiera Dios– Janina. Por eso trato de no usar nunca nombres ni apellidos reales, sino esos términos que nos vienen a la cabeza de modo espontáneo cuando vemos a alguien por primera vez.

Estoy convencida de que es la mejor forma de usar la lengua y no eso de lanzarse palabras desprovistas de significado. Pandedios, por ejemplo, se llama Świerczyński, y delante del apellido tiene una «Ś». ¿Hay algún nombre que empiece por «Ś»? Siempre suele presentarse como «Świerczyński», pero no creo que espere que nadie haga un nudo con la lengua para pronunciar su nombre. Yo creo que cada uno de nosotros ve al otro a su manera, así que tiene derecho a darle el nombre que considere apropiado y que corresponda mejor para esa persona. Y así tendríamos varios nombres. Tantos como el número de personas con las que entablamos una relación. A Świerczyński lo rebauticé como «Pandedios» y creo que su nuevo nombre le va mucho mejor.

Pero ahora, mientras miraba a la perra me vino de inmediato a la mente un nombre humano para ella: Marianela. Quizá por ser huerfanita, por lo demacrada que estaba.

—¿No te gustaría llamarla Marianela por casualidad? –pregunté.

—Es posible –dijo–. Sí, creo que sí. Se llamará Marianela.

De la misma manera tuvo lugar el bautizo de Pie Grande. No fue complicado, me vino en cuanto vi sus huellas en la nieve. Al principio, Pandedios lo llamaba «El Peludo», pero después tomó prestado mi «Pie Grande». Y eso significa simplemente que le escogí un buen nombre.

Desgraciadamente, no he logrado escoger un nombre apropiado para mí. El que está escrito en los papeles me parece escandalosamente inadecuado y lesivo: Janina. Creo que mi nombre real debería ser Emilia o Joanna. Quizás algo como Iradivina. O Alasarmas.

Pandedios, por ejemplo, evita a toda costa llamarme por mi nombre. Eso también significa algo. No sé cómo se las arregla en cada ocasión para tutearme directamente sin usar mi nombre.

—¿Esperas conmigo hasta que lleguen? –preguntó.

—Claro que sí –acepté de buen grado y me di cuenta de que no me habría atrevido a llamarlo «Pandedios» en ese momento. Los vecinos cercanos no necesitan nombres para comunicarse. Cuando al pasar veía cómo arrancaba las malas hierbas en el jardín no necesitaba su nombre para decirle algo. Se trata de un grado particular de familiaridad.

Nuestro pueblo consiste en unas cuantas casas construidas sobre la meseta, alejadas del resto del mundo. La meseta es una lejana pariente geológica de los Montes Mesa, un remoto ancestro de los mismos. Antes de la guerra nuestro pueblo se llamaba Luftzug, es decir «Corriente de Aire». Hoy en día se le sigue llamando Luftzug de modo coloquial, porque oficialmente no tiene nombre. En el mapa sólo aparecen un camino y unas casas, pero no hay ningún nombre junto a éstas. Siempre hay viento debido a las masas de aire que pasan por los montes de oeste a este, de Chequia hacia nosotros. En invierno el viento se vuelve violento y ulula y aúlla en las chimeneas. En verano se dispersa entre las hojas y bisbisea: aquí no existe el silencio. Hay mucha gente que se puede permitir tener una casa en la ciudad para todo el año, la oficial, y otra –como si fuera una frivolidad, más infantil–, en el campo. Y ése es el aspecto que tienen sus casas: un aspecto infantil. Pequeñas, acurrucadas, con tejados empinados y ventanas minúsculas. Todas fueron construidas antes de la guerra y todas se hallan situadas de la misma manera: largos muros al este y al oeste, uno corto al sur y otro, al que suele estar pegado el granero, al norte. Sólo la casa de la escritora es un poco más excéntrica, con terrazas y balcones por todas partes.

No es de extrañar que la gente abandone la meseta en invierno. Es difícil vivir aquí de octubre a abril, y sé de qué hablo. Todos los años cae una gran nevada y el viento esculpe cuidadosamente en la nieve montículos y dunas. Los últimos cambios climáticos han calentado el resto del mundo, excepto nuestra meseta. Incluso puede ser que haya ocurrido lo contrario, especialmente en febrero, cuando las nieves son mayores y duran más tiempo. A lo largo del invierno el frío alcanza varias veces los veinte grados bajo cero, y el invierno se acaba de verdad en abril. El camino es malo, el hielo y la nieve destrozan lo que con sus escasos medios intenta arreglar el municipio. Para llegar a la carretera hay que recorrer cuatro kilómetros de camino rural lleno de baches y tampoco es que haya muchos motivos para ir allí: el autobús a Kudowa, que se encuentra abajo, en la otra dirección, sale por la mañana y vuelve por la tarde. En verano, cuando los pocos niños pálidos del lugar están de vacaciones los autobuses no circulan en absoluto. En el pueblo hay una carretera que imperceptiblemente lo convierte, como si de una varita mágica se tratara, en los suburbios de una pequeña ciudad. Si a uno le apeteciera, se podría llegar por la carretera hasta Wrocław o a Chequia.

Pero hay algunos a los que todo esto les gusta tal como está. Se podrían hacer muchas conjeturas. La psicología y la sociología podrían mostrar aquí diversas líneas de interpretación, pero a mí ese tema no me preocupa en absoluto.

Por ejemplo, Pandedios y yo hacíamos frente al invierno valientemente. Aunque la expresión de «hacer frente» es absurda: nosotros más bien sacábamos la mandíbula inferior de manera agresiva, como los tipos que siempre están en el puente del pueblo. Cuando se les provoca con alguna palabra poco halagadora responden: «¿Qué pasa, eh? ¿Qué pasa?» buscando pelea. En cierto sentido, nosotros también provocábamos al invierno y éste nos ignoraba al igual que el resto del mundo. Viejos excéntricos. Hippies de mala muerte.

El invierno cubre todo aquí con un hermoso algodón blanco, acorta el día todo lo que puede, de manera que si algún imprudente se desvela demasiado durante la noche, corre el riesgo de despertar en medio de las tinieblas de la tarde del día siguiente, lo que, si he de ser sincera, me solía ocurrir cada vez con mayor frecuencia desde hacía un año. El cielo cuelga sobre nosotros oscuro y bajo, como una sucia pantalla en la que tienen lugar incontenibles batallas de nubes. Para eso estaban nuestras casas, para protegernos de ese cielo, de otra manera habría llegado hasta el interior de nuestros cuerpos, donde, como si fuera una pequeña bolita de cristal, se encuentra nuestra alma. Si es que el alma existe.

No sé qué hace Pandedios durante esos meses oscuros, no tenemos un contacto excesivamente cercano, a pesar de que, no lo voy a negar, yo habría esperado algo más. Nos vemos una vez cada varios días e intercambiábamos algunas palabras como saludo. No nos habíamos mudado allí para ir a tomar el té todos los días. Pandedios compró su casa un año después que yo. Parece que había decidido iniciar una nueva vida, como todo aquel al que se le han acabado las ideas y los medios para continuar la anterior. Parece que trabajaba en el circo, aunque ignoro si se trataba del circo contable o de uno con acróbatas. Prefiero pensar que era acróbata, y cuando cojea, me imagino que hace tiempo, en los maravillosos años setenta, durante un número especial, algo provocó que su mano no alcanzara el trapecio y cayera desde lo alto sobre un suelo lleno de serrín. Tras pensarlo más tiempo, reconozco, sin embargo, que el oficio de contador no es malo y que ese amor por el orden, propio de los contadores, merece toda mi aprobación, mi respeto y mi admiración. El amor de Pandedios por el orden se hace visible, de inmediato, en su pequeña morada: la leña para el invierno está apilada en montones que forman una espiral de grandes proporciones. Las pilas de leña pueden ser consideradas como nuestras obras de arte locales. Me es difícil resistirme a aquel bello orden con forma de espiral. Cuando paso por allí cerca, siempre me detengo un instante para admirar aquella construcción que solicitó la cooperación de manos y mente y que, en una cosa tan banal como la leña, expresa el más perfecto de los movimientos en el universo.

El sendero frente a la casa de Pandedios está cubierto de una capa uniforme de grava y tenía la impresión de que se trataba de una grava especial, un conjunto de piedrecillas idénticas, seleccionadas a mano en las rocosas fábricas subterráneas de grava explotadas por los gnomos. De las ventanas colgaban cortinas limpias, y cada pliegue era idéntico a los demás; seguro que utilizaba para ello un aparato especial. Y las flores de su jardín estaban limpias y cuidadas, eran rectas y esbeltas, como si hicieran fitness en algún lugar.

Mientras Pandedios me preparaba el té y trajinaba en la cocina, vi los vasos alineados en su aparador, el impoluto tapete que cubría la máquina de coser. ¡Tenía incluso una máquina de coser! Oculté avergonzada las manos entre las rodillas. Hacía tiempo que no les prestaba especial atención.

¿Qué le vamos a hacer? Tengo el valor de reconocer que mis uñas estaban sucias.

Cuando sacó las cucharillas para el té quedó al descubierto durante un momento el cajón y fui incapaz de apartar la mirada. Era ancho y poco profundo, como una bandeja. Dentro, en los compartimentos, estaban cuidadosamente colocados todo tipo de cubiertos y otros utensilios necesarios en la cocina. Todos tenían su lugar, aunque yo no conociera la mayoría. Los huesudos dedos de Pandedios escogieron adrede dos cucharillas que rápidamente reposaron sobre sendas servilletas verdosas junto a las tazas de té. Por desgracia tardó en hacerlo, y yo ya me había tomado mi té.

Con Pandedios resulta difícil hablar. Es una persona taciturna, y como no es posible hablar con él, hay que callar. Con algunas personas, especialmente con los hombres, resulta difícil hablar. Tengo cierta teoría al respecto. Con la edad, muchos hombres caen en cierto autismo testosterónico que se manifiesta en una lenta pérdida de la inteligencia social y de la capacidad para comunicarse con las otras personas, la cual afecta también la capacidad de formular pensamientos. La persona aquejada de esta dolencia se convierte en un ser taciturno y parece estar sumido siempre en sus reflexiones. Le interesan más los utensilios y las maquinarias. Le atraen la Segunda Guerra Mundial y las biografías de personas famosas, particularmente de políticos y malhechores. Desaparece prácticamente su capacidad de leer novelas: el autismo testosterónico impide la comprensión psicológica de los personajes. Creo que Pandedios padecía esa dolencia.

Pero aquel día al amanecer resultaba difícil exigirle a nadie elocuencia alguna. Estábamos completamente abatidos.

Por otra parte, sentía un gran alivio. En ocasiones, cuando uno piensa con mayor amplitud de miras, sin prestar atención a ciertas ataduras del pensamiento, cuando realiza un examen de ciertos actos, uno puede darse cuenta de que la vida de algunas personas no es nada buena para los demás. Creo que todo el mundo me dará la razón en este punto.

Pedí un vaso más de té, sólo para removerlo con aquella preciosa cucharilla.

—Una vez presenté una queja contra Pie Grande en la policía –dije.

Durante un instante, Pandedios dejó de secar el platito de las pastas.

—¿Por maltratar a la perra? –preguntó.

—Sí. Y por la caza furtiva. También escribí varias denuncias contra él.

—¿Y qué pasó?

—Nada.

—¿Quieres decir que es mejor que haya muerto?

Antes de la última Navidad fui al ayuntamiento para dar parte personalmente del asunto. Hasta aquel momento había escrito cartas. Nadie contestó nunca, y ello pese a que existe la obligación legal de responder a los ciudadanos. El puesto de policía resultó no ser muy grande y me recordó las tristes casas unifamiliares, construidas en la época comunista con material tomado de donde buenamente se podía. Aquél era el estilo que reinaba allí. Las paredes, pintadas con esmalte sintético, habían sido recubiertas de hojas de papel, y todas con el mismo título «Comunicado»; qué palabra más horrible, por cierto. La policía utiliza muchas palabras excepcionalmente repugnantes, como por ejemplo «interfecto» o «concubino».

En aquel santuario de Plutón, primero intentó deshacerse de mí un joven sentado tras una barrera de madera, y después un superior suyo de edad mayor. Yo quería ver al comandante y me empeñaba en ello; estaba convencida de que al final ambos perderían la paciencia y me llevarían ante él. Tuve que esperar mucho tiempo y temí que cerraran las tiendas, pues todavía tenía que hacer las compras. Hasta que cayó el atardecer, lo que significaba que serían cerca de las cuatro y que llevaba esperando más de dos horas.

Por fin, cuando se acercaba la hora de cierre, apareció en el pasillo una joven:

—Puede usted pasar.

Para entonces me hallaba abstraída en mis reflexiones, así que debí volver en mí. Fui ordenando mis pensamientos a medida que seguía a la mujer a la primera planta donde el jefe de la policía local tenía su despacho y me concedía audiencia.

El comandante era un hombre obeso, que acaso tenía mi edad, pero se dirigió a mí como si yo fuera su madre o incluso su abuela. Me miró fugazmente:

—Que se siente, por favor.

Al sentir que aquella forma verbal desenmascaraba su procedencia pueblerina, carraspeó y se corrigió:

—Siéntese, señora.

Casi podía escuchar sus pensamientos, con toda seguridad veía en mí a una «pobre mujer» y, cuando mis acusaciones tomaron fuerza, me habré vuelto una «tipa», «una iluminada» o una «loca». Era consciente de la aversión con la que observaba mis movimientos y juzgaba negativamente mis opiniones. No le gustaban mi peinado ni mi ropa, ni mi falta de sumisión. Escudriñaba mi cara con una repugnancia cada vez mayor. Pero yo también veía muchas cosas, que era apopléjico, que bebía demasiado y que tenía debilidad por la comida grasienta. Mientras oía mi discurso su cabeza, grande y calva, fue enrojeciendo desde la nuca hasta la punta de la nariz, y en las mejillas aparecieron pequeñas marañas de dilatados vasos sanguíneos a la manera de un impresionante tatuaje de guerra. Seguro que estaba acostumbrado a mandar y a ser obedecido por los demás y fácilmente se apoderaba de él la ira. Un tipo jupiterino.

Veía también que no entendía todo lo que le decía, en primer lugar por el simple hecho de que yo usaba argumentos que le eran completamente ajenos, y en segundo lugar porque no conocía muchas de las palabras que usé. Y era de ese tipo de personas que desprecia lo que no entiende.

—Es un peligro para muchos seres, humanos y no humanos —así cerré mis quejas contra Pie Grande, luego de comentar mis observaciones y sospechas.

No sabía si me estaba burlando de él o si se había topado con una loca. No había otras posibilidades. Vi cómo la sangre se agolpó durante un instante en su rostro, sin lugar a dudas se trataba de uno de esos individuos que acaban muriendo de un derrame cerebral.

—No teníamos ni idea de que era un cazador furtivo. Nos ocuparemos del caso —dijo entre dientes—. Vuelva usted a casa y no se preocupe del tema. Yo lo conozco.

—De acuerdo —dije con un tono conciliador.

Y él ya se había levantado, apoyándose en ambas manos, lo que era un signo evidente de que la audiencia había terminado.

Cuando se llega a cierta edad, hay que resignarse a que la gente se muestre impaciente con uno de modo permanente.

Antes nunca me había dado cuenta de la existencia y del significado de gestos como los de asentir rápidamente, desviar la mirada, o el hecho de repetir «Sí, sí», de forma automática. O mirar la hora constantemente, o frotarse la nariz; ahora entiendo muy bien que todo ese teatro sólo busca expresar frases tan sencillas como: «¡Déjame en paz, vieja loca!». En más de una ocasión me he preguntado si tratarían de la misma manera a un hombre apuesto, guapo y fuerte que dijera lo mismo que yo digo. O a una morena impresionante.

Seguramente esperaba que yo saltara de la silla y saliera del despacho. Pero todavía tenía que comunicarle una noticia tan importante como todo lo que le había dicho.

—Ese tipo deja encerrada todo el día a su perra en el cobertizo. La perra se pasa el tiempo aullando y debe de tener frío porque el cobertizo no está protegido contra el frío. ¿La policía puede hacer algo con eso, como quitarle la perra, y castigarlo a él de manera ejemplar?

Me miró un momento en silencio y aquello que yo le había atribuido al principio y que denominé desprecio lo vi entonces claramente en su rostro. Las comisuras de sus labios estaban caídas y los labios levemente fruncidos. Vi también que se esforzaba en controlar aquella expresión. La cubrió con una sonrisa torpe, que dejó al descubierto unos grandes dientes amarillentos por efecto del tabaco:

—Ése no es un asunto para la policía, señora. Un perro es un perro. Un pueblo es un pueblo. ¿Qué esperaba usted? Los perros se guardan encadenados y en los cobertizos.

—Informo a la policía de que está sucediendo algo malo. ¿Adónde tengo que ir si no es a la policía?

Rio guturalmente.

—Algo malo, dice usted. Quizá debería ver al cura –soltó, satisfecho de su propio sentido del humor, pero al parecer se dio cuenta de que a mí no me hacía mucha gracia su chiste, porque en seguida su cara se puso seria–. Seguro que hay por ahí alguna de esas asociaciones de defensa de animales o algo por el estilo. Búsquelas usted en el directorio telefónico: la Sociedad Protectora de Animales, vaya usted allí. Nosotros somos la policía que atiende a las personas. Llame usted a Wrocław. Ellos tienen un tipo de agente especial para estos casos.

—¡Que llame a Wrocław! –grité–. ¡Usted no puede decir eso! Se trata de una competencia de la policía local, conozco la ley.

—¡Ah! –sonrió irónicamente–. Y va a ser usted quien me diga cuáles son mis competencias y cuáles no, ¿verdad?

Con los ojos de la imaginación vi nuestras tropas desplegadas en la llanura y preparadas para entrar en batalla.

—Sí, con mucho gusto –y me preparé para un discurso aún más largo.

Preso de pánico miró el reloj y recordó su aversión hacia mí.

—Sí, bien, nos encargaremos del caso –dijo con indiferencia un instante después y empezó a recoger papeles de encima de la mesa y a meterlos en un maletín. Se me escabulló.

Entonces pensé que no me gustaba. Más aún: sentí un repentino ataque de repugnancia, fuerte como un chile habanero.

Se levantó desde atrás del escritorio con un movimiento decidido y vi que tenía una barriga potente, que el cinturón de cuero del uniforme era incapaz de abarcar. Aquella barriga se escondía de vergüenza en algún lugar inferior, en la incómoda y olvidada zona de los genitales. Los cordones de sus zapatos estaban desatados, seguro que se había quitado los zapatos debajo de la mesa. Ahora tenía que ponérselos lo antes posible.

—¿Puedo saber su fecha de nacimiento? —le pregunté amablemente cuando alcancé la puerta.

Se quedó paralizado. Sorprendido.

—¿Para qué la necesita? —preguntó con recelo, mientras sujetaba la puerta del pasillo.

—Hago horóscopos —respondí—. ¿Qué le parece? Le puedo hacer su carta astral.

Esbozó una divertida sonrisa durante unos segundos.

—No, gracias. No me interesa la astrología.

—Le permitirá saber qué puede esperar de la vida. ¿Seguro que no quiere?

Entonces lanzó una mirada de complicidad al policía que estaba sentado en la recepción y con una sonrisa irónica, como si estuviera participando en un juego infantil, me dio todos sus datos. Los anoté, di las gracias, me puse la capucha y me dirigí a la salida. A la altura de la puerta, alcancé aún a oír cómo rompían a reír y llegaron hasta mí sus palabras premonitorias:

—¡Vaya loca!

Esa misma tarde, poco después del anochecer, la perra de Pie Grande volvió a aullar otra vez. El aire era azul y cortante como una cuchilla. Aquel sonido mate y profundo llenó el aire de angustia. La muerte pasa frente a las puertas, pensé. Aunque la muerte siempre pasa frente a las puertas, a cualquier hora del día y de la noche, me respondí a mí misma, porque con nadie se habla mejor que con una misma —al menos no hay malentendidos. Me recosté en el sofá de la cocina y me quedé allí tumbada, escuchando ese sonido desgarrador. Cuando unos días antes había ido a casa de Pie Grande a protestar por el hecho ni siquiera me invitó a entrar, me dijo que no me metiera en lo que no era de mi incumbencia. Es verdad que aquel monstruo cruel había soltado durante unas horas a la perra, pero después la había vuelto a encerrar en ese cuarto oscuro y ésta se había puesto a aullar por la noche otra vez.

Así que estaba yo tumbada en el sofá, intentando pensar en otra cosa, pero no lo conseguía. Sentí una especie de hormigueo, una energía vibrante que se apoderó poco a poco de mis músculos y sabía que de seguir así un poco más acabaría por reventarme las piernas por dentro.

Me levanté de golpe del sofá, me puse los zapatos y la cazadora, agarré un martillo y una barra de hierro, y todos los utensilios semejantes que hallé a mano. Poco después me encontraba sin aliento frente a la cabaña de Pie Grande. No estaba en casa, pues la luz estaba apagada y no salía humo de la chimenea. Encerró a la perra y desapareció. No se sabía cuándo regresaría. Pero incluso si hubiera estado en casa, yo habría hecho lo mismo. Tras unos minutos de duro trabajo, que me hicieron sudar bastante, conseguí forzar la puerta de madera: las tablas que había junto a la cerradura se soltaron y pude correr el cerrojo. Dentro estaba oscuro y el lugar era muy húmedo, habían arrojado allí varias bicicletas viejas y oxidadas, se veían varios toneles de plástico tirados y todo tipo de basura. La perra estaba echada sobre unos tablones apilados y la habían atado a la pared con una cuerda que rodeaba su cuello. Me llamó la atención un montón de excrementos próximo, lo cual indicaba que la perra debía de hacer sus necesidades todo el tiempo en el mismo sitio. Al verme meneó el rabo de modo vacilante y me miró con los ojos húmedos, alegre. Corté la cuerda, la tomé en brazos y nos fuimos a casa.

Aún no sabía qué hacer. A veces, cuando alguien experimenta la ira, todo parece evidente y sencillo. La ira implanta orden, nos muestra el mundo de una forma claramente resumida; con la ira recuperamos también el don de la clarividencia, tan difícil de alcanzar en otros estados.

La puse en el suelo de la cocina y me extrañé de lo pequeña y menuda que era. A juzgar por la voz, por sus aullidos sombríos, podría esperarse como mínimo que fuera del tamaño de un cocker spaniel. Y era una de esas perras locales a las que llaman Feúchas de los Sudetes porque no son demasiado agraciadas. Son pequeñas, de patas finas, a menudo torcidas, su pelaje es parduzco, tienen tendencia a engordar, y sobre todo, destacan por una notoria malformación de la mandíbula. Bonita, bonita, no se puede decir que fuera esa señorita.

Estaba intranquila y temblaba. Se bebió medio litro de leche caliente y la barriga se le puso redonda como una pelota. También compartí con ella algo de pan con mantequilla. No esperaba ningún huésped, así que mi nevera estaba completamente vacía. Le hablé en tono tranquilizador, le avisé de cada uno de mis movimientos, y ella me observó sin entender aquel repentino cambio de situación. Después me tumbé en el sofá y le sugerí que encontrara un lugar para descansar. Finalmente se acurrucó bajo el radiador y se quedó dormida. Como no quería dejarla sola por la noche en la cocina, decidí quedarme yo también en el sofá.

Tuve un sueño agitado, mi cuerpo era recorrido por una excitación todavía visible que alimentaba los mismos sueños de hornos ardientes exhalando un calor sofocante, de incontables calderas de rojas y candentes paredes. Las llamas encerradas en los hornos exigían estruendosamente su libertad, para poder, cuando ello sucediera, saltar al mundo con una tremenda explosión y reducir todo a cenizas. Creo que aquellos sueños fueron un síntoma de la fiebre que tuve por la noche y que estaba relacionada con mis dolencias.

Me desperté por la mañana cuando todo estaba aún a oscuras. El cuello se me había entumecido por culpa de la incómoda posición en la que dormí. La perra estaba junto a la cabecera de mi cama y me observaba con insistencia, gimiendo de forma lastimosa. Me levanté quejumbrosa para dejarla salir, porque claro, toda aquella leche que se había bebido requería una vía de escape. Al abrir la puerta entró un soplo de aire húmedo, frío, con olor a tierra y a materia en descomposición, como procedente de una tumba. La perra salió a saltos, hizo pis frente a la casa, levantando una de las patas traseras hacia arriba, de manera ridícula, como si no acabara de decidir si era perro o perra. Después me miró con tristeza —me atrevo a decir que me miró a los ojos profundamente— y corrió a toda velocidad en dirección a la casa de Pie Grande.

Y así fue como la perra regresó a su prisión.

Fue vista y no vista. La llamé, enfadada por haberme dejado engañar con tanta facilidad, e impotente ante el mecanismo de la esclavitud. Empezaba a ponerme las botas, pero aquel horroroso amanecer gris pudo más que yo. A veces tengo la sensación de que vivimos en un sepulcro grande, espacioso y multitudinario. Miré el mundo sumido en tinieblas grises, frías y desagradables: la prisión no está en el exterior, sino en el interior de cada uno de nosotros. Es posible que simplemente no sepamos vivir sin ella.

Unos días más tarde, antes de que cayera una gran nevada, vi un coche de la policía, un coche polaco, frente a la casa de Pie Grande. Reconozco que me alegré ante aquella visión. Sí, fue una satisfacción que finalmente la policía fuera a su casa. Jugué dos solitarios. Imaginé que lo iban a detener, que lo sacarían con las manos esposadas, que le confiscarían el alambre almacenado, que le requisarían la sierra (para un utensilio así habría que conceder el mismo tipo de permisos que para las armas, porque provoca gran devastación en el mundo vegetal). Pero el coche se fue sin Pie Grande, cayó un rápido ocaso y empezó a nevar. La perra, encerrada otra vez, se pasó la noche aullando. Lo primero que vi por la mañana sobre la preciosa e impoluta blancura fueron las vacilantes huellas de Pie Grande y amarillas huellas de orina alrededor de uno de mis árboles, mi picea azul.

Recordé todo aquello cuando estábamos sentados en la cocina de Pandedios. Y a mis chicas.

Pandedios escuchó aquella historia mientras preparaba unos huevos pasados por agua y los servía en unas hueveras de porcelana.

—No tengo tanta confianza en la autoridad como tú –dijo–. Hay que hacerlo todo uno mismo.

No sé qué tenía en mente en aquel momento.

III
La luz eterna

Todo lo que nació bajo una forma mortal
debe consumirse en la tierra.

C UANDO REGRESÉ A CASA YA CLAREABA Y MI CON-
ciencia se había relajado, porque me pareció escuchar de nuevo las pisadas de las chicas en el suelo
de la entrada, ver su mirada interrogante, las arrugas de su
frente, su sonrisa. Mi cuerpo se preparaba ya para los rituales de bienvenida, para la ternura.

Pero la casa estaba completamente vacía. La blancura fría
llegaba a través de la ventana en oleadas suaves y la enorme
extensión abierta de la meseta se colaba tercamente en el
interior. Escondí la cabeza del corzo en el garaje, vi que
hacía frío, avivé el fuego de la estufa. Tal como estaba me
fui a acostar y dormí como una bendita.

—¡Señora Janina!

No tardé en volver a escuchar, un poco más fuerte:

—¡Señora Janina!

Era una voz profunda, de hombre, tímida. En la entrada
de mi casa había alguien y me llamaba por mi nombre tan
odiado. Estaba doblemente enfurecida: porque una vez más

me impedían dormir y porque me llamaban con un nombre que no me gustaba ni aceptaba. Me lo habían puesto por casualidad y sin detenerse a pensar un momento. Eso es lo que pasa cuando las personas no se plantean el significado de las palabras, y mucho menos de los nombres, y los usan a ciegas. Yo jamás permitía que se dirigieran a mí como «señora Janina».

Me levanté y me sacudí la ropa porque no tenía el mejor de los aspectos, una noche más había vuelto a dormir vestida, y eché un vistazo desde la habitación. En la entrada, en un charco que había dejado la nieve derretida, había dos hombres del pueblo. Los dos eran altos, anchos de hombros y llevaban bigote. Habían entrado porque yo no había cerrado la puerta y, probablemente, por aquel motivo tenían un justificado sentimiento de culpa.

—Querríamos pedirle que nos acompañe allá –dijo con voz grave uno de ellos.

Sonrieron como disculpándose y vi que tenían unos dientes idénticos. Los reconocía, trabajaban en la tala de árboles. Los solía ver en la tienda del pueblo.

—Acabo de volver de allí –refunfuñé.

Dijeron que la policía aún no había llegado y que estaban esperando al cura. Que durante la noche había nevado y el camino estaba imposible. Que incluso la carretera a Chequia y a Wrocław estaba cortada y que había tráileres detenidos en largas filas. Pero que las noticias volaban rápidamente por los alrededores y que habían llegado a pie algunos conocidos de Pie Grande. Era agradable saber que tenía conocidos. Las inclemencias del tiempo debían darles ánimos. A fin de cuentas es mejor enfrentarse a una tormenta de nieve que a la muerte.

Caminé tras ellos por la blanca y mullida nieve. Era reciente y el bajo sol de invierno hacía que ésta se ruborizara. Los hombres me iban abriendo camino. Ambos llevaban en los pies unas *válenki*, fuertes botas de goma con la caña de fieltro, única moda de invierno masculina en aquellas tierras. Con sus anchas suelas fueron haciendo un pequeño túnel para mí.

Delante de la casa había otros hombres que estaban fumando. Saludaron con vacilación, esquivando la mirada. La muerte de un conocido quita a cualquiera la seguridad en uno mismo. Tenían la misma expresión en el rostro: seriedad festiva y tristeza solemne. Hablaban entre sí con voz apagada. Cada vez que uno acababa de fumar, entraba a la casa.

Todos sin excepción llevaban bigote. Estaban de pie alrededor del sofá y del cuerpo. A cada momento, la puerta se abría y llegaban nuevos hombres, que introducían en la habitación algo de nieve y el olor metálico del frío. Se trataba sobre todo de antiguos trabajadores de la granja estatal, ahora desempleados, que de vez en cuando se dedicaban a trabajar en la tala del bosque. Algunos de ellos iban a trabajar a Inglaterra, pero por una u otra cuestión volvían pronto horrorizados por lo ajeno que ese país les resultaba. O se empeñaban en continuar al frente de sus pequeñas y ruinosas granjas, las cuales seguían a flote gracias a las subvenciones de la Unión Europea. Sólo había hombres. Su respiración empañó la pieza, y se sentía un ligero olor a alcohol digerido, a tabaco y a ropas húmedas. Echaban vistazos al cuerpo, a hurtadillas, de forma rápida. Se oía cómo moqueaban pero era imposible saber si era por el frío o si realmente a aquellos fornidos hombres les llegaban las lágrimas a los ojos y al no encontrar salida por allí se acumulaban en la nariz. Pandedios no estaba ni tampoco nadie conocido.

Uno de los hombres sacó del bolsillo un puñado de velas planas en unos recipientes metálicos y me las dio con un gesto tan rotundo que las agarré de forma automática aunque sin saber muy bien qué debía hacer con ellas. Entendí y aprecié su idea transcurrido cierto tiempo. Oh sí, había que repartir por la pieza aquellas velas y encenderlas y así la atmósfera sería grave y solemne. Quizá sus llamas permitirían que fluyeran las lágrimas y fueran absorbidas por los tupidos bigotes. Y eso traería consuelo a todos. Me puse a organizar lo de las velas y pensé que muchos de ellos habían entendido de forma equivocada mi implicación. Me vieron como a una maestra de ceremonias, como a la presidenta de aquella asamblea fúnebre, porque de repente, cuando empezaron a arder las velas, callaron y clavaron en mí sus tristes miradas.

—Empiece usted, señora –me susurró el que yo tenía la impresión de conocer de algo.

No entendí.

—Empiece usted a cantar.

—¿Qué tengo que cantar? –me preocupé seriamente–. No sé cantar.

—Lo que sea –me dijo–, lo mejor sería «El eterno reposo».

—¿Por qué yo? –pregunté en voz baja e impaciente.

Entonces, el que estaba más cerca de mí me dijo en tono decidido:

—Porque es usted mujer.

Ah, era eso. Así que ésa era la cuestión. No sabía qué tenía que ver mi sexo con el hecho de cantar, pero en aquel momento no quería rebelarme contra la tradición. «El eterno reposo.» Conocía aquella oración para los entierros desde mi temprana infancia, pero desde que era una adulta no iba a los entierros. Así que no recordaba la letra. Resultó, sin embargo, que fue suficiente con entonar el principio y un coro entero de voces graves se sumó inmediatamente a mi escasa voz y de todo aquello nació una voz múltiple, insegura, que desafinaba y que a pesar de ello en cada repetición posterior iba aumentando de volumen. Y, repentinamente, yo también me sentí aliviada, mi voz adquirió seguridad y rápidamente reconstruí la sencilla letra sobre la Luz Perpetua que creíamos que alcanzaría también a Pie Grande.

Estuvimos cantando de aquella manera en torno al cuerpo una hora, todo el tiempo lo mismo, hasta que la letra dejó de tener significado, y las palabras fueron como esas piedrecillas que hay en el mar, las cuales, arrastradas sin cesar por las olas se hacen tan redondas y similares entre ellas como dos granos de arena. Sin duda nos daba consuelo: el cuerpo sin vida se hacía cada vez más irreal hasta convertirse en el pretexto para aquel encuentro de personas que trabajaban en condiciones muy duras en la ventosa meseta. Cantábamos sobre la Luz, que si bien es cierto que existe en algún lugar alejado, resultaba por el momento invisible, pero en cuanto muriéramos, la veríamos. Ahora la veíamos a través de un cristal, en un espejo cóncavo, pero un día nos la encontraríamos frente a frente. Y ella nos abrazará, porque esa Luz es nuestra madre, y procedemos de ella. Y hasta llevamos dentro una molécula de ella, todos nosotros, incluso Pie Grande. Así que, de hecho, la muerte debería alegrarnos. Eso pensaba al cantar, pero, en el fondo nunca creí en ningún tipo de distribución personal de la Luz. Ningún Dios se ocupa de eso, ningún contador celestial. Sería difícil que una persona soportara tanto sufrimiento, especialmente para alguien omnisciente, creo que se desintegraría bajo la presión de ese dolor, a menos de que se hubiera pertrechado con anterioridad tras algún mecanismo de defensa, como el ser humano. Sólo una máquina sería capaz de cargar con todo el dolor del mundo. Sólo una maquinaria sencilla, efectiva y justa. Pero como todo tenía que funcionar de manera mecánica, nuestras oraciones eran innecesarias.

Cuando salí al exterior, resultó que los hombres bigotudos que habían hecho llamar al cura le daban la bienvenida frente a la casa. El párroco había tenido problemas para llegar, se había quedado bloqueado en un alud de nieve y apenas hacía un momento habían logrado transportarlo en tractor. El padre Susurro (así lo llamé en mi pensamiento) se sacudió la sotana y con un gesto lleno de gracia saltó del tractor. Sin mirar a nadie, entró a la casa con paso rápido. Pasó tan cerca que me envolvió su olor: de agua de colonia y chimenea humeante.

Vi que Pandedios se había organizado perfectamente. Con el abrigo de piel, como un maestro de ceremonias, servía café en vasos de plástico con un enorme termo chino y lo iba repartiendo a los presentes. Así que estábamos de pie frente a la casa bebiendo un café caliente y dulce.

Poco después llegó la policía. Y lo hizo a pie y no en coche, porque debieron dejarlo en la carretera; no tenían neumáticos de invierno.

Eran dos policías de uniforme y uno vestido de civil, con un abrigo largo de color negro. Antes de que llegaran a la casa con las botas cubiertas de nieve, jadeando con dificultad, salimos todos a recibirlos. En mi opinión, dimos muestra de deferencia y respeto a la autoridad. Los dos policías de uniforme eran fríos, muy formales y se notaba que reprimían el enfado que les provocaba la nieve, el largo camino y las circunstancias generales de aquel caso. Se sacudieron las botas y sin mediar palabra desaparecieron en el interior. Mientras tanto, el tipo del abrigo negro, sin que viniera a cuento, se nos acercó a Pandedios y a mí.

—Buenos días, señora; hola, papá.

Cuando dijo «Hola, papá» se refería a Pandedios. Nunca habría imaginado que Pandedios pudiera tener un hijo en la policía y además con aquel gracioso abrigo negro.

Pandedios, apurado, nos presentó de una manera bastante torpe, pero ni siquiera logré fijar el nombre de Abrigo Negro en la memoria, porque inmediatamente se apartaron a un lado y escuché que el hijo le recriminaba al padre:

—Por amor de Dios, papá, ¿por qué movió el cuerpo? ¿No ve películas? Todo el mundo sabe que pase lo que pase el cuerpo no se toca hasta que no llega la policía.

Pandedios se defendía pobremente, como si lo inmovilizara el hecho de hablar con su hijo. Habría imaginado que fuera al revés, que hablar con el propio hijo sólo puede dar fuerza.

—Hijo mío, tenía un aspecto horroroso. Tú también hubieras hecho lo mismo. Se atragantó con algo y estaba totalmente contraído, sucio… Era nuestro vecino, no queríamos dejarlo así en el suelo como, como…– intentaba encontrar las palabras.

—…un animal –me acerqué a ellos un poco; no podía soportar que Abrigo Negro sermoneara así a su padre–. Se atragantó con el hueso de un corzo que cazó furtivamente. La venganza de ultratumba.

Abrigo Negro me miró fugazmente y se dirigió a su padre:

—Papá, puede usted ser acusado de entorpecer la investigación. Y usted, señora, también.

—Debes estar bromeando, eso sí que sería el colmo. No sé para qué sirve tener un hijo fiscal.

Aquél decidió poner fin a la embarazosa conversación.

—Papá, ya es suficiente. Después los dos tendrán que prestar declaración. Es posible que le hagan la autopsia.

Le dio una palmada en la espalda a Pandedios que pretendía ser un gesto de cariño, pero tenía algo de dominación, como si dijera: «Basta, viejo, a partir de ahora tomo el asunto en mis manos».

Después desapareció en la casa del muerto y yo, sin esperar ningún tipo de desenlace me fui a casa, helada de frío, con la garganta destrozada. Estaba harta.

Desde mi ventana vi cómo se acercaba la máquina quitanieves del pueblo, que aquí llamamos La Bielorrusa. Gracias a ella, hacia mediodía, consiguió llegar hasta la casa el coche fúnebre, un coche largo, bajo, oscuro, con las ventanas tapadas con cortinas negras. Pero sólo llegar. Cuando a eso de las cuatro, justo antes de que anocheciera, salí a la terraza, vi en la distancia, en el camino, una mancha negra en movimiento: eran los hombres de los bigotes que estaban empujando cuesta arriba con todas sus fuerzas el coche fúnebre con el cuerpo de su colega a fin de que tuviera su reposo eterno en la Luz Perpetua.

Normalmente tengo el televisor encendido todo el día, desde el desayuno. Eso me relaja. Cuando al otro lado de la ventana reina una niebla invernal o el amanecer se convierte imperceptiblemente en tinieblas tras unas cuantas horas de día, llego a tener la sensación de que allí no hay nada. Miro al exterior y los cristales reflejan únicamente el interior de la cocina, mi pequeño centro del universo lleno de trastos.

Por eso nunca apago el televisor. Tenía una gran cantidad de canales para elegir. La antena, parecida a un cuenco esmaltado, me la trajo Dioni hace tiempo. Había decenas de canales, pero eran demasiado para mí. Diez también habrían sido demasiados. Y dos. Realmente sólo miraba el pronóstico meteorológico. Desde que encontré ese canal me consideraba feliz de tener todo lo que necesitaba, e incluso ya había perdido el control remoto.

Y así, desde primera hora de la mañana me acompaña la visión de los frentes atmosféricos, bellas líneas abstractas azules y rojas sobre los mapas, las cuales se aproximan inexorables desde el oeste, desde Chequia y Alemania. Llevan corrientes de aire que poco antes había estado en Praga, o quizás en Berlín. Llegaban desde el Atlántico, habían atravesado toda Europa, se podía decir que se trataba de aires marinos que venían a las montañas. Me gustaba especialmente cuando mostraban los mapas de la presión atmosférica que explicaban la inesperada resistencia a levantarse de la cama o el dolor de rodillas, o incluso otra cosa: esa inexplicable tristeza que con toda seguridad siente la naturaleza ante un frente atmosférico, con su caprichosa forma de serpentina en la atmósfera terrestre.

Me conmovían las fotografías tomadas por los satélites y la curvatura de la Tierra. ¿Será verdad que vivimos en la superficie de una esfera, expuestos a la vista de los planetas, abandonados en el gran vacío en el que, tras la Caída, la luz se rompió en minúsculos fragmentos y saltó en mil pedazos? Es verdad. Nos lo tendrían que recordar a diario, porque lo olvidamos. Nos parece que somos libres y que Dios nos perdonará. Personalmente creo otra cosa. Cada acto convertido en un leve temblor de fotones se pondrá finalmente en movimiento hacia el cosmos como una película y será visto por los planetas hasta el fin del mundo.

Cuando me hacía el café solían dar la previsión del tiempo para los esquiadores. Presentaban el rugoso mundo de las montañas, las laderas, los valles y la caprichosa capa de nieve: la áspera piel de la Tierra sólo se veía blanqueada aquí y allá por zonas de nieve. En primavera, los esquiadores eran sustituidos por las personas que sufrían alergias y la imagen se llenaba de color. Suaves líneas establecían los territorios de riesgo. Allí donde se veía el color rojo la naturaleza atacaba con mayor virulencia. Había esperado aletargada todo el invierno para golpear en ese momento en el sistema inmunitario del ser humano, delicado como la filigrana. De esa manera, algún día nos aniquilará por completo. Al empezar los fines de semana aparecía la previsión del tiempo para los conductores, pero se limitaba a las escasas autopistas del país. Esta división de la gente en tres grupos —esquiadores, alérgicos y conductores— me resultaba sumamente convincente. Era una buena y sencilla tipología. Los esquiadores son hedonistas. Vuelan por las laderas. Los conductores, en cambio, prefieren tomar el destino en sus manos, aunque a menudo eso haga que su columna vertebral se resienta; ya se sabe, la vida es dura. Los alérgicos, por su parte, siempre andan metidos en una gran guerra. Yo, con toda seguridad, soy alérgica.

Desearía tener además un canal sobre las estrellas y los planetas. «TV Influencia del Cosmos.» De hecho, esa cadena se compondría también de mapas, mostraría las líneas de fuerza, los campos de acción planetarios. «Distinguidos telespectadores, sobre la eclíptica empieza a levantarse Marte, por la tarde cortará la franja de influencia de Plutón. Les pedimos que dejen los coches en los garajes y en estacionamientos cubiertos, y también que escondan los cuchillos, bajen con cuidado a los sótanos, y mientras este planeta atraviesa el signo de Cáncer, recomendamos eviten el baño. Aprovechamos también para recordar a las mujeres por encima de los cuarenta que deben hacerse las revisiones contra el cáncer de mama», diría una delgada y etérea presentadora. Sabríamos por qué los trenes llegaban ese día con retraso, o por qué el cartero se hundió en la nieve con su Fiat Cinquecento, o la mayonesa no había salido bien, o el dolor de cabeza había desaparecido sin pastilla alguna tan repentinamente como había llegado. Sabríamos el momento en el que alguien puede empezar a teñirse el pelo y la fecha ideal para planear una boda.

Por la noche observo a Venus. Sigo cuidadosamente los cambios de esa belleza virginal. La prefiero como estrella vespertina, cuando aparece como salida de ninguna parte, como por arte de magia, antes de descender tras el sol. Una chispa de luz inmemorial. Es precisamente al anochecer cuando suceden las cosas más interesantes, porque entonces se borran las diferencias simples. Yo podría vivir en un crepúsculo eterno.

IV

999 MUERTES

Quien duda de lo que ve
jamás ha de creer, no importa lo que haga.
Si el Sol y la Luna dudaran,
de inmediato se extinguirían.

L A CABEZA DEL CORZO LA ENTERRÉ AL DÍA SIGUIENTE en mi cementerio, junto a la casa. También coloqué en un agujero en la tierra casi todo lo que saqué de la casa de Pie Grande. La bolsa de plástico, en la que quedaban rastros de sangre, la colgué en su memoria de la rama de un ciruelo. Inmediatamente, la nieve empezó a caer dentro de ella y las bajas temperaturas nocturnas convirtieron esa nieve en hielo. Sufrí lo indecible para cavar algo parecido a un hoyo en aquella tierra helada y pedregosa. Las lágrimas se congelaban en mis mejillas.

En la tumba, como siempre, coloqué una piedra. En mi cementerio había bastantes piedras de aquéllas. Reposaban allí: un viejo gato que encontré muerto en el sótano cuando compré la casa, y una gata medio salvaje que murió tras el parto junto a todos sus pequeños. Un zorro al que mataron unos hombres que trabajaban en el bosque diciendo que tenía rabia, unos topos y un corzo que había sido muerto a dentelladas por unos perros el invierno anterior. Aquéllos eran sólo algunos de los animales. Los que encontraba muertos en el bosque en las trampas de Pie Grande los llevaba a otro lugar para que al menos alguien se alimentara con ellos. Desde el bonito y pequeño cementerio situado por encima del estanque en una suave ladera se ve toda la meseta. También a mí me gustaría ser enterrada allí y tener todo a la vista.

Intentaba recorrer mis tierras dos veces todos los días. Tenía que vigilar Lufcung todo el tiempo, ya que me había comprometido a ello. Iba, por orden, a todas las casas que habían dejado a mi cuidado y acababa incluso subiendo a la colina para abarcar con una mirada toda nuestra meseta. Desde aquella perspectiva, se veía lo que no se podía ver de cerca: las huellas en la nieve documentaban en invierno cualquier movimiento, nada podía escapar a aquel informe; la nieve anotaba cuidadosamente como un cronista los pasos de los animales y de la gente y perpetuaba las escasas huellas de los neumáticos de los coches. Observaba atentamente nuestros tejados, a fin de confirmar que no se acumulara tanta nieve que fuera capaz de arrancar alguno de los canalones, o –Dios no lo quisiera– bloquear la chimenea, atascarse y derretirse poco a poco filtrando el agua en el interior por debajo de las tejas. Miraba las ventanas a fin de asegurarme de que seguían completas, y si durante mi visita anterior no había descuidado nada, si no había dejado, por ejemplo, la luz encendida; observaba también la granja, la puerta, la entrada, los cobertizos, los depósitos de madera. Era la vigilante de las propiedades de mis vecinos, mientras ellos se entregaban al trabajo invernal y a la diversión en la ciudad, yo pasaba allí el invierno, salvaguardaba sus casas del frío y de la humedad y vigilaba sus parcos bienes. De aquella manera los sustituía en su participación en la oscuridad.

Por desgracia, volvieron a dar señales de vida mis dolencias. Siempre fue así, se intensifican a causa del estrés y de los acontecimientos extraordinarios. A veces bastaba con una noche sin dormir para que todo me atormentara. Me temblaban las manos y tenía la impresión de que una corriente me recorría los miembros, como si recubriera el cuerpo una red eléctrica invisible y alguien me infligiera pequeños castigos al azar. Entonces, un inesperado y desagradable calambre se extendía por un hombro o mis piernas. Ahora sentía cómo se me había agarrotado completamente una pierna, cómo se había entumecido y me daba pinchazos. Al andar, la arrastraba y cojeaba. Y además hacía meses que tenía los ojos húmedos: las lágrimas empezaban a brotar de repente y sin motivo.

Decidí que aquel día subiría a la colina a pesar del dolor y observaría todo desde arriba. Seguro que el mundo estaría en su lugar. Quizás aquello me calmaría y haría que mi garganta se relajara y me encontrara mejor. No sentía pena por Pie Grande. Pero cuando dejaba atrás su casa, recordaba su cuerpo de gnomo sin vida, vestido con su traje color café y después me venían a la mente los cuerpos de todos mis conocidos vivos y felices en sus casas. Y yo misma, mi pie y el enjuto y fibroso cuerpo de Pandedios, todo me pareció estar forrado de una horrorosa e insoportable tristeza. Miraba el paisaje en blanco y negro de la meseta y entendí que la tristeza era una palabra importante en la definición del mundo. Estaba en la base de todo, era el quinto elemento, la quintaesencia.

El paisaje que se abría ante mí se componía de distintos tonos del blanco y del negro, entrelazados por las líneas que formaban los árboles en los linderos entre un campo y otro. Allí donde la hierba no había sido segada, la nieve no había conseguido cubrir el terreno con un manto blanco y homogéneo. Los tallos se abrían paso por entre la capa que los cubría y desde lejos parecía que una gran mano acabara de esbozar una composición abstracta, compuesta con trazos cortos, delicados, sutiles. Veía las preciosas figuras geométricas que formaban los campos, sus franjas y rectángulos, sus diferentes estructuras, con sus tonos respectivos, reunidos en torno del veloz crepúsculo invernal. Y nuestras casas, todas, las siete, se encontraban repartidas por allí como si fueran parte de la naturaleza, como si hubieran crecido allí con los linderos. Incluso el riachuelo y el puentecillo parecían cuidadosamente diseñados y colocados por la misma mano que realizó los bocetos anteriores. Yo podría esbozar aquel mapa de memoria. Nuestra meseta habría tenido en mi boceto la forma de una gruesa media luna rodeada por los Montes Plateados, una pequeña y no muy alta cordillera que compartimos con los checos, por un lado, y por el otro, del lado polaco, por las Colinas Blancas. Sólo hay un pueblo: el nuestro. El pueblo y la pequeña ciudad están abajo, al noreste, como sucede con el resto de las cosas. La diferencia de niveles entre la meseta y el resto de la Cuenca del Kłodzko no es muy grande, apenas lo suficiente como para sentirse ligeramente superior y ver el paisaje por encima del hombro. El camino asciende pesadamente por el norte, pero el descenso de la meseta por la parte este acaba en nuestro pueblo de una forma bastante abrupta, lo que en invierno hace que en ocasiones sea peligroso. En los inviernos más duros, la Dirección de Carreteras, o como quiera que se llame esa institución, prohíbe el tráfico en esta carretera. Entonces circulamos por ella de forma ilegal, bajo nuestra propia responsabilidad. Claro, me refiero a los que poseen buenos coches. Yo, por ejemplo. Pandedios sólo tiene un ciclomotor, y Pie Grande sólo contaba con sus propias piernas. Esa parte abrupta la llamábamos el Desfiladero. Por allí cerca hay también un precipicio pedregoso, pero no se trata de una formación natural. Son los restos de una antigua cantera que dio una dentellada a la meseta hacía tiempo y que seguramente las bocas de las excavadoras habrían acabado por devorar por completo. Parece que hay planes de volver a ponerla en marcha, con lo que desapareceríamos de la superficie de la Tierra, engullidos por las máquinas.

Un camino rural, transitable únicamente en verano, conduce hasta el pueblo a través del desfiladero. Al oeste, nuestra carretera se une a otra mayor, aunque no se trata de la principal. Junto a ella se encuentra un pueblo que yo llamaba «Transilvania» por el ambiente que reinaba en él. Consistía en una iglesia, una tienda, un teleférico averiado y un salón de fiestas. El horizonte es alto, así que el crepúsculo reina de modo permanente. O al menos ésa es la impresión que tengo. Al final de ese pueblo hay un camino secundario que conduce hasta la granja de los zorros, pero no suelo andar por ahí. Más allá de Transilvania, justo antes de la entrada a la autopista internacional, tenemos una curva cerrada en la que a menudo se producen accidentes. Dioni la llama la Curva del Corazón de Ternera porque en una ocasión vio cómo caía una caja con entrañas de animal de un camión que venía del matadero y los corazones de ternera se desparramaron por la carretera; al menos eso es lo que él cuenta.

Me parecía bastante macabro y bien pudo ser una alucinación suya. Dioni suele ser hipersensible respecto a ciertos temas. La carretera comunica entre sí las ciudades de la cuenca. Cuando hace buen tiempo, desde nuestra meseta se puede ver tanto la carretera como, ensartadas en ella, las ciudades de Kudowa, Lewin, y lejos, al norte, las poblaciones de Nowa Ruda, Kłodzko y Ząbkowice –que antes de la guerra se llamaba «Frankenstein».

Se trata de un mundo lejano. Yo solía ir en mi Samurai a la ciudad, atravesando el desfiladero. Al dejarlo atrás, se podía girar a la izquierda y llegar hasta una parte de la frontera que serpenteaba caprichosamente y que era fácil atravesar sin darse cuenta durante un largo tramo. Me sucedía a menudo cuando llegaba hasta allí. Pero a veces me gustaba cruzarla a propósito, de ida y vuelta. Varias veces, decenas de veces. Podía pasar media hora jugando a cruzar la frontera. Me gustaba porque me recordaba los tiempos en que esto no era posible. Me gusta cruzar fronteras.

Por lo regular, la primera casa que visito durante mis rondas es la casa de los profesores, mi preferida. Una casa pequeña y sencilla. Una callada y solitaria casita de paredes blancas. Ellos pasan poco tiempo allí y son más bien sus hijos quienes se dejan caer por la casa con sus amigos y el viento propaga sus voces. La casa con las contraventanas abiertas, iluminada y repleta de estrepitosa música a todo volumen parecía algo estupefacta y aturdida. Se podía decir que con aquellos boquiabiertos huecos de las ventanas tenía un aspecto bobo. Sólo volvía en sí cuando ellos se iban. Su punto flaco era el inclinado tejado. La nieve resbalaba por él y permanecía hasta mayo junto a la pared norte de modo que la humedad penetraba en el interior. En esos casos me veía obligada a quitar la nieve, lo cual suele ser un trabajo duro e ingrato. En primavera, me ocupo del jardín, de plantar las flores y cuidar aquellas que crecen en el pedregoso parterre frente a la casa. Es una labor que me agrada. En ocasiones es necesario hacer pequeños arreglos, y en esos casos, llamo por teléfono a los profesores, a Wrocław, y ellos me depositan algo de dinero en mi cuenta. Entonces debo contratar a los obreros y supervisar su trabajo.

Este invierno advertí que en el sótano se había instalado una familia más bien numerosa de murciélagos. Entré allí porque me pareció oír una fuga de agua, y quería evitar que se rompiese una tubería. Los vi durmiendo, agolpados en grupo en la bóveda de piedra; colgaban inmóviles y, sin embargo, tuve la impresión de que me observaban desde su sueño, que la luz de la bombilla se reflejaba en sus ojos abiertos. Me despedí de ellos con un susurro, «Nos vemos en la primavera», y me fui tras haber comprobado que no había ningún desperfecto.

Por su parte, en la casa de la escritora habían anidado unas martas. No les di ningún nombre porque no fui capaz de contarlas, ni de distinguir a unas de otras. Lo difícil que resultaba verlas era su principal cualidad, eran como los espíritus. Aparecían y desaparecían tan rápido que uno no creía en lo que había visto. Las martas son animales hermosos. Las pondría en mi escudo de armas, suponiendo que tuviera uno. Parecen etéreas e inocentes, pero no hay que fiarse de esta impresión. En realidad son seres peligrosos y astutos. Se enfrentan con gatos, ratones y pájaros. Luchan entre ellas. En la casa de la escritora se metieron entre las tejas y el aislamiento térmico del desván, y temía que armarían más estragos, que destrozarían la fibra de vidrio y roerían hasta perforar las placas de madera. La escritora llega normalmente en mayo, en un coche cargado hasta el techo de libros y de comida exótica. Yo la ayudo a descargar su equipaje porque tiene problemas de espalda. Lleva un collarín ortopédico; al parecer a consecuencia de un accidente. O quizá sus problemas de espalda fueron producto de la escritura. Me recordaba a alguien que hubiera vivido los últimos días de Pompeya, pues se diría que estaba cubierta de ceniza: tenía un rostro y unos labios cenicientos, ojos de color gris, el cabello largo, recogido con un moño en lo alto de la cabeza. Si no la conociera tan bien, seguro que habría leído sus libros. Pero como la conocía bien, rehuía su lectura. ¿Qué haría si encontraba que me describía con palabras que me hubiera resultado imposible comprender? O que se refería a mis lugares preferidos, que para ella representan algo totalmente diferente de lo que son para mí. Las personas como ella, que manejan la pluma, pueden ser peligrosas. Inmediatamente pensamos que son hipócritas, que nunca se comportan con naturalidad, sino que nos observan de forma permanente y que todo aquello que ven lo transforman en frases; de esa manera le arrancan a la realidad su aspecto más importante: lo inexpresable.

La escritora suele quedarse hasta finales de septiembre. No acostumbra salir de casa; a veces, cuando el calor se vuelve insoportable y pegajoso a pesar del viento, ella echa su cuerpo ceniciento sobre la hamaca y permanece inmóvil bajo el sol, lo que le hace adquirir un tono más grisáceo aún. Si hubiera visto sus pies, quizás habría concluido que ella tampoco era un ser humano, sino un ser de otra especie. Una náyade del *logos* o una sílfide. A veces iba a verla una amiga, una mujer fuerte, de cabello oscuro, con los labios pintados de un color intenso. Tenía una mancha en la cara, un lunar color marrón, lo que creo que significaba que en el momento de su nacimiento Venus se encontraba en la primera casa. Entonces cocinaban juntas, como si ambas recordaran un viejo rito familiar. El año pasado comí con ellas en varias ocasiones: una sopa picante con leche de coco y tortitas de papa con rebozuelos. Cocinaban sabroso. Aquella amiga trataba con mucho cariño a Cenicienta y cuidaba de ella como si fuera una niña. Seguro sabía lo que hacía. La casa más pequeña, junto al bosquecillo húmedo, la compró poco tiempo antes una ruidosa familia de Wrocław. Tenían dos hijos adolescentes, obesos y mimados, y una tienda de alimentación en Krzyki. Pensaban remodelar la casa y convertirla en una casa de campo tradicional polaca, añadiéndole unas columnas y un porche y una piscina en la parte trasera. O eso me había dicho el padre. Pero para empezar habían cercado todo con una pared de hormigón. Me habían pagado generosamente y me habían pedido que pasara a dar una vuelta por allí todos los días para comprobar que nadie hubiera entrado. Se trata de una casa antigua, en mal estado, y da la impresión de que pide que la dejen en paz, a fin de que pueda terminar de descomponerse. Aquel año, sin embargo, viviría una auténtica revolución, pues ya habían volcado montañas de arena frente a la entrada. El viento no paraba de arrancar el plástico con que las cubrían y volver a colocarlo me costaba mucho esfuerzo. En su terreno tenían un pequeño manantial y tenían previsto hacer allí un estanque con peces y levantar un asador. Se llamaban Studzienny, es decir Limpiador de pozos. Estuve pensando mucho tiempo si tenía que bautizarlos, pero llegué a la conclusión de que era uno de los dos casos que conocía en el que el apellido iba perfectamente con la persona. Realmente eran habitantes de un pozo, personas que habían caído dentro de él mucho tiempo antes y ahora vivían en el fondo del mismo, convencidos de que el pozo contenía el mundo entero. La última casa justo al lado del camino es una casa que se alquila. Por regla general la alquilan matrimonios jóvenes, con niños, que buscan pasar un fin de semana en la naturaleza. A veces, una pareja de amantes. Y también se daba el caso de tipos sospechosos que se emborrachaban al atardecer, se pasaban la noche entera pegando gritos de borrachos y dormían hasta el mediodía. Todos ellos pasaban por Lufcug como sombras. Los fines de semana. Seres que andan de paso. La pequeña casa, remodelada de forma impersonal, es propiedad de la persona más rica de los alrededores, que en cada valle y en cada meseta posee una propiedad. El tipo se llama Wnętrzak, es decir «Mondongón», y se trata del segundo caso en el que el apellido le quedaba a la perfección al propietario. Parece ser que había comprado la casa con la mente puesta en el terreno, para convertirlo en el futuro en una cantera. Parece ser que toda la meseta se podría utilizar como cantera. Parece ser que vivimos sobre un filón de oro que se llamaba granito.

Yo debía hacer grandes esfuerzos para ocuparme de todas esas casas. Y estaba también el puentecillo: debía revisar que estuviese bien, que el agua no hubiese arrastrado los salientes de refuerzo que le habían puesto después de la última riada. Que el agua no le hubiese hecho agujeros. Cuando acababa mi ronda, todavía echaba un vistazo por los alrededores y de hecho tenía que estar contenta de que todo aquello siguiera en su lugar. Porque podía darse el caso de que simplemente no estuviera allí. Podía haber estado sólo la hierba, grandes espacios cubiertos por hierba esteparia, azotados por el viento y moteados por brotes de *Carlina acaulis*. Así podrían haber sido las cosas. O que no hubiera nada en absoluto, tan sólo un lugar vacío en el espacio cósmico. Y quizás eso habría sido mejor para todos.

Cuando realizaba mis rondas por campos y eriales, me gustaba imaginarme cómo sería todo aquello millones de años después. ¿Existirían las mismas plantas? ¿Sería el mismo color del cielo? ¿Se moverían las placas tectónicas y se alzaría aquí una cordillera de altas montañas? ¿O acaso aparecería un mar y ante el perezoso movimiento de las olas desaparecerían las razones para utilizar la palabra «lugar»? Una cosa era segura, aquellas casas no seguirían allí. Mi esfuerzo era modesto, cabía en la cabeza de un alfiler, como toda mi vida. No debía olvidar eso.

Después, cuando iba más allá de nuestros terrenos, el paisaje cambiaba. Aquí y allá aparecían signos de exclamación, agujas afiladas clavadas en el suelo. Cuando la mirada se posaba en ellos, me temblaban los párpados; aquellas construcciones de madera colocadas en los campos, en los linderos, en los límites del bosque, herían la vista. En toda la meseta había ocho, yo lo sabía perfectamente porque había tenido contacto con ellas, como Don Quijote con los molinos. Se construían con troncos de madera entrecruzados, todas ellas estaban hechas con cruces. Aquellas figuras deformes tenían cuatro patas y sostenían cabañas con unas ventanas para disparar a los animales. A aquellas torretas de caza las llamaban púlpitos. Aquel nombre siempre me había extrañado y me sacaba de quicio. Pues ¿qué tipo de enseñanzas se impartía desde tales púlpitos? ¿Qué evangelio se predicaba? ¿No era el colmo de la soberbia, una idea diabólica, bautizar un lugar desde el que se mata con el nombre de púlpito?

Aún los veo a lo lejos. Cierro los ojos para borrar sus figuras hasta hacerlas desaparecer. Y es que no puedo soportar su presencia. Aunque la verdad es que quien siente ira y no actúa, propaga la epidemia. Eso es lo que dice Blake.

Mientras estaba allí de pie mirando aquellas torretas, podía girarme en cualquier momento y alzar, delicadamente, como si fuera un cabello, la desgarrada y nítida línea del horizonte. Ver más allá de ella. Allí estaba Chequia. Allí huía el sol cuando se hartaba de ver aquí tanto horror. Allí bajaba a pasar la noche mi estrella. Oh, sí, Venus va a dormir a Chequia.

Las tardes las paso sentada en la cocina, concentrada en mi ocupación preferida. Allí se encuentra una mesa grande y sobre ella la computadora que me regaló Dioni y en la cual sólo utilizo un programa. A un costado, mis *Efemérides*, papel para tomar notas y algunos libros, cereal que picoteo mientras trabajo y una jarra de té negro –no bebo otro tipo de té. La verdad es que podría hacer todos los cálculos a mano e incluso lamento no hacerlo así. Pero ¿quién utiliza aún hoy en día una regla de cálculo? Aunque si alguna vez fuera necesario calcular un horóscopo en el desierto, sin computadoras, sin electrónica, sin ninguna herramienta, yo podría hacerlo. Sólo necesitaría para ello mis *Efemérides* y si de repente alguien me preguntara (aunque por desgracia nadie lo hará) qué libro me llevaría a una isla desierta, respondería que precisamente ése: *Efemérides de los planetas, 1920-2020.*

Me obsesiona averiguar si en los horóscopos es posible anticipar, de un modo o de otro, la fecha en que morirán las personas. Si la muerte está presente en el horóscopo. Qué aspecto tiene. Cómo se presenta. Qué planetas juegan el papel de las Moiras. Aquí abajo, en el mundo de Urizen, impera la ley. Desde el cielo estrellado hasta la conciencia moral. Es una ley severa, sin misericordia ni excepciones. Y si existe un orden que rige los nacimientos, ¿por qué no debería existir un orden que rija las muertes?

He recogido mil cuarenta y dos fechas de nacimiento y novecientas noventa y nueve fechas de muertes durante todos estos años y continúo todavía con mis pequeñas investigaciones. Se trata de un proyecto sin subvenciones de la comunidad europea. Concebido y realizado en mi cocina.

Siempre he creído que la astrología hay que aprenderla a través de la práctica. Se trata de un conocimiento serio, en gran medida empírico y tan científico como, por poner un ejemplo, la psicología. Hay que observar cuidadosamente a algunas personas de nuestro entorno y asociar determinados momentos de sus vidas con la ubicación de los planetas. Luego hay que comprobar si esa relación existe. Y analizar acontecimientos diversos, en los que participen distintas personas. Rápidamente se llega a la conclusión de que conjunciones astrológicas semejantes describen hechos semejantes. Entonces es cuando se llega a la iniciación: estoy convencida de que el orden existe y está al alcance de la mano. Lo establecen las estrellas y los planetas, de modo que el cielo es el patrón según el cual se crea el modelo de nuestra vida. Luego de realizar los estudios adecuados, será posible adivinar aquí en la Tierra, a partir de pequeños detalles, la posición de los planetas en el cielo. Una tormenta vespertina, una carta que el cartero mete por la rendija de la puerta, una bombilla fundida en el cuarto de baño. No hay nada capaz de escapar a ese orden. En mí tiene el mismo efecto que el alcohol o una de esas nuevas drogas que, según imagino, colman a la gente de gran entusiasmo.

Hay que tener los ojos y los oídos abiertos, aprender a relacionar los hechos. Ver semejanzas allí donde otros ven diferencias, recordar que ciertos sucesos tienen lugar en niveles distintos o, por decirlo con otras palabras, que acontecimientos diferentes son diversos aspectos de un mismo fenómeno. Y que el mundo es una gran trama, un todo en el que no hay hecho aislado. Que incluso el más pequeño de los fragmentos del mundo está relacionado con otros de acuerdo con un complicado cosmos de correspondencias difícil de comprender por una mente normal. Así funciona todo esto. Como un reloj suizo.

Dioni, que es capaz de perderse en sus divagaciones sobre los extraños símbolos de Blake, no comparte mi pasión por la astrología. Sin duda porque nació demasiado tarde. Su generación tiene a Plutón en Libra, lo cual disminuye su capacidad de atención. Se creen capaces de equilibrar el mismísimo infierno, pero no creo que lo consigan. Es posible que sean capaces de preparar proyectos y rellenar solicitudes, pero la mayoría de ellos ha perdido la facultad de mantenerse atentos.

Crecí en una época maravillosa que por desgracia ya es historia. Una época en la que había una gran disposición a los cambios y existía la capacidad de concebir visiones revolucionarias. Hoy ya nadie tiene el valor de imaginar nada nuevo. Se habla sin cesar de cómo son las cosas y se retoman ideas antiguas. La realidad ha envejecido, se ha anquilosado porque está sometida a las mismas leyes que todo organismo viviente: también envejece. Sus más minúsculos componentes, los significados, sufren el mismo tipo de apoptosis que las células del cuerpo. La apoptosis es la muerte natural provocada por el cansancio y el agotamiento de la materia. En griego, la palabra significa «caída de pétalos». Al mundo se le han caído los pétalos.

Pero pronto debe llegar algo nuevo. Siempre ha sido así, ¿no es divertida la paradoja? Urano está en Piscis, pero cuando pase por el signo de Aries comenzará un nuevo ciclo y la realidad nacerá de nuevo. En primavera, dos años después.

El estudio de los horóscopos me proporciona gran alegría, incluso cuando descubro la presencia de la muerte. El movimiento de los planetas me parece hipnótico, bello, no es posible detenerlo ni acelerarlo. Es bueno pensar que ese orden supera ampliamente el tiempo y el espacio de Janina Duszejko. Es bueno confiar en algo por completo.

Así que para anticipar la muerte natural hay que examinar la posición del *hyleg*, es decir, del cuerpo celeste que absorbe para nosotros la energía vital del cosmos. En los nacimientos diurnos se trata del sol, en los nocturnos de la luna, y en algunos casos, el hyleg es el regente del ascendente. La muerte por lo general ocurre cuando el hyleg adopta un aspecto que no tiene ningún tipo de armonía en relación con el regente de la octava casa, o con el planeta que se encuentra dentro de ella.

Cuando examino quién corre el riesgo de una muerte violenta debo tomar en cuenta el hyleg, su casa y los planetas situados en ella. Prestar atención a cuál de los planetas dañinos –Marte, Saturno, Urano– es más fuerte que el hyleg y adopta frente a este último un aspecto disonante.

Aquel día me puse a trabajar y saqué del bolsillo una hoja arrugada en la que había escrito los datos de Pie Grande a fin de comprobar si su muerte había ocurrido en el momento adecuado. Cuando tecleaba su fecha de nacimiento eché un vistazo a la hoja de papel en la que había apuntado los datos. Se trataba de una hoja arrancada de un calendario de caza, la cual indicaba una sola palabra: «Marzo». Una tabla mostraba las figuritas de los animales que podían ser cazados en marzo.

El horóscopo apareció ante mí en el monitor y durante una hora arrebató mi atención. Primero estuve mirando a Saturno. En lo que se refiere a los signos fijos Saturno suele representar con frecuencia una muerte por asfixia, atragantamiento o ahorcamiento.

Sufrí dos tardes seguidas mientras revisaba el horóscopo de Pie Grande, hasta que Dioni me llamó y lo disuadí de ir a verme. Su viejo y brioso Fiat 126 se habría quedado atascado en la nieve encharcada: preferí que aquel muchacho adorable se dedicara a traducir a Blake en la habitación que ocupaba dentro de una pensión para obreros. Era mejor que en la cámara oscura de su mente revelara las frases en polaco de los negativos ingleses. Sería mejor que viniera el viernes, entonces le explicaría todo y le presentaría como pruebas el orden preciso de los astros.

Debía tener cuidado. Ahora me atrevo a decirlo: por desgracia no soy una estupenda astróloga. Mi carácter tiende a oscurecer la imagen de la ubicación de los planetas. Los observo a través de mis temores y angustias, a pesar de la supuesta serenidad de ánimo que ingenua e inocentemente me atribuyen las personas. Lo veo todo como reflejado en un espejo oscuro o a través de un cristal ahumado. Veo el mundo como otros miran un eclipse de sol. En mi opinión, hay un eclipse de Tierra. Veo cómo nos movemos a tientas en las tinieblas permanentes, como escarabajos capturados y metidos en una caja por un niño cruel. Es fácil lastimarnos y hacernos daño, romper en pedazos las primorosas y extravagantes existencias que nos hemos construido. Todo me parece anormal, terrible y amenazante. Sólo veo catástrofes. Pero teniendo en cuenta que la Caída ocurrió al principio de todas las cosas, ¿podemos seguir cayendo hacia abajo?

En todo caso, ya conozco la fecha de mi propia muerte y gracias a ello me siento liberada.

V
LUZ EN LA LLUVIA

Las prisiones están construidas con las piedras de la ley; los burdeles, con los ladrillos de la religión.

SE ESCUCHÓ UN GOLPE, LUEGO UN LEJANO ESTALLIDO, como si alguien en la habitación contigua hiciera estallar una bolsa de papel inflada.

Me senté en la cama con la horrible sensación de que sucedía algo malo y de que aquel sonido podía significar una sentencia de muerte. Le siguieron otros estallidos, así que, sin haber despertado por completo me vestí a toda prisa. Me detuve en el centro de la habitación, enredada en el suéter, descubriendo mi impotencia: ¿qué podía hacer? Como suele pasar en días como ésos, hacía un tiempo precioso, como si el dios del tiempo favoreciese a los cazadores. El sol brillaba hasta cegarme, aunque acababa de salir, aún rojo por el esfuerzo, y provocaba largas y somnolientas sombras. Salí a la parte delantera de mi casa y creí que en cualquier momento las chicas me rebasarían, correrían directamente a la nieve, alegrándose de que el día hubiera llegado, y que mostrarían su alegría de manera tan manifiesta y desvergonzada que yo me contagiaría de ella. Les arrojaría una bola de nieve y ellas interpretarían aquello como un permiso para realizar todo tipo de locuras y se lanzarían inmediatamente a una caótica carrera en donde la perseguidora se convertiría de repente en la fugitiva y de un segundo a otro el motivo de esa carrera dejaría de ser uno y pasaría a ser otro, y su alegría llegaría a ser tan grande que no habría otra forma de expresarla como no fuera correr alrededor de la casa como locas.

Volví a sentir las lágrimas en las mejillas; sabía que debería consultar a Alí, el médico, que era dermatólogo pero sabía un poco de todo y lo comprendía todo. Mis ojos debían tener alguna enfermedad importante.

Fui a paso ligero hasta mi Samurai y al pasar junto al ciruelo agarré la bolsa de plástico llena de hielo y tanteé su peso en la mano. Una frase me vino a la mente desde lejos, desde el pasado: *Die kalte Teufelshand*, el frío puño del diablo. ¿Venía de *Fausto*? El Samurai se puso en marcha a la primera y sumisamente, como si conociera mi estado, avanzó por la nieve. Las palas y la llanta de repuesto traquetearon en la parte trasera. Era difícil determinar de dónde provenían los disparos; parecían rebotar en las paredes del bosque y multiplicarse. Dos kilómetros después del precipicio vi sus coches, jeeps perfectamente equipados y un pequeño camión. Un hombre fumaba a un costado de los coches. Aceleré y pasé junto a aquel campamento. El Samurai parecía saber qué tenía yo en mente porque salpicó con entusiasmo la nieve húmeda. El hombre corrió detrás de mí unos metros agitando los brazos, seguramente intentaba que me detuviera. Pero no le presté la menor atención.

Los vi mientras avanzaban, desplegados en orden disperso. Veinte o treinta hombres vestidos con uniformes de color verde, anoraks militares de camuflaje y esos ridículos sombreros con plumas. Paré el coche y corrí en dirección hacia ellos. Segundos después reconocí a algunos. Y ellos también me vieron. Me miraron sorprendidos e intercambiaron entre sí miradas guasonas.

—¿Qué carajo está pasando aquí? –grité.

Uno de ellos, un ayudante, se acercó en mi dirección. Era el mismo hombre bigotudo que fue a buscarme con otro tipo el día que murió Pie Grande.

—Señora Duszejko, no se acerque por aquí, es peligroso. Haga el favor de marcharse. Estamos disparando.

Agité los brazos delante de su cara.

—Son ustedes quienes tienen que marcharse de aquí. Porque llamo a la policía…

Se nos acercó un segundo hombre que se había separado del grupo; jamás lo había visto. Iba vestido con el clásico atuendo y sombrero de caza. El grupo se puso en marcha. Llevaban las escopetas por delante.

—No es necesario, señora –dijo con amabilidad–. Aquí ya está la policía.

Y sonrió con condescendencia. Y así era: a lo lejos reconocí la barrigona figura del comandante de policía.

—¿Qué sucede? –gritó alguien.

—Nada, nada, es la señora mayor de Lufcug. Quiere llamar a la policía –en su voz se percibía cierta ironía.

Sentí odio.

—Señora Duszejko, no cometa tonterías –dijo amigablemente el Bigotudo–. Estamos disparando.

—¡No pueden dispararle a los seres vivos! –grité. Pero el viento me arrebató aquellas palabras en cuanto salieron de mi boca y las desparramó por la meseta.

—Está todo en orden, vaya a su casa. Disparamos a los faisanes –el Bigotudo me intentaba tranquilizar, como si no entendiera mis quejas. El otro añadió con voz dulzona: —No discutas con ella, está loca.

Al oír esto se apoderó de mí la ira, una ira auténtica, se podría decir que divina. Se apoderó de mi interior como un fuego ardiente. Y sin embargo, mantuve la calma a pesar de aquella energía; me pareció que me elevaba en el aire, que ocurría una pequeña gran explosión en el universo de mi cuerpo. Una especie de fuego ardía dentro de mí, con la fuerza de una estrella de neutrones. Me lancé hacia delante y empujé tan fuerte al hombre del sombrero ridículo que lo tomé por sorpresa y cayó sobre la nieve. Y cuando el Bigotudo se apresuró a ayudarlo, lo ataqué también: le di un golpe en el hombro con todas mis fuerzas, al grado que aulló de dolor. No soy una debilucha.

—Oiga, ¡qué modales son ésos! –tenía el rostro torcido por el dolor e intentaba agarrarme las manos.

Entonces llegó por detrás el mismo tipo que estaba junto a los coches, al parecer me había seguido, y me atenazó con sus brazos.

—Permítame que la acompañe a su coche –me dijo al oído, pero no se trataba en absoluto de acompañarme, me arrastró hacia atrás con tanta fuerza que me tiró al suelo.

El Bigotudo me ofreció ayuda para levantarme, pero lo rechacé con asco. Mis posibilidades eran nulas.

—No se ponga nerviosa. La ley está de nuestro lado.

Eso fue lo que dijo: «la ley». Me sacudí la nieve y me dirigí al coche tan alterada que iba temblando y tropezando. Mientras tanto, el grupo había desaparecido tras unos pequeños arbustos, una hilera de sauces jóvenes en un terreno lodoso. Un instante después volví a oír disparos; estaban disparando a las aves. Subí al coche y me quedé sentada, inmóvil, con las manos en el volante, debí esperar un poco antes de ser capaz de arrancar.

Me dirigí a casa llorando de impotencia. Me temblaban las manos y supe que aquello iba a acabar mal. El Samurai se paró con un suspiro de alivio frente a la casa y tuve la impresión de que estaba de mi lado. Apoyé la cara en el volante. El claxon sonó tristemente, como una llamada. Como un grito de duelo.

Mis dolencias aparecen de forma traicionera, nunca se sabe cuándo. Algo sucede en mi cuerpo, y lo primero que me duelen son los huesos. Es un dolor desagradable, *empalagoso* y constante. No desaparece durante horas, y a veces ni siquiera durante días. No es posible esconderse de ese dolor, no hay ni pastillas ni inyecciones para calmarlo. Tiene que hacerme daño, igual que un río está obligado a fluir y el fuego a arder. Me recuerda cruelmente que estoy hecha de efímeras partículas materiales que se desgastan a cada segundo. ¿Podría acostumbrarme a él? Vivir con él como viven las personas en las ciudades de Oswiecim –la Auschwitz nazi– o Hiroshima, sin pensar en absoluto en lo que ocurrió anteriormente allí. Simplemente viven.

Al dolor de huesos le siguen el dolor de estómago, de intestino, de hígado, de todo lo que tenemos dentro. Un dolor persistente, que sólo la glucosa es capaz de atenuar parcialmente, por lo que siempre llevo unas ampolletas en mis bolsillos. Nunca sé cuándo puedo sufrir un ataque, cuándo voy a sentirme peor. A veces tengo la impresión de que estoy construida únicamente con los síntomas de enferme-dad, de que soy un fantasma hecho de dolor. Cuando no consigo reponerme, imagino que en el estómago, desde el cuello hasta el perineo, tengo una cremallera y que la voy abriendo lentamente, de arriba abajo. Y después saco las manos de las manos, las piernas de las piernas y la cabe-za de la cabeza. Que salgo de mi propio cuerpo y éste cae como un montón de ropa vieja. Soy pequeña y delicada, casi transparente. Mi cuerpo es como el de una medusa: blanco, lechoso, fosforescente.

Sólo esa fantasía es capaz de proporcionarme cierto ali-vio. Me ayuda a liberarme también.

Quedé de verme con Dionizy a finales de esa semana, el viernes, un poco más tarde de lo habitual, porque me sentía tan mal que decidí ir al médico. Cuando me hallaba en la sala de espera recordé cómo había conocido al doctor Alí.

Un año antes, había sufrido quemaduras de sol. Debía tener un aspecto lamentable, ya que las enfermeras de la recepción, asustadas, me llevaron directamente al consul-torio. Allí me ordenaron que esperara y como tenía hambre, saqué del bolso unas galletas recubiertas de coco y me las comí. El médico llegó poco después. Su piel era color ma-rrón claro, del color de una nuez. Me dijo:

—A mí también me gustan *los sombreros* de coco.

Con eso me conquistó. Como la gente que debe aprender polaco siendo ya adulta, en ocasiones confundía unas pala-bras con otras totalmente diferentes.

—Ahora mismo me ocupo de usted, y veremos por qué se queja –añadió.

Aquel hombre se ocupó escrupulosamente de examinar mis dolencias, no sólo las dermatológicas. Su rostro oscuro conservaba la calma. Me contó intrincadas anécdotas sin prisa, mientras, al mismo tiempo, me medía el pulso y la tensión. Fue mucho más allá de las obligaciones de un dermatólogo. Alí, que venía del Cercano Oriente, tenía unos métodos muy tradicionales y eficaces para curar las enfermedades de la piel: ordenaba a las señoras de la farmacia que prepararan pomadas y ungüentos extraordinariamente rebuscados, compuestos de numerosos ingredientes y de preparación laboriosa. Imaginé que, por aquel motivo, los farmacéuticos del lugar no le tendrían gran aprecio. Sus recetas tenían colores sorprendentes y olores chocantes. Alí debía creer que la medicina para un sarpullido provocado por la alergia debía ser tan espectacular como los propios sarpullidos.

En aquella ocasión se dedicó a examinar los cardenales que tenía en mis brazos.

—¿De dónde salió esto?

No le di importancia al asunto. Cualquier golpe, por diminuto que fuera, bastaba para provocarme una mancha roja que podía durar un mes. Me examinó también la garganta, me palpó los ganglios, me auscultó los pulmones.

—Deme usted algo que me insensibilice –sugerí–. Seguro que hay medicinas así. Eso me gustaría. No sentir nada, no preocuparme y dormir. ¿Es posible?

Escribió varias recetas. Meditó largamente antes de escribir cada una de ellas, mordisqueaba un extremo del lápiz, y finalmente recibí un montón de medicinas que debían prepararse por encargo.

Volví tarde a casa. Hacía ya mucho que había oscurecido, y desde el día anterior soplaba el halny, el viento del sur, así que la nieve se derretía a grandes pasos y caía una horrorosa aguanieve. Afortunadamente no se había apagado la estufa. Dioni también llegaba con retraso, porque de nuevo resultaba imposible avanzar por nuestro camino a causa de la nieve resbaladiza. Había dejado su pequeño Fiat junto a la carretera asfaltada y llegó a pie, empapado y aterido de frío.

Dioni, o Dionizy, iba a visitarme todos los viernes tan pronto salía del trabajo, así que ese día yo preparaba un verdadero banquete –lo cual sólo ocurre una vez a la semana. Cuando la visita se cancela preparo una gran olla de sopa los domingos, que recaliento a diario y me dura hasta el miércoles. El jueves abro algunas latas o voy al pueblo a comer una pizza Margarita.

Dioni tiene una alergia espantosa, razón por la cual no puedo dar del todo rienda suelta a mi imaginación culinaria. Debo cocinarle platillos sin lácteos, frutos secos, pimientos, huevos y harina de trigo, lo cual limita el menú en buena medida. Sobre todo porque no comíamos carne. A veces, cuando Dioni caía imprudentemente en la tentación de comer algo inadecuado para él, su cuerpo se cubría de un sarpullido que le provocaba una gran picazón. Debía rascarse sin medida y allí donde la piel se irritaba aparecían heridas que no dejaban de supurar. Así que prefería evitar los experimentos. Ni siquiera Alí con sus recetas era capaz de mitigar la alergia de Dioni, una enfermedad de naturaleza misteriosa y traicionera, y cuyos síntomas cambiaban. Hasta ahora no habían logrado identificarlos, a pesar de todos los tests realizados.

Dioni sacaba de la castigada mochila un cuaderno y un montón de bolígrafos de colores que miraba impacientemente durante la comida, y después, cuando nos lo habíamos comido todo, todo, acompañado con un poco de té negro (no reconocemos ningún otro tipo de té) me contaba sus logros de la semana. Dioni estaba traduciendo a Blake. Así lo había decidido y hasta aquel momento estaba cumpliendo su resolución a rajatabla.

En los viejos tiempos había sido alumno mío. Ahora ya tiene treinta años, pero no se diferencia en nada de aquel Dioni que se quedó encerrado en el baño por descuido durante el examen de inglés y fue reprobado –le avergonzaba pedir ayuda. Siempre fue de corta estatura y tenía una apariencia infantil, incluso afeminada, con sus manos pequeñas y su cabello sedoso.

Fue muy extraño que el destino volviera a reunirnos en la plaza del pueblo muchos años después de aquel desafortunado examen de inglés. Lo vi un día al salir de la oficina de correos. Él iba a recoger un libro que había comprado por internet. Por desgracia, yo debía haber cambiado mucho, pues no me reconoció de inmediato, sino que se dedicó a mirarme boquiabierto y no dejaba de parpadear.

—¿Es usted? –susurró con sorpresa un instante después.

—¿Dionizy?

—¿Qué hace usted por aquí?

—Vivo aquí cerca. ¿Y tú?

—Yo también, profesora.

Después, de manera espontánea, nos fundimos en un abrazo. Me contó que había trabajado en Wrocław como técnico en informática para la policía pero no había logrado escapar a la reorganización y reestructuración del departamento. Le propusieron un trabajo en provincia e incluso le proporcionaron alojamiento temporal en un hotel mientras encontraba una vivienda de verdad, pero Dioni no encontró un departamento y tuvo que instalarse en el gigantesco hotel local para obreros: un edificio feo, de hormigón, donde se alojaban todas las excursiones con turistas escandalosos que iban a Chequia, y donde las empresas organizaban reuniones de trabajo que terminaban con borracheras hasta altas horas de la madrugada. Tenía allí una habitación muy grande, con un vestíbulo, y una cocina que compartía con otros inquilinos, ubicada en el primer piso. Ahora traducía el *Primer libro de Urizen*, el cual me parecía mucho más difícil que los anteriores, *Proverbios del Infierno* y *Canciones de inocencia*, en los que yo le había ayudado con devoción, aunque con trabajos, pues yo no entendía gran cosa de las bellas imágenes dramáticas que Blake hacía aparecer con sus palabras como por arte de magia. ¿De verdad pensaba eso? ¿Qué era lo que pretendía describir? Y no dejaba de interrumpir a Dioni: ¿dónde sucedían esas cosas y cuándo? ¿Se trataba de un cuento o de un mito?

—Lo que cuenta sucede en todo momento y en todas partes —me respondía Dioni con un brillo en los ojos.

En cuanto traducía un nuevo fragmento me leía los versos con solemnidad y esperaba mis comentarios. A veces tenía la impresión de entender sólo palabras aisladas y que no me enteraba del sentido general. No sabía cómo ayudarlo. No me gustaba la poesía y todos los poemas del mundo me parecían innecesariamente complicados y confusos. No entendía por qué tales revelaciones no habían sido escritas en un lenguaje accesible y en prosa. En esas ocasiones Dioni perdía la paciencia y estallaba, lo cual me parecía muy divertido.

En esas condiciones no me parecía que yo fuera de gran ayuda. Dioni era mucho mejor traductor que yo, su inteligencia era más rápida, digna de una cámara digital, mientras que la mía seguía siendo analógica. Dioni comprendía instantáneamente el sentido de todas las frases y tenía la capacidad de revisar un verso recién traducido con un punto de vista completamente diferente, de superar un apego innecesario a cierta palabra, de apartarse de ella y proponer una solución nueva y mucho más bella. Yo me limitaba a acercarle el recipiente de la sal, pues tengo la teoría de que la sal favorece la transmisión de los impulsos nerviosos entre las sinapsis, y Dioni aprendió a hundir en el recipiente un dedo ensalivado y lamerlo. Debo confesar que a esas alturas yo ya había olvidado buena parte del inglés, y que no habría podido recuperarlo ni aunque me hubiese comido toda la sal de la mina de Wieliczka –y además aquel trabajo de hormiguita me aburría muy pronto. Me sentía inútil.

Por poner un ejemplo, ¿cómo había que traducir esta retahíla, con sabor a canción infantil?

> *Every night & every morn*
> *some to misery are born*
> *every morn & every night*
> *some are born to sweet delight,*
> *some are born to endless night.*

Es el poema más famoso de Blake. Es imposible traducirlo al polaco sin hacer que pierda el ritmo, la rima y ese laconismo infantil. Dioni lo intentó muchas veces y cada uno de sus intentos parecía un chiste sin gracia.

Al verlo empapado le ofrecí un plato de sopa que lo ayudó a entrar en calor, incluso le subieron los colores a la cara. El pelo se le electrizaba porque llevaba puesto un gorro de lana y sobre su cabeza se había formado una pequeña y divertida aureola.

Aquella noche nos resultó difícil concentrarnos en la traducción. Yo estaba cansada e inquieta. No lograba pensar en la traducción.

—¿Qué te pasa? Hoy estás distraída –me reclamó.

Le di la razón. Los dolores habían disminuido pero no habían pasado del todo. El tiempo era horroroso, hacía viento y llovía. Cuando soplaba el halny era difícil concentrarse.

—¿Cuál fue el demonio que creó este vacío abominable? –preguntó Dioni.

Blake iba a la perfección con la atmósfera que se respiraba esa tarde: nos parecía que el cielo había descendido a la Tierra, al grado que había dejado muy poco espacio y aire para los seres vivos. Nubes bajas y oscuras surcaron el cielo a lo largo del día, y ahora, muy entrada la tarde, restregaban contra las colinas sus barrigas llenas de humedad.

Intenté convencerlo de que se quedara a pasar la noche en casa, como había hecho en otras ocasiones, en que yo lo instalaba en el sofá de mi pequeña sala de lectura, le encendía la estufa eléctrica y dejaba abierta la puerta que comunicaba con mi habitación, a fin de que pudiéramos escuchar nuestras respiraciones. Pero aquella noche no podía quedarse. Mientras se frotaba la frente con apatía me explicó que la comisaría estaba cambiando de sistema informático –no me apetecía conocer los detalles–, lo importante era que tenía muchísimo trabajo. Debía estar a primera hora de la mañana en la oficina. Y la nieve derretida no iba a serle de gran ayuda.

—¿Cómo vas a llegar? –la situación me llenaba de inquietud.

—Basta con que logre llegar a la carretera.

No me gustaba la idea de quedarme sola. Me puse dos forros polares encima y un gorro. Con nuestros respectivos impermeables amarillos puestos parecíamos dos gnomos. Lo acompañé hasta el camino y de buen grado me habría ido con él hasta la carretera asfaltada. Llevaba debajo del impermeable una miserable cazadora que colgaba de él como de un espantapájaros, y aunque las habíamos puesto a secar en el radiador, sus botas seguían completamente mojadas. Pero no quiso que lo acompañara muy lejos. Nos despedimos al llegar al camino y ya regresaba a la casa cuando Dioni gritó a mis espaldas.

Señalaba con una mano en dirección del desfiladero, donde brillaba una luz pálida que jamás habíamos visto antes.

Regresé sobre mis pasos.

—¿Qué puede ser? –preguntó.

Me encogí de hombros.

—¿Alguien que salió a pasear por ahí con una linterna? –aventuré.

—Ven, vamos a averiguar –me agarró de la mano y me colocó a sus espaldas. Parecía un pequeño boy scout que acababa de encontrar una pista para resolver un misterio.

—¿Ahora, de noche? Claro que no, podríamos resbalar en la nieve. Quizá Pandedios perdió su linterna y se quedó ahí, encendida.

—Eso no es la luz de una linterna –insistió Dioni y se dirigió hacia allá.

Intenté detenerlo. Lo agarré de la mano pero sólo me quedé con su guante.

—¡No, Dionizy! No vayas allí, por favor.

Pero él estaba como poseído por los demonios y no respondía en absoluto.

—Yo me quedo aquí –intenté chantajearlo.

—Muy bien, entonces vete a tu casa, iré yo solo y veré qué sucede. Igual ha ocurrido algo grave. Vete.

—¡Dioni! –grité furiosa.

Pero no respondió.

Por eso lo seguí, tratando de alumbrar el camino con mi linterna, pero sólo conseguía arrancarle a la oscuridad unas cuantas manchas llenas de luz, en las que desaparecían todos los colores. Las nubes estaban tan bajas que uno podía engancharse en ellas y dejarse arrastrar a algún lugar lejano, al sur, a países más cálidos, y saltar desde lo alto de ellas a un olivar, o por lo menos a una viña en Moravia, donde se producía aquel delicioso vino verde. Pero en lugar de eso nuestros pies nos hundían en una nieve fangosa, a medio derretir, mientras la lluvia se esforzaba por entrar bajo nuestras capuchas para abofetearnos sin cesar.

Entonces lo vimos.

En el desfiladero había un coche grande, un todoterreno. Todas sus puertas estaban abiertas y la luz que brillaba levemente venía de su interior. Me resistí a acercarme, pues tenía miedo y estaba nerviosa: sentía que de un momento a otro me pondría a llorar como un niño. Dioni me quitó la linterna y poco a poco se acercó al coche. Alumbró el interior, pero el auto estaba vacío. En el asiento trasero había un maletín negro y unas bolsas de plástico, probablemente el propietario se había ido de compras.

—No lo vas a creer –dijo Dioni en voz baja y alargando las sílabas–. Yo conozco este coche. Es el Toyota de nuestro comandante.

Barrió con la luz de la linterna los alrededores. El vehículo se encontraba en el punto en que el camino gira a la izquierda.

A la derecha crecían unos arbustos: en la época de los alemanes hubo una casa y un molino en ese lugar. Ahora sólo había allí unos arbustos crecidos, un montón de ruinas y un gran nogal que en otoño alojaba a las ardillas de todos los alrededores.

—¡Mira! –le dije–. ¡Hay algo en la nieve!

La luz de la linterna rescató unas huellas extrañas, una multitud de orificios redondos, del tamaño de una moneda. Estaban por todos lados: alrededor del coche y en el camino. Y vimos también las huellas de unas botas masculinas, con suelas de tractor. Éstas eran claramente visibles, porque al derretirse la nieve se había filtrado a su interior.

—Son huellas de pezuñas pequeñas –dije, luego de agacharme e inspeccionar con cuidado las pequeñas grietas circulares–. Son huellas de corzos. ¿Ves?

Pero Dioni miraba en otra dirección, donde la nieve se encontraba pisoteada y completamente aplastada. La luz de su linterna avanzó un poco más allá, en dirección de unos matorrales y poco después lo oí gemir. Algo asomaba por la boca de un viejo pozo tras los arbustos, justo al lado del camino.

—Dios mío, Dios mío, Dios mío –repitió Dioni mecánicamente, lo cual me puso los nervios de punta. Estaba claro que esa noche no iba a llegar ningún dios a ayudarnos–. Dios, ahí hay alguien –gimió.

Sentí una oleada de calor. Me acerqué a él y le arranqué la linterna de la mano. Alumbré el agujero y vimos la imagen macabra.

En el pozo yacía boca abajo un cuerpo retorcido. Por detrás de un hombro se veía un trozo del rostro, ensangrentado, horroroso, con los ojos abiertos. En la superficie sobresalía un par de botas enormes, de gruesas suelas. El pozo llevaba años tapado y era poco profundo, era un simple agujero, vaya. En una ocasión yo misma lo cubrí con unas ramas para que no cayeran en él las ovejas del dentista.

Dioni se puso de rodillas y tocó con delicadeza aquellas botas.

—No toques nada –susurré.

El corazón me latía enloquecido. Me parecía que aquella cabeza ensangrentada no tardaría en girar en nuestra dirección, que por debajo de las manchas de sangre seca brillaría el blanco de esos ojos, que los labios se moverían para pronunciar unas palabras, y que entonces el cuerpo treparía de regreso hacia arriba, hacia la vida, enfurecido por su propia muerte, y que me agarraría por el cuello, loco de rabia.

—Parece que aún vive –Dioni estaba a punto de llorar.

Recé por que no fuera así.

Dioni y yo estábamos congelados y aterrorizados. Él tiritaba como si tuviera convulsiones; yo estaba preocupada por él. Le castañeteaban los dientes. Nos abrazamos y Dioni comenzó a llorar.

El agua caía del cielo, parecía manar de la tierra, parecía que la tierra fuera una gran esponja llena a rebosar de agua fría.

—Vamos a agarrar una pulmonía –sollozó Dioni.

—Vámonos de aquí. Vamos a casa de Pandedios, él sabrá qué hacer. Vamos. No nos quedemos aquí –propuse.

Regresamos sobre nuestros pasos, abrazados con torpeza, como dos soldados heridos. Yo sentía con claridad cómo repentinos y agitados pensamientos hacían que me ardiera la cabeza: prácticamente veía cuando aquellos pensamientos se evaporaban bajo la lluvia, se convertían en pedazos de nube y se unían a los nubarrones negros. Mientras avanzábamos así, patinando en la tierra reblandecida, un montón de palabras se agolpaban en mi boca. Deseaba a toda costa compartirlas con Dioni; deseaba decirlas en voz alta, pero por el momento era incapaz de dejarlas salir. Parecían esconderse de mí. No sabía por dónde empezar.

—Jesús, Jesús —sollozaba Dioni—. Era el comandante, he visto su cara. Era él.

A Dioni siempre lo aprecié mucho y no quería que me tomara por una loca. No él. Pero cuando estuvimos frente a la casa de Pandedios, saqué fuerzas de flaqueza y decidí decirle lo que pensaba:

—Los animales se están vengando de la gente.

Dioni siempre me cree, pero en esta ocasión ni siquiera me prestó atención.

—No es algo extraordinario —continué—. Los animales son fuertes y sabios. No sabemos cuánto. Hubo tiempos en los que los animales eran llevados a juicio. E incluso eran condenados.

—¿Qué estás diciendo? ¿Qué estás diciendo? —farfulló Dioni, fuera de sí.

—Leí algo sobre unas ratas que fueron llamadas a juicio porque habían sido las causantes de numerosos daños. La causa se fue aplazando porque no se presentaban en el juzgado. Finalmente les asignaron un abogado de oficio.

—Jesús, María y José, ¿qué estás diciendo? —replicó febrilmente.

—Creo recordar que sucedió en Francia, en el siglo dieciséis —le expliqué—. No sé cómo acabó todo, e ignoro si fueron condenadas.

De repente Dioni se detuvo, me agarró con fuerza por los hombros y me zarandeó:

—Estás en estado de shock. No sabes lo que dices.
Yo sabía muy bien de qué hablaba. Y decidí que en cuanto se presentara la ocasión iría a comprobarlo.

Pandedios apareció por detrás de la valla con su pequeña linterna amarrada a la altura de la frente. Bajo aquella linterna su rostro tenía un impresionante aspecto cadavérico.

—¿Qué pasa? ¿Qué hacen aquí a estas horas? –preguntó como lo haría un centinela.

—Alguien mató al comandante. Está allí, junto al coche –Dioni rechinó los dientes y señaló con una mano a su espalda.

Pandedios abrió la boca y movió los labios sin emitir un sonido. Pensé que había perdido el uso de la palabra, pero terminó por decir:

—Hoy vi pasar su gigantesco coche. Tenía que acabar así. Solía conducir borracho. ¿Ya llamaron a la policía?

—¿Estamos obligados a hacerlo? –no quería que todo ello afectara aún más los nervios de Dioni.

—Ustedes encontraron el cuerpo. Son los testigos.

Fue a buscar el teléfono y poco después lo oímos comunicar, con voz sosegada, la muerte de un hombre.

—Yo allí no vuelvo –dije, y sabía que Dioni tampoco iría.

—Está en el pozo. Con las piernas hacia arriba. Cabeza abajo y completamente ensangrentado. Hay huellas por todas partes. Huellas pequeñas, como las pezuñas de los corzos –balbuceó Dioni.

—Se va a armar un escándalo, porque era policía –dijo secamente Pandedios–. Espero que no hayan pisado las huellas. ¿Qué no ven películas policiacas?

Entramos en su cálida y luminosa cocina y él se quedó esperando a la policía frente a la casa. No intercambiamos una sola palabra. Permanecimos inmóviles, sentados como figuras de cera. Entretanto mis pensamientos volaban a la velocidad de aquellos pesados nubarrones de lluvia.

Los policías llegaron en un jeep una hora más tarde. El último en salir fue Abrigo Negro.

—Ah, ya sabía que papá estaría por aquí –dijo con sarcasmo y el pobre Pandedios lució desconcertado.

Abrigo Negro nos saludó con un apretón de manos militar, como si fuéramos boy scouts y él fuera nuestro jefe de grupo. Como si acabáramos de hacer una buena acción y él nos lo agradeciera. Pero al ver a Dioni lo observó con recelo.

—A ti te conozco, ¿o no?

—Sí, claro: trabajo en la comisaría.

—Es mi amigo. Me visita los viernes. Traducimos juntos a Blake –me apresuré a aclarar.

El policía me miró con disgusto y nos pidió que subiéramos al coche con él. Cuando llegamos al desfiladero otros policías habían colocado una cinta de plástico alrededor del pozo y estaban encendiendo unos reflectores. Las gotas de lluvia se convirtieron en largos hilos de plata bajo esa luz, como pelo de ángel en el árbol de navidad.

Los tres pasamos toda la mañana en la comisaría, aunque no tenían ningún motivo para retener a Pandedios. Éste se veía asustado y yo sufría de un gran sentimiento de culpa por haberlo metido en todo eso.

Nos interrogaron como si hubiéramos matado al comandante con nuestras propias manos. Menos mal que en aquella comisaría tenían una impresionante cafetera que hacía también chocolate caliente. El chocolate me gustó mucho y me llenó de energía, a pesar de que mis dolencias aumentaban.

Cuando nos llevaron a casa, era bien entrada la tarde. Mi estufa se había apagado, así que tuve que hacer un gran esfuerzo para encenderla de nuevo.

Me quedé dormida en el sofá, sentada y vestida. Ni siquiera me lavé los dientes. Dormí como un tronco y por la madrugada, cuando la oscuridad aún reinaba plenamente al otro lado de la ventana, escuché de repente algo extraño. Me pareció que la caldera de la calefacción había dejado de funcionar, pues ya no escuchaba su sonido discreto. Me eché una pieza de ropa caliente sobre los hombros y bajé a la cava. Entonces abrí la puerta que daba a la caldera.

Allí estaba mi mamá, con un vestido floreado de verano y un bolso colgado al hombro. Parecía inquieta y desorientada.

—Por el amor de dios, ¿qué estás haciendo aquí, mamá? –grité sorprendida.

Ella puso los labios como si quisiera responderme, y los movió unos instantes sin emitir ningún sonido. Después renunció a hablar. Sus ojos recorrieron las paredes, intranquilos, y el techo de la habitación. Era evidente que no sabía dónde estaba. Intentó decir algo de nuevo y de nuevo renunció.

—Mamá –susurré y traté de capturar su mirada huidiza.

Tenía motivos para estar enfadada con ella. Después de todo, había muerto hacía ya mucho tiempo. Además, las madres que han muerto no se comportan así.

—¿De dónde saliste? Éste no es lugar para ti –iba a regañarla, pero se apoderó de mí una enorme tristeza. Ella me miró con ojos aterrados y se concentró en mirar las paredes, totalmente confundida. Entendí que había sido yo quien la sacó de donde se encontraba, sin proponérmelo. Que era mi culpa.

—Vete de aquí, mamá –le dije con la voz más dulce que pude.

Pero ella no me prestaba atención, quizá ni siquiera lograba escucharme. Estaba claro que no deseaba posar su mirada sobre mí. Molesta, cerré de un portazo la puerta que daba a la caldera y me quedé del otro lado, escuchando. Sólo oí una especie de susurro, algo parecido al rumor que haría un ratón o la polilla en la madera.

Regresé al sofá. Por la mañana recordé todo aquello con gran claridad.

VI
TRIVIALIDAD Y BANALIDAD

El corzo errante libra de cuitas
al alma acongojada.

PANDEDIOS FUE HECHO PARA VIVIR EN SOLEDAD, como yo, y sin embargo resultaba imposible unir nuestras soledades. Tras los dramáticos acontecimientos que vivimos todo volvió a su cauce. Se acercaba la primavera, así que Pandedios dedicó toda su energía a otros trabajos: en la quietud de su taller reparó numerosas herramientas con las que sin duda iba a echarme a perder el verano: una sierra eléctrica, una trituradora de ramas, o el aparato que yo más odiaba de todos, la cortadora de césped.

A veces, durante mis rondas cotidianas y rituales, veía su delgada y encorvada figura, pero siempre desde lejos. En una ocasión incluso lo saludé y agité el brazo desde la colina, pero no respondió. Quizá no me vio.

A principios de marzo sufrí un nuevo ataque, uno particularmente agudo, y pensé en llamar a Pandedios o arrastrarme hasta su casa y tocar a su puerta. Pero se apagó mi caldera y ni siquiera tuve fuerzas para bajar a arreglarla. Descender hasta el cuarto de la caldera nunca fue una labor agradable.

Me prometí que cuando mis clientes vinieran a sus casas en verano les diría que desgraciadamente no podía seguir ocupándome de vigilarlas. Y que quizás aquél fuera el último año que pasaría aquí. Era posible que antes de que llegara el próximo invierno tuviera que regresar a mi pequeño departamento de la calle Więzienna, en Wrocław, justo al lado de la universidad, desde donde se podía contemplar durante horas y horas cómo el Óder, terca e hipnóticamente, bombeaba sus aguas hacia el norte.

Menos mal que Dioni pasó a verme con frecuencia, a fin de arreglar y encender la caldera. Lo primero que hacía era tomar la carretilla e ir a la cabaña por leña, pero ésta se había impregnado de la humedad del mes de marzo y producía mucho humo y poco calor. Aunque sólo contaba con un frasco de pepinillos fermentados y unos cuantos restos de verdura, fue capaz de hacerme unas sopas suculentas.

Estuve en cama varios días, sufriendo la rebelión de mi cuerpo. Soporté con paciencia varias crisis en las que se me entumieron las piernas, acompañadas de la sensación insoportable de que ardía una hoguera dentro de ellas. Mi orina era de color rojo y les aseguro que ver la taza del baño llena de líquido rojo produce una impresión espantosa. Cubrí las ventanas porque no podía soportar la claridad de la luz de marzo que se reflejaba en la nieve. El dolor me perforaba el cerebro.

Tengo una teoría. Que nuestro cerebelo no esté conectado apropiada y convenientemente con nuestro cerebro es la mayor pifia de nuestra programación. Fuimos mal diseñados. Deberían sustituirnos por un modelo distinto. Si tuviéramos el cerebelo unido con el cerebro poseeríamos un conocimiento completo sobre nuestra anatomía, sobre aquello que sucede en el interior de nuestro cuerpo. Oh, nos diríamos, ha descendido el nivel de potasio en la sangre. Algo lastima a la tercera vértebra cervical. Hoy no anda muy bien la presión sistólica, hay que salir a hacer ejercicio, con los huevos a la mayonesa de ayer el nivel de colesterol está por encima de lo normal, así que debo cuidar más lo que como.

Habitamos el cuerpo, ese equipaje molesto; en realidad no sabemos nada de él y necesitamos emplear diferentes herramientas a fin de conocer sus procesos más sencillos. La última vez que el médico quiso saber qué pasaba en mi estómago me pidió que me hiciera una gastroscopía, lo cual me pareció un escándalo. Tuve que tragarme un tubo muy grueso y sólo entonces, con ayuda de una cámara, el interior de mi estómago se hizo visible. La única herramienta que nos han regalado como premio de consolación, tosca y primitiva, es el dolor. Si existen los ángeles, se estarán partiendo de risa con nosotros: recibieron un cuerpo y no saben nada de él. Se lo dieron sin instrucciones de uso.

Desgraciadamente, el error fue cometido desde el principio, como todos los errores.

No me pareció mal que se alteraran mis horas de sueño: me quedaba dormida de madrugada y me despertaba por la tarde. Es posible que se tratara de una defensa natural frente a la luz del día, o frente al día en general y todo aquello que le pertenece. Me despertaba, o quizá todo sucedía en sueños, el caso es que a menudo escuchaba los pasos de mis queridas chicas en las escaleras, el sonido agradable de sus patas y me parecía que los hechos recientes eran una alucinación agotadora, producto de la fiebre. Y eran unos momentos maravillosos.

Cuando me hallaba medio dormida también solía pensar en Chequia. Veía la frontera, y a lo lejos, aquel bello y agradable país, donde todo está iluminado por el sol, y parece dorado por la luz. El valle respira apaciblemente a los pies de los Montes Mesa, que seguramente aparecieron tan sólo para ser bellos. Las carreteras son rectas, los arroyos limpios, en los corrales de las casas pastan los ciervos y los carneros; las liebres retozan entre el trigo y a las máquinas cosechadoras se atan campanillas, a fin de ahuyentarlos delicadamente y que mantengan una distancia prudencial. La gente no tiene prisa y no compite por todo. No persiguen quimeras. Les gusta quiénes son y qué tienen.

Dioni me contó que en una pequeña librería de Nachód, en Chequia, encontró una edición de Blake que no estaba nada mal. Desde entonces nos imaginábamos que esas buenas gentes que vivían al otro lado de la frontera, que hablaban entre sí en aquel suave e infantil idioma, por las noches, después del trabajo, encendían fuego en la chimenea y leían tranquilamente a Blake. Es posible que el propio Blake, si viviera y viese todo aquello, dijera que había lugares en el universo donde no tuvo lugar la caída, donde el mundo no se hallaba patas arriba y seguía siendo un Edén. Que al menos en aquel momento el hombre no se regía por las estúpidas y rígidas reglas de la razón, sino por el corazón y la intuición. La gente no hablaba por hablar, ni presumía de lo que no sabía nada, sino que creaba cosas extraordinarias con ayuda de la imaginación. El Estado dejaba de ser una carga diaria, unos grilletes, y ayudaba a la gente a cumplir sus sueños y sus ilusiones. Y la persona no era menos que una tuerca en el sistema, un papel que había que asumir, sino un ser libre. Ésas eran las divagaciones que me pasaban por la cabeza, y debo decir que mi recuperación a fin de cuentas resultó agradable.

A veces, me digo a mí misma, no hay nada más sano que un enfermo.

Tan pronto sentí cierta mejoría, me vestí con lo primero que encontré a mano y movida por el sentido de la obligación me fui a hacer mi ronda. Estaba débil como un tallo de papa nacido en la oscuridad del sótano.

Lo primero que advertí es que durante el deshielo la nieve había arrancado el canalón en la casa de la escritora y el agua caía directamente sobre la pared de madera. Los hongos estaban garantizados. Le llamé por teléfono pero como era de esperar no estaba en casa y era posible que ni siquiera se hallase en el país. Aquello significaba que debería arreglármela a solas con el canalón.

Ignoro cómo sucede, pero los retos nos obligan a sacar grandes fuerzas del interior de nosotros. Poco a poco me sentí mucho mejor: el dolor parecía concentrarse únicamente en la pierna izquierda y recorrerla como una corriente eléctrica, así que la apoyaba sin doblarla, como si se tratara de una prótesis. Después, cuando tuve que transportar la escalera, dejé de preocuparme de mis dolencias y me olvidé del dolor.

Estuve subida en la escalera alrededor de una hora, con los brazos estirados hacia arriba y esforzándome, sin éxito, en volver a colocar el canalón en las agarraderas semicirculares. Para colmo de males, se había desprendido una de ellas y seguramente estaría sepultada profundamente bajo la nieve que había al lado de la casa. Podría haber esperado a Dioni, que debía llegar por la tarde con una nueva estrofa de cuatro versos y con mis víveres, pero Dioni es un ser delicado, tiene manos de niña y para qué negarlo, no se distingue por su habilidad. Lo digo con todo el amor del mundo hacia él. No es que sea imperfecto. Existen tantos rasgos y atributos en el mundo que toda la gente ha recibido una dotación cuantiosa de ellos.

Desde lo alto de la escalera observé los cambios que había producido el deshielo en la meseta. Aquí y allá, especialmente en las laderas meridionales y orientales, aparecían manchas oscuras –allí el invierno había retirado sus ejércitos, pero todavía gozaba de buena salud en los linderos y en las proximidades del bosque. El desfiladero conservaba su blancura.

—¿Por qué la tierra arada es más cálida que la tierra cubierta de hierba? ¿Por qué en el bosque la nieve se derrite más rápido? ¿Por qué junto al tronco de los árboles se forma una oquedad redonda en la nieve? ¿Están calientes los árboles?

Le hice estas preguntas a Pandedios. Fui a su casa a pedirle ayuda con el canalón de la escritora, pero él me miró con indiferencia y no respondió. Mientras lo esperaba, examiné el diploma que obtuvo en el concurso de recoger setas que organizaba anualmente la Sociedad de Amigos de las Setas «Boletus».

—No sabía que eras tan bueno en esto.

Él sonrió amargamente, pero no respondió, tal y como era costumbre. En cambio me llevó a su taller, el cual recordaba una clínica quirúrgica, de tantos cajones y estantes que tenía, cada uno de ellos habitado por una herramienta especial, pensada para crear determinado objeto diminuto. Estuvo buscando un buen rato en una caja hasta que por fin sacó de allí un trozo de alambre de aluminio aplanado, que formaba un círculo entreabierto.

—Aquí tienes una abrazadera.

Palabra tras palabra, poco a poco, como si estuviera luchando con una parálisis progresiva de la lengua, me confesó que no había hablado con nadie en las últimas semanas y que temía estar perdiendo el uso de la palabra. Luego, entre carraspeos, comentó que Pie Grande había muerto atragantado con un hueso, y que fue un desafortunado accidente. O al menos eso había indicado la autopsia. Lo sabía por su hijo.

Solté una carcajada.

—Yo creía que la policía era capaz de descubrir detalles más reveladores. Eso de que se había atragantado lo vimos nosotros a simple vista...

—Nada se ve a simple vista —dijo con excesiva brusquedad para su temperamento, así que grabé en la memoria su frase.

—¿Sabes lo que yo creo?

—¿Qué?

—¿Recuerdas aquellos corzos que aguardaban frente a la casa cuando llegamos? Ellos lo mataron.

Pandedios calló y observó la abrazadera muy atentamente.

—¿Cómo lo hicieron?

—¿Cómo? No lo sé exactamente. Quizá lo asustaron mientras se estaba comiendo a su hermano, como un bárbaro.

—¿Quieres decir que se trató de un ajuste de cuentas? ¿Que los corzos se confabularon para vengarse de él?

Tardé mucho en responder, pero él también necesitaba tiempo para ordenar sus pensamientos y ordenarlos. Debería comer más sal. Como ya he dicho, la sal ayuda a pensar con rapidez. Se puso las botas para la nieve lentamente y tomó su abrigo de piel.

Mientras caminábamos por la nieve húmeda, le pregunté:

—¿Y el comandante? ¿Cómo llegó al pozo?

—¿Qué quieres saber, exactamente? ¿Cuál fue la causa de la muerte? No lo sé. Mi hijo no me contó eso.

Evidentemente tenía en mente a Abrigo Negro.

—No, no es eso. Yo conozco la causa de su muerte.

—¿Cuál fue la causa? –parecía que aquello no le importaba en absoluto.

Así que no respondí de inmediato, sino que esperé hasta que atravesamos el puente en dirección a la casa de la escritora.

—La misma.

—¿Quieres decir que se atragantó con un hueso?

—No te burles: lo mataron los corzos.

—Sostén la escalera –fue lo único que replicó.

Subió por los escalones y manipuló el canalón mientras yo seguía desarrollando mi teoría. Cité como testigo a Dioni. Dioni y yo éramos las personas mejor informadas en el tema, porque fuimos las primeros en llegar al lugar de los hechos y vimos cosas que la policía no pudo ver después. Cuando llegaron a vigilar la escena del crimen, ya estaba mucho más oscuro y el piso estaba bastante mojado. La nieve se derretía minuto a minuto y había borrado lo más importante: aquellas extrañas huellas diminutas alrededor del pozo. Un montón, cientos, o incluso mucho más: huellas menudas, en forma de círculo, como si un rebaño de corzos hubiera rodeado al hombre antes de su muerte.

Pandedios me escuchó pero no intentó responderme, en esta ocasión porque sostenía un puñado de tornillos en la boca. Así que continué, y le dije que en mi opinión las cosas pudieron ocurrir así: el comandante iba en coche y por algún motivo tuvo que detenerse. Quizá vio un corzo, uno de los asesinos, el cual habría fingido que se encontraba enfermo, y el comandante se alegró de haber encontrado una presa. Y entonces, cuando bajó del auto, los corzos lo habían rodeado y lo empujaron hacia el pozo...

—El hombre tenía la cabeza ensangrentada –consiguió decir Pandedios desde lo alto, luego de colocar el último tornillo.

—Sí, porque se golpeó al caer.

—Ajá –añadió tras un largo silencio y bajó de la escalera. Ahora el canalón estaba sujeto por la abrazadera de aluminio. La dueña aparecería con toda seguridad un mes más tarde, cuando la nieve se hubiese derretido.

—No le cuentes a nadie tu teoría. Es muy poco probable que haya ocurrido como dices, y te puede atraer problemas –Pandedios se encaminó directamente a su casa sin dirigirme la mirada.

Pensé que él también me consideraba una loca, como tantas otras personas, y me entristecí.

¡Qué le vamos a hacer! Ya lo dice Blake: «La oposición es la verdadera amistad».

El cartero me trajo una carta certificada: la policía me convocaba a un segundo interrogatorio. Como se vio obligado a subir hasta la meseta, y lo suyo le había costado, estaba enojado conmigo y no se cuidó de ocultarlo.

—Deberíamos prohibirle a la gente que viva tan lejos –fue lo que dijo al entrar–. ¿Qué pretenden al esconderse del mundo? Al final los van a atrapar –al decir esto noté que en su voz se percibía una malévola satisfacción–. Firme aquí, por favor. Es una carta de la Fiscalía.

El hombre tampoco había conseguido hacer amistad con mis chicas, las cuales no perdían ocasión de darle a entender cuánto les desagradaba.

—¿Qué tal se vive en una torre de marfil, por encima de los humildes mortales, y con la nariz metida en las estrellas? –preguntó.

Ése es uno de los rasgos que más detesto en la gente: la ironía helada. Ella revela una actitud muy cobarde: uno puede burlarse de todo, ridiculizarlo, no tomar partido por nada, nunca, no sentirse unido a nada. Como un impotente que nunca gozará del placer, pero hará lo imposible para que otros lo encuentren repugnante. La ironía es la principal arma de Urizén. La armadura de la impotencia. Y encima los irónicos siempre tienen una concepción del mundo de la que alardean triunfalmente, aunque cuando se empieza a darles la lata y a pedir detalles, resulta que se trata únicamente de trivialidad y banalidad. Nunca me habría atrevido a decirle a una de esas personas que era un idiota y no iba a empezar con el cartero. Así que lo invité a sentarse y le hice un café de esos que les gustan a los carteros: fuerte, colado, servido en un vaso. Le obsequié unas galletas de jengibre que yo misma había hecho antes de las navidades; esperaba que todavía sirvieran y que no se rompiera una muela.

Se quitó la cazadora y se sentó a la mesa.

—He repartido muchas de estas invitaciones últimamente. Estoy convencido de que tienen relación con la muerte del comandante –añadió.

Me moría de curiosidad por saber a quién más le envió citatorios la Fiscalía, pero supe contenerme. El cartero esperaba extrañado que yo le hiciera preguntas. No dejaba de moverse en la silla, y sorbía ruidosamente el café. Pero yo sabía sobrellevar el silencio.

—También repartí citatorios a todos los colegas del difunto –agregó.

—¿Ah, sí? –dije con indiferencia.

—¿Sabe qué tienen en común? El dinero fácil –al decir esto arrastraba las sílabas, aunque era claro que estaba a punto de cobrar velocidad y que no iba a ser fácil callarlo–. Tienen dinero desde que llegaron al poder. ¿De dónde sacaron sus coches, sus casas? Por ejemplo, en el caso del tal Mondongón. ¿Cree usted que su fortuna salió del matadero? –tiró hacia abajo de uno de sus párpados inferiores, mostrándome así la mucosa ocular–. ¿O con la caza de zorros? Ambos negocios eran sus tapaderas, señora Duszejko.

Estuvimos callados un instante.

—Se cree que lo atacó una banda. Alguien lo ayudó a meterse en el pozo, vaya si lo sabré yo –añadió con gran satisfacción.

Su necesidad de hablar mal del prójimo era tan grande que no era necesario tirarle de la lengua.

—Todos saben que jugaba grandes cantidades de dinero en el póker. Y ese restaurante nuevo que tenía, el Casablanca, era un burdel y un negocio de trata de blancas.

Pensé que estaba exagerando.

—Al parecer todos se dedican al contrabando de coches de lujo que consiguen en el extranjero. Autos robados. Alguien me lo dijo… no puedo decir quién, pero según esa persona, una mañana vio un precioso BMW paseando por un camino rural. ¿De dónde habría salido? –preguntó retóricamente.

Sin duda creía que tras aquellas revelaciones yo iba a desmayarme de la impresión. Pero era evidente que gran parte de lo que decía se lo estaba inventando.

—Además recibían enormes sobornos. ¿De lo contrario, de dónde sacaron coches como el del comandante, con el salario de un policía? El poder se sube fácilmente a la cabeza; las personas pierden el sentido del pudor: estaban vendiendo nuestra Polonia por cuatro centavos. Yo conocía al comandante desde hace años. Hubo una época en que era un simple policía, entró en el cuerpo para no acabar en la fábrica de vidrio como los demás. Veinte años atrás jugamos juntos al futbol. Y ahora ni siquiera volteaba a saludarme. Hay que ver cómo se alejan los caminos de la gente... Yo soy un simple cartero, y él era el gran comandante. Yo tengo un Fiat Cinquecento y él un Jeep Cherokee.

—Era un Toyota —lo corregí—. Un Toyota Land Cruiser.

El cartero suspiró y sentí lástima por él. Probablemente hubo un tiempo en que él también fue inocente, pero ahora una gran cantidad de bilis ahogaba su corazón. Podía apostar que había tenido una vida difícil. Y todo su enojo era a causa de esa amargura.

—Dios creó al hombre feliz y próspero. Pero los malvados engañaron a los inocentes —cité a Blake lo mejor que pude.

Por otra parte, así es como pienso. Soy de los que ponen la palabra «Dios» entre comillas.

Cuando llegó por la tarde, Dioni estaba resfriado. Estábamos trabajando en el «Mental traveller» y desde el principio discutimos si la palabra «mental» había que traducirla como «mental» o más bien como «espiritual». Dioni leyó entre estornudos:

I travel'd thro' a Land of Men
A land of Men & Women too,
And heard & saw such dreadful things
As cold Earth wanderers never knew

Primero cada uno de nosotros escribió su versión y después las comparamos y entremezclamos las mejores ideas. Aquello recordaba una especie de juego de lógica, o a una versión muy complicada del Scrabble.

La Humana Tierra recorrí yo toda
territorio de hombres y mujeres
viendo y oyendo tan horribles cosas
que nadie osara traer a la mente.

O bien:

Vagabundo de ésta la humana Tierra
patria de hombres y mujeres fui
y oí y vi tantas horribles guerras
como hombre alguno que haya vivido aquí.

O mejor aún:

Viajé en mis viajes por la Tierra entera
recorrí tierras de hombres y mujeres
viendo y oyendo tan horribles nuevas
que jamás antes vieran otros seres.

—¿Por qué nos hemos empeñado en esas «mujeres» al final? Y si pusiéramos: «De hombres y mujeres territorio», la rima vendría con «Territorio». Con palabras como «pro-montorio» o «jolgorio».

Dioni estaba callado y se mordía los dedos, pero propuso triunfalmente:

> *Viajé por las tierras que hizo el hombre*
> *de hombres y mujeres eran mundos*
> *horribles cosas vi actos sin nombre*
> *que cuestan de creer de tan inmundos.*

No me gustaban aquellos «mundos», pero seguimos traba-jando en ello y en un dos por tres, antes de las diez, tuvimos listo todo el poema. Después comimos unas raíces de perejil al horno con aceite de oliva. Y arroz con manzana y canela.

Acabada aquella magnífica cena, en lugar de profundizar en las sutilezas del poema, como era nuestra costumbre, vol-vimos sin poder evitarlo a la muerte del comandante. Dioni tenía una idea muy clara de los avances de la policía. Des-pués de todo, tenía acceso a la red policial. Pero en esta oca-sión estaba claro que no sabía gran cosa. La investigación de la muerte del comandante la llevaba una instancia su-perior. Además Dioni debía respetar de manera absoluta el secreto profesional, aunque no conmigo, claro. ¿Qué podía hacer yo con el mayor de los secretos que se me confiara? No sé chismear. Por eso Dioni solía contarme muchas cosas. Ya se sabía, por ejemplo, que el comandante había muerto de un golpe en la cabeza con un objeto contundente, con toda probabilidad durante su brusca caída al pozo en ruinas. También se sabía que al momento de morir se hallaba bajo los efectos del alcohol, lo cual debió amortiguar la caída, pues la gente borracha se vuelve más flexible. Y al mismo tiempo, el golpe en la cabeza parecía demasiado fuerte para ser provocado por una simple caída al pozo. Para una herida así, tendría que haber caído desde más de diez metros de altura. Sin embargo, no se había encontrado ninguna otra explicación posible. Se había golpeado en la sien, y punto. No hallaron nada que sirviese como arma homicida. No había huellas. Tan sólo se recogió algo de basura en los alrededores: envoltorios de caramelos, bolsas de plástico, latas viejas, un preservativo usado. El tiempo era horrible, y el grupo de especialistas había llegado bastante tarde. Esa noche sopló un viento muy fuerte, llovía y la nieve se derretía con rapidez. Dioni y yo lo recordábamos a la perfección. Los técnicos fotografiaron las extrañas huellas que había en el suelo, aquellas huellas que parecían de pezuñas de corzos, como yo me empeñaba en afirmar. Pero la policía no estaba segura de que hubiera habido huellas de ésas allí y, en caso de que así fuera, de si tenían relación con la muerte. En aquellas condiciones resultaba imposible afirmar nada. Ni siquiera las huellas de las botas del comandante eran demasiado claras.

Pero resultaba también, y vaya noticia, que al momento de morir el comandante llevaba encima veinte mil zlotys, metidos en un sobre gris oculto tras el cinturón. El dinero venía en dos fajos idénticos, atados con una goma. Eso, al parecer, era lo que más intrigaba al juez de instrucción: ¿por qué el asesino no quiso llevarse el dinero? ¿No sabía de su existencia? Si fue el asesino quien le entregó los veinte mil zlotys, ¿a cambio de qué se los dio? Cada vez que los policías de por aquí se topan con un caso misterioso, concluyen que debió tratarse de una cuestión de dinero. Es lo que se dice, pero yo considero que es una explicación muy pobre.

Otros sostenían la versión, bastante forzada, del accidente desafortunado: el comandante se encontraba borracho, bajó a buscar un escondite para el dinero, habría caído al pozo y se habría producido un golpe fatal.

Dioni insistía en que se trataba de un asesinato.

—Es lo que me dice mi intuición. Nosotros fuimos los primeros en estar allí. ¿Te acuerdas que el crimen podía percibirse en el aire?

Y no estaba errado: tuve la misma sensación.

VII
Discurso para un perro

Un caballo maltratado en el camino
clama al cielo pidiendo sangre humana.

L A POLICÍA NO HABÍA DEJADO DE MOLESTARNOS. En cada ocasión habíamos asistido sin queja alguna a los interrogatorios y solíamos aprovechar esos desplazamientos para resolver nuestros asuntos pendientes en la ciudad: la compra de semillas, las subvenciones de la Unión Europea, en una ocasión hasta fuimos al cine. Porque siempre íbamos juntos, incluso si el citatorio era sólo para uno de los dos. Pandedios reconoció ante la policía que aquella tarde oyó el coche del comandante pasar junto a nuestras casas, con sus acelerones y su estrépito característico. Dijo que cuando bebía, el comandante solía circular por caminos secundarios, por lo que el hecho no le llamó la atención de manera especial. Los policías que recogieron su declaración debieron sentirse incómodos al escuchar esto.

Desgraciadamente no pude ratificar lo que les dijo Pandedios, aunque me habría encantado hacerlo.

—Estaba en mi casa y ni oí ningún coche ni vi al comandante

pasar. Es posible que estuviera llevando leña a la caldera y hasta allí no llegan los ruidos del camino.

Y dejé de preocuparme por ello, aunque durante las últimas semanas mis vecinos no hacían otra cosa que hablar del tema, imaginando hipótesis cada vez más inverosímiles. Intenté alejar de mi mente todo pensamiento relacionado con ese asunto: ¿no había demasiadas muertes alrededor de nosotros como para concentrarnos exclusivamente en esta última?

Incluso retomé una de mis investigaciones. En esta ocasión imprimí la programación televisiva de la mayor cantidad de canales posibles y estudié atentamente si había una relación entre el contenido de las películas emitidas un día concreto y la configuración de los planetas. La relación entre ambos saltaba a la vista. Incluso llegué a preguntarme si la persona que preparaba la programación de los canales no intentaba presumir su enorme conocimiento de los astros. Me parecía difícil creer que el encargado diseñara la programación sin tomar en cuenta a los astros. Pero después de todo, este tipo de relaciones pueden ocurrir sin que nosotros nos enteremos de ellas, y tan sólo las experimentamos de modo inconsciente. Por el momento, realicé mis investigaciones a pequeña escala y me concentré en unos cuantos títulos. Me di cuenta, por ejemplo, de que una película que se titulaba *Medium*, muy emocionante y extraña, aparecía en televisión cada vez que el sol tenía alguna relación con Plutón y que Escorpio estaba bajo la influencia de los planetas. La película abordaba el deseo de ser inmortal y controlar la voluntad humana. Se tocaban temas relacionados con la muerte, la obsesión sexual y otros asuntos característicos de Plutón.

Conseguí identificar patrones semejantes en el caso de *Alien*, esa serie de películas sobre la nave espacial. Allí entraban en juego relaciones sutiles entre Plutón, Neptuno y Marte: cada vez que Marte se relacionaba al mismo tiempo con esos planetas que destacan por su lentitud, la televisión repetía alguna de las películas de la saga, lo cual me parecía fascinante.

Tengo suficiente material empírico para escribir un libro sobre estas coincidencias sorprendentes. Hasta ahora me he limitado a escribir sobre algunos de estos casos y los he enviado a unos cuantos semanarios. No creo que nadie los publique, pero quizá ponga a pensar a alguien en el tema.

A mediados de marzo, cuando me sentí recuperada por completo, hice una ronda exhaustiva. No me limité a mirar por fuera las casas que tenía a mi cargo, sino que hice una excursión mucho más grande, llegué hasta la linde del bosque, y caminé a través de los prados, junto a la carretera, hasta llegar al borde del precipicio.

En esa época del año el mundo se vuelve ominoso. Aún persisten grandes jirones de nieve blanca, dura y compacta, y resulta difícil reconocer en ella esos preciosos e inocentes copos que caen en Nochebuena para alegrarnos la vida. Actúan como un cuchillo afilado, como una superficie metálica. Se avanza sobre la nieve con dificultad y a la menor distracción nos aprisiona las piernas. Si alguien olvidó sus botas altas para la nieve muy pronto se lastimará las pantorrillas. El cielo es bajo y gris, parece que si uno subiera a un punto más alto podría alcanzarlo con la mano.

Mientras caminaba me decía que no podría vivir eterna-mente en mi refugio de la meseta y cuidar otras casas. El Samurai acabaría por estropearse y ya no podría bajar a la ciudad. La escalera de madera se pudriría, la nieve arrancaría los canalones, se estropearía la caldera, sin duda en un mes de febrero, y el hielo rompería las tuberías. Y entretanto, cada vez me siento más débil. Mis dolencias destruyen mi cuerpo de forma inexorable, las rodillas me duelen un poco más cada año, y todo parece indicar que mi hígado ya no sirve de gran cosa: quizá ya he vivido demasiado. Mis pen-samientos no podían ser más tristes, pero algún día hay que empezar a reflexionar en todo esto con seriedad.

Entonces pasó una veloz bandada de zorzales. A estos pájaros sólo los veo en bandadas: se mueven con agilidad, como un organismo aéreo, compuesto de una sola trama. No recuerdo dónde leí que son capaces de defenderse si los ataca un depredador, por ejemplo, uno de esos gavilanes que se mecen en el cielo como espíritus santos. La banda-da es capaz de luchar de manera pérfida e impredecible, y sabe vengarse: se eleva rápidamente en el aire y como obe-deciendo una misma orden evacúa sobre el perseguidor: suelta decenas de blancos excrementos sobre las bellas alas del gavilán, de manera que no sólo las manchan, sino que provocan que se peguen y el ácido corroe las plumas con ve-locidad. Para escapar del peligro, el depredador debe aban-donar la persecución de inmediato y posarse en la hierba. Nadie puede imaginar lo sucias que se encuentran sus plu-mas. El animal pasa uno o dos días limpiándolas, pues es incapaz de dormir a causa del olor repugnante que despide –peor que el de la carroña. No puede quitarse con el pico los excrementos que se han endurecido, tiene frío, y por entre sus plumas pegadas el agua de lluvia se abre paso con facilidad hasta su delicada piel de ave. Los otros gavilanes lo evitan, como si tuviera la lepra o hubiese contraído una enfermedad horrible. Su majestuosidad se ha visto dañada. Todo aquello es insoportable para el gavilán, y no es extraño que el ave muera.

Allí, frente a mí, los zorzales, conscientes de su fuerza en grupo, realizaban en el aire complicadas figuras.

Vi también dos urracas y me sorprendió que hubieran llegado hasta la meseta. Las urracas se propagan más rápidamente que otras aves, y es probable que en poco tiempo se encuentren por todas partes, como ha ocurrido con las palomas. Una urraca, mala suerte; dos urracas, buena suerte. Eso era lo que se decía cuando yo era niña, pero entonces había menos urracas. En la actualidad es posible ver más de dos. En otoño del año pasado, luego de que concluyera la época de cría, vi cómo acudían volando por la noche cientos de ellas al mismo lugar. Me gustaría saber qué tipo de suerte implicaba una concentración semejante.

Las observé mientras se bañaban en un charco que había dejado la nieve después de fundirse. Ellas me miraban de reojo, pero todo parecía indicar que no me tenían miedo, porque se echaban agua con las alas en actitud retadora y sumergían la cabeza. Viendo su alegre aleteo era indudable cuánto disfrutaban de un baño como aquél.

Según parece, las urracas no pueden vivir sin bañarse con frecuencia. Inteligentes y descaradas, suelen robar a otros pájaros el material para hacer sus nidos y después llevan hasta allí objetos brillantes. He oído también que a veces se equivocan y llevan hasta el nido colillas encendidas; de esa manera se convierten en incendiarios del bosque. En latín, nuestra bien conocida urraca tiene un precioso nombre: *Pica pica*.

¡Qué grande y qué lleno de vida el mundo!

Desde muy lejos, vi también a un zorro al que yo conocía y al que llamaba el Cónsul, por su elegancia y sus buenas maneras. Siempre recorría los mismos caminos; el invierno mostraba su rastro, recto y enérgico como una regla. Se trataba de un viejo macho que venía de Chequia y regresaba allí con frecuencia: al parecer tenía asuntos transfronterizos. Lo observé por un rato con los prismáticos: bajaba con rapidez y ligereza, siguiendo las huellas que había dejado la última vez, quizá para que sus posibles perseguidores creyeran que había pasado por allí tan sólo una vez. Era un viejo conocido para mí. De repente noté que el Cónsul abandonaba su camino habitual y desaparecía de golpe entre los matorrales. No lejos de allí se encontraba uno de aquellos «púlpitos» de caza y otro más, unos cientos de metros después: ya me las había visto con ellos. Y como el zorro desapareció de mi vista y yo no tenía nada mejor que hacer, me metí al bosque tras él.

Había allí un amplio terreno cubierto de nieve. En otoño lo habían labrado pero en aquel momento había pedazos de tierra medio congelados que ofrecían una superficie difícil de atravesar. Ya lamentaba la caminata en pos del Cónsul cuando vi lo que había llamado su atención de aquella manera. Una gran forma negra yacía sobre la nieve, rodeada de manchas de sangre reseca. El Cónsul aguardaba cerca de allí. Me dirigió una mirada larga y tranquila, sin miedo, como si tratara de decir: «¿Viste eso? ¿Viste eso? Te lo he mostrado, pero ahora eres tú quien tiene que ocuparse de ello». Y se esfumó de golpe.

Era un joven jabalí, que yacía en un charco de sangre parduzca. La nieve había desaparecido por completo a su alrededor y en su lugar emergía la mismísima tierra, como si el animal se hubiera revolcado en ella entre convulsiones. Alrededor se veían huellas de zorros, aves y pezuñas de corzos: un montón de animales pasó por allí. Acaso para ver con sus propios ojos el crimen y mostrar su duelo por la muerte del adolescente. Preferí mirar sus huellas que el cuerpo del jabalí. ¿Cuántos cadáveres más tendré que encontrar? ¿Es que esto no va a terminar nunca? Me costaba trabajo respirar, como si se me hubieran encogido los pulmones. Me senté en la nieve y lloré; el peso de mi cuerpo me pareció insoportable. ¿Por qué tuve que seguir al Cónsul, en lugar de ignorar sus sombrías advertencias? ¿Quién me condenó a atestiguar tantos crímenes? Si no lo hubiera seguido, ese día se habría desarrollado de una manera completamente distinta, y a lo mejor los días siguientes también. No necesitaba examinarlo para saber que las balas lo habían impactado en el pecho y la barriga, y que sin duda trataba de huir en dirección de la frontera, hacia Chequia, a fin de escapar de los nuevos «púlpitos» que se alzaban de este lado del bosque. Si los disparos vinieron de allí, se vio obligado a correr un buen trecho con sus heridas. Habían intentado huir a Chequia.

Qué tristeza, qué gran tristeza siento por los animales muertos, una tristeza que no parece terminar nunca. Mueren uno tras otro, de modo que estoy en duelo permanente. Me hinqué de rodillas en la nieve manchada de sangre y acaricié su pelo áspero, frío, tieso.

—Usted lamenta más la muerte de un animal que la de un ser humano.

—No es cierto. Me duele igual la muerte de unos y de otros. Pero nadie le dispara a la gente indefensa –le dije al funcionario de la Guardia Urbana aquel mismo día por la tarde. Y agregué–: al menos ahora.

—Cierto. Ahora somos un estado de derecho –aseguró el guardia.

Era un buen tipo, pero no muy inteligente. No pude evitar añadir:

—De un país dan fe sus animales. Nuestra actitud hacia ellos. Si la gente se comporta brutalmente con los animales, no hay democracia que pueda ayudarlos, ni nada en absoluto.

Yo acababa de presentar la denuncia ante la policía, pero no me tomaron en serio. Me dieron un papel y escribí lo que había que escribir. Entonces aún creía que la policía municipal también velaba por el orden público, y por eso había acudido a ellos. Pero me dije a mí misma que si eso no servía de nada, iría a la Fiscalía al día siguiente: pediría una cita con Abrigo Negro y le informaría del crimen.

Un hombre joven, apuesto, con un cierto parecido a Paul Newman, sacó de un cajón una pila de papeles y se dedicó a buscar un bolígrafo. Poco después una mujer de uniforme se acercó desde la habitación contigua y puso enfrente de él una taza llena.

—¿Quiere un café? –me preguntó a mí.

Asentí agradecida con la cabeza. Estaba helada. Volvían a dolerme las piernas.

—¿Por qué no se llevaron el cuerpo? ¿Qué creen ustedes? –pregunté, sin esperar la respuesta.

Ambos parecían sorprendidos con mi visita y no tenían muy claro cómo comportarse. Acepté el café que me proponía aquella joven agradable y me contesté yo misma:

—Porque no tenían ni idea de que lo habían matado. Le disparan a todo porque no les importa la ley; simplemente lo hirieron y se olvidaron de él. Creyeron que moriría entre los matorrales y que nadie se enteraría de que habían matado un jabalí en periodo de veda —saqué del bolso una hoja impresa y se la puse delante de los ojos al hombre—. Lo he comprobado: estamos en marzo, de modo que ya es ilegal disparar a los jabalíes.

Le entregué la hoja, satisfecha, y convencida de que mi forma de razonar era impecable, aunque desde el punto de vista de la lógica me resultaba difícil aceptar que el 28 de febrero se podía matar a alguien y un día después no.

—Estimada señora —dijo Paul Newman—, le aseguro que esto no es de nuestra competencia. Vaya a informar de la muerte del jabalí al veterinario. Él sabrá qué hay que hacer en estos casos. ¿No tendría rabia?

Azoté la taza ruidosamente.

—¡Quien tiene rabia es su asesino! —no pude contener un grito, pues conozco bien ese razonamiento: justifican los asesinatos de animales alegando que éstos tenían rabia—. Las balas le atravesaron los pulmones, de modo que murió entre grandes sufrimientos; lo hirieron y pensaron que había escapado con vida. Además el veterinario está confabulado con ellos: también es un cazador.

El policía miró desorientado a la agente.

—¿Qué espera usted de nosotros?

—Que dé curso a mi denuncia. Que castigue a los culpables. Que realicen cambios en la ley.

—Eso es demasiado. No puede usted esperar tanto de nosotros.

—¡Claro que puedo! ¡Yo decido qué puedo querer! –grité enfurecida.

El policía estaba desconcertado, la situación se le iba de las manos.

—De acuerdo, de acuerdo. Lo denunciaremos formalmente.

—¿Ante quién?

—Primero pediremos explicaciones a la Sociedad de Caza: que se pronuncien.

—Y no es la primera ocasión, porque al otro lado de la meseta encontré el cráneo de una liebre con un agujero de bala, no lejos de la frontera. Ahora llamo a aquel bosquecillo «el Lugar del Cráneo».

—Quizá se les perdió una liebre.

—¿Que la perdieron? –grité–. ¡Le disparan a todo lo que se mueve! –callé un momento, porque sentí como si un gran puño me hubiera golpeado en el pecho con todas sus fuerzas–. Hasta a los perros.

—A veces los perros del pueblo matan a los animales. Usted también tiene perros y recuerdo que el año pasado presentaron algunas denuncias contra usted...

Me quedé de piedra. Había dado en el clavo.

—Ya no tengo perros.

El café me provocó espasmos en el estómago, y me doblé por la mitad.

—¿Qué le pasa, señora? ¿Qué tiene? –preguntó la mujer.

—Nada, nada –respondí–; tengo muchas dolencias. No tendría que beber café soluble y a ustedes tampoco se los aconsejo. Es malo para el estómago.

Dicho lo anterior solté la taza en definitiva.

—¿Entonces qué? ¿Presentará un informe? –le pregunté al hombre de la forma más profesional que pude.

Ellos intercambiaron una mirada una vez más y el hombre, vacilante, tomó el formulario.

—De acuerdo –dijo y casi pude leer sus pensamientos: «Basta con escribir lo que sea sobre este papel, y no será necesario que lo muestre a nadie». Por eso añadí:

—Y haga el favor de darme una copia fechada y firmada por usted.

Mientras que él escribía intenté serenar mis pensamientos, pero éstos ya habían traspasado la velocidad permitida y volaban frenéticamente en el interior de mi cabeza; por un extraño milagro ya habían penetrado también mi cuerpo y mi sangre. Paradójicamente, poco a poco se fue apoderando de mí una extraña tranquilidad que subía por los pies y venía desde el suelo. Ya conocía la sensación: la ira divina, terrible e imparable me llevaba a un estado de claridad. Sentí cómo me cosquilleaban las piernas, cómo desde algún lugar llegaba una especie de fuego hasta mi sangre y cómo ésta fluía con rapidez y llevaba ese fuego hasta el cerebro, que resplandecía luminosamente, y mi cara y las yemas de mis dedos se llenaban de fuego, y parecía que todo mi cuerpo era presa de un aura luminosa que me arrancaba del suelo y me alzaba a lo alto.

—Déjenme explicarles cómo funcionan esos «púlpitos»: son la encarnación del mal, hay que llamar a las cosas por su nombre. Son la encarnación del mal, un mal artero, pérfido y refinado. Construir pesebres, llenarlos de manzanas frescas y trigo, atraer a los animales a ellos hasta que éstos se familiarizan con el lugar y se habitúan a visitarlo, para luego dispararles a traición en la cabeza... –les dije en voz baja, con la vista clavada en el suelo. Sentí que me miraban intranquilos, aunque seguían haciendo sus labores–. Me gustaría saber si los animales cuentan con algún tipo de escritura o con algunos símbolos para advertirles: «No se acerquen allí, esa comida significa la muerte; manténgase lejos de los "púlpitos", desde ellos no van a anunciarles ningún evangelio, no recibirán la buena nueva, no les prometerán la salvación después de la muerte, no se compadecerán de sus pobres almas, porque para ellos ustedes no tienen alma. No verán en ustedes a su prójimo, no los bendecirán. El más ruin de los criminales tiene alma, pero no tú, bello corzo, ni tú, jabalí, ni tú, ganso salvaje, ni tú, puerco, ni tú, perro. A ustedes los pueden matar con impunidad. Y como su muerte quedará impune, ya a nadie le importa. Y como a nadie le importa, es como si no hubiese ocurrido».

Me dirigí a los policías:

—Cuando ustedes pasan junto a los escaparates de las carnicerías, donde cuelgan cuerpos despedazados y abiertos por la mitad, ¿qué les viene a la mente? No les llama la atención, ¿verdad? O cuando piden en un restaurante una brocheta o un filete, ¿se han puesto a pensar qué es lo que reciben? Como si no hubiera nada terrible en ello. El crimen de estos animales se considera un acto normal, se ha convertido en un hecho cotidiano. Un crimen que todos cometen. Pues bien, así es como sería el mundo si los campos de concentración aún existieran y la gente los viera como algo normal.

Yo decía todo esto mientras el agente escribía. La mujer había salido y yo oía cómo hablaba por teléfono. Nadie parecía escucharme, pero continué con mi discurso. Ya no podía parar, las palabras llegaban solas hasta mí desde algún lugar y yo debía pronunciarlas. Al acabar cada frase, me sentía aliviada. Y me animó todavía más que en aquel momento entrara un hombre con un pequeño poodle y que, aparentemente impresionado por mi tono, cerrara en silencio la puerta y hablara en voz baja con Paul Newman, mientras el poodle se sentaba tranquilamente y me miró al tiempo que ladeaba la cabeza. Por eso seguí:

—El hombre tiene una gran responsabilidad en relación con los animales: ayudarlos a vivir su vida hasta el final; y en cuanto a los domesticados, corresponder a su amor y su cariño, porque ellos nos dan mucho más de lo que reciben de nosotros. Es importante que puedan vivir su vida de manera digna, que paguen sus deudas y que aprueben el semestre en las actas del karma: fui un animal, viví y comí; me alimenté en verdes pastos, di a luz a mis crías, las calenté con mi cuerpo; construí nidos, cumplí con mi deber. Cuando se les mata y mueren entre la angustia y el miedo, como ese jabalí que encontré ayer y aún yace en el mismo lugar, humillado, enfangado, manchado de sangre, convertido en carroña, en esos casos se les condena al infierno y el mundo entero se transforma en un infierno. ¿Es que no lo ve la gente? ¿No son capaces de superar sus pequeños placeres egoístas? La obligación de la gente con respecto a los animales es conseguir que alcancen la liberación en su próxima vida. Todos vamos en la misma dirección, de la dependencia a la libertad, del ritual al libre albedrío.

Eso les dije, esmerándome por usar palabras que sonaran razonables.

De un cuarto trasero salió un empleado de servicio con un cubo de plástico y me miró con curiosidad. Entretanto el policía seguía tomando nota de mis palabras en el formulario, con un gesto imperturbable.

—Ustedes pueden alegar que sólo se trata de un jabalí —continué—. ¿Pero entonces cómo se explica esa avalancha de cuerpos que provienen del matadero y caen diariamente en la ciudad como una inagotable lluvia apocalíptica? Esa lluvia anuncia la masacre, la enfermedad, la locura colectiva, el desequilibrio y el envenenamiento del espíritu. Ningún corazón humano podría soportar tanto dolor. De hecho, la complicada psicología humana tiene un solo objetivo: impedirle al hombre entender lo que ve, buscar que la verdad no se abra paso hasta él y quede envuelta en alucinaciones y palabras vacías. Que el mundo sea una prisión llena de sufrimientos, organizada de manera que para sobrevivir haya que causar dolor a los otros. ¿Me explico?

Me dirigí a ellos, pero en esta ocasión incluso el limpiador, acaso decepcionado por mi discurso, se había concentrado en sus labores, así que el único que me prestaba atención era el poodle:

—¿En qué mundo vivimos? Uno en donde el cuerpo de un ser es convertido en calzado, en albóndigas, en salchichas, en una alfombra que se tiende junto a la cama, en caldo hecho con los huesos de otro ser... Calzado, sofás, bolsos para llevar colgados al hombro, hechos con el estómago de otro ser; seres cortados en pedazos y fritos en aceite... ¿Es posible que esté sucediendo de verdad algo así de macabro, esta matanza, cruel, enorme, desapasionada, mecánica, sin ningún remordimiento de conciencia, sin la menor reflexión, pues las reflexiones se concentran exclusivamente en la filosofía y la teología? ¿Qué mundo es éste en donde la norma consiste en matar y en provocar dolor? ¿No será que algo no funciona con nosotros?

Se hizo el silencio. La cabeza me daba vueltas y tosí. Entonces el hombre del poodle carraspeó:

—Tiene usted razón, señora. Tiene usted toda la razón del mundo —dijo.

Sus palabras me confundieron. Lo miré con ira, pero vi que su emoción era profunda y genuina. Era un hombre mayor, delgado, bien vestido, con traje y chaleco que apostaría que salieron directamente de cierta tienda de ropa usada, la Buena Nueva. Su poodle estaba limpio y bien cuidado, diría que cuidado con una atención casi ceremonial. Pero al guardia no le impresionaba en absoluto lo que yo le decía. Pertenecía a esa gente irónica a la que no le gusta el patetismo, y que no abre la boca para no contagiarse por casualidad. Temen más al patetismo que al infierno.

—Usted exagera —dijo luego de unos instantes, mientras colocaba tranquilamente las hojas de papel sobre el escritorio—. De hecho, me pregunto por qué las mujeres mayores... las mujeres de su edad se preocupan tanto por los animales. ¿Acaso no hay personas en problemas de las que podrían ocuparse? ¿O es porque sus hijos ya han crecido y no tienen a nadie a quien dedicarle su tiempo? Quizás el instinto las empuja a eso, porque las mujeres tienen ese instinto protector, ¿o no?

Miró a su compañera, pero ésta no corroboró su hipótesis de modo visible, así que continuó:

—Mi abuela, por ejemplo, tiene siete gatos en casa y además da de comer a todos los gatos de su vecindad. Haga el favor de revisar si registré correctamente su declaración —me acercó una hoja de papel con un breve texto impreso, y agregó—: usted se toma esto de una manera excesivamente emocional. A usted le importa más la suerte que corren los animales que la de las personas –repitió.

Yo ya no tenía ganas de hablar. Metí la mano en el bolsillo y saqué de allí un puñado de cerdas ensangrentadas que había tomado del jabalí. Puse aquella maraña frente a ellos, encima del escritorio. La primera reacción que tuvieron fue la de mirar qué era, pero inmediatamente se retiraron con asco.

—¿Dios mío, qué es eso? ¡Qué asco! –gritó el guardia Newman–. ¡Quite eso de ahí, carajo!

Me apoyé cómodamente en la silla y dije satisfecha:

—Son restos del jabalí. Los recojo y los colecciono. Tengo en casa unas cajas, muy bien marcadas, y es allí donde los meto. El pelo y los huesos. Algún día se podrán clonar todos esos animales asesinados. Como una especie de expiación.

—¡Está loca! –musitó la guardia al teléfono, mientras se inclinaba sobre el pelaje con los labios torcidos por el asco–. Usted está loca.

La sangre reseca y el barro habían manchado mi declaración.

El guardia se levantó de golpe y se alejó del escritorio.

—¿Le da asco la sangre? –pregunté malintencionadamente–. No entiendo por qué, si le gusta comer carne.

—Haga el favor de calmarse. Ya basta. Intentamos ayudarla, señora.

Tan pronto terminé de firmar todas las copias de mi declaración, la guardia me tomó delicadamente del brazo y me acompañó hasta la puerta. Como si estuviera loca. No opuse resistencia. Todo lo hizo sin dejar de hablar por teléfono.

De nuevo volví a tener el mismo sueño. De nuevo, mi madre estaba en el cuarto de la caldera. De nuevo yo estaba enfadada con ella por visitarme.

La miré directamente a la cara, pero ella desviaba la mirada hacia los lados, a fin de no mirarme a los ojos. Me esquivaba como si supiera un secreto vergonzoso sobre mí. Sonreía y un instante después adquiría una gran seriedad. Yo no lograba descifrar la expresión de su rostro, pues era inestable y borrosa. Le dije que ya no viniera a verme. Que el mundo era un lugar para los vivos, no para los muertos. Ella se dio media vuelta y vi que junto a la puerta estaba también mi abuela, una mujer joven y bella, que usaba un vestido gris y un bolso antiguo. Las dos parecían arregladas para ir a la iglesia. Recordé ese bolso de mi abuela, de antes de la guerra, de apariencia simpática. ¿Qué se puede llevar en el bolso cuando se visita a alguien desde el más allá? ¿Un puñado de polvo? ¿De cenizas? ¿Una piedra? ¿Un pañuelo mohoso para una nariz inexistente? Estaban tan cerca de mí que me parecía sentir su olor, un olor a perfume viejo, a ropa de cama colocada cuidadosamente en un armario de madera.

—Váyanse, vuelvan a casa –agité los brazos para asustarlas, tal como había hecho con los corzos.

Pero ellas no se movieron. Así que me di media vuelta, salí de allí y cerré con llave la puerta tras de mí.

Un viejo remedio contra las pesadillas consiste en contarlas en voz alta sobre el agujero de la taza del baño y después tirar de la cadena.

VIII
URANO EN LEO

Todo aquello en lo que es posible creer
representa una imagen de la verdad.

L A PRIMERA VEZ QUE ALGUIEN PREPARA UN HORÓS-
copo siempre lo hace para uno mismo, y ése también
fue mi caso. La primera vez vi surgir de inmediato
una construcción que se apoyaba en un círculo. La observé
con extrañeza: ¿ésa soy yo? Allí estaba ante mí el proyecto
de mí misma, mi propio yo representado en su forma esencial, la más simple y la más complicada de las formas posibles. Como uno de esos espejos que transforman la expresión
sensual de un rostro en un simple diagrama geométrico. Lo
que me parecía familiar y evidente en mi propia cara desapareció; tan sólo quedó una dispersión de puntos que sim-
bolizaban los planetas en la cúpula celeste. Los lugares en el
firmamento son únicos y estables: nada envejece, nada sufre cambios. La hora de nacimiento dividió aquel espacio del
círculo en casas y de esa manera aquel diagrama pasó a ser
prácticamente irrepetible, como las huellas dactilares.

Al mirar su horóscopo cualquiera de nosotros siente una
gran ambivalencia. Por una parte está orgulloso de que los

cielos dejen su impronta en su vida particular, tal como un matasellos imprime la fecha en una carta: así queda marcada cada persona, de una manera única en su género. Pero esto implica al mismo tiempo que estamos encarcelados en el espacio, que nos han tatuado un número de reo. No hay huida posible. No puedo ser más que ese que soy, lo cual es horroroso. Preferiríamos pensar que somos libres y que en todo momento podemos crearnos de nuevo a nosotros mismos. Y que nuestra vida depende completamente de nosotros. Esa relación con algo tan grande y monumental como los cielos nos cohíbe. Preferiríamos ser pequeños, de modo que nuestros pequeños pecados fueran aceptables.

En lo que a mí se refiere estoy convencida de que deberíamos conocer nuestra prisión profundamente.

Si no lo he mencionado antes, de profesión soy ingeniera, especializada en la construcción de puentes. He construido puentes en Siria, en Libia, cerca de Elbląg y dos en la región de Podlasie. El de Siria era un puente raro, hecho para unir las márgenes de un río que aparecía sólo en determinadas temporadas: el agua corría por el cauce dos o tres meses, después penetraba en la tierra ardiente y el cauce se convertía en algo parecido a una pista para trineos ligeros. Allí se perseguían los perros salvajes del desierto.

Siempre me había producido un gran placer transformar las ideas en números: de esos números nacía una imagen concreta, después un dibujo, al final un proyecto. Las cifras se juntaban en una hoja de papel y allí cobraban sentido. Me gustaba mucho. El talento para el álgebra me fue útil cuando intenté trazar los horóscopos con la ayuda de una simple regla de cálculo. Hoy no es necesario hacerlo así: hay programas de computadora especiales para ello. ¿Quién recuerda hoy las reglas de cálculo cuando la cura para toda ansia de conocimiento se resuelve con un clic? Pero justo cuando yo me encontraba en la mejor época de mi carrera empezaron mis dolencias y tuve que volver a Polonia. Estuve mucho tiempo en el hospital y no había forma de saber qué me aquejaba exactamente.

Entonces yo me acostaba con un protestante que se dedicaba a trazar autopistas y él me decía, citando a Lutero según entiendo, que quienes sufren ven a Dios por detrás. Yo me preguntaba si se trataría de la espalda o de las nalgas, y qué aspecto tendría la parte trasera de Dios en vista de que éramos incapaces de imaginarla. De esto se desprende que los que sufren tienen un acceso especial a Dios, digamos que por la puerta de servicio, el enfermo es bendecido y se le revela cierta verdad que aquellos que no padecen sufrimiento alguno serían incapaces de comprender. Por ello sólo está sano aquel que sufre, por extraño que esto pueda sonar. Pero es coherente con lo anterior.

Durante un año no pude caminar en absoluto, y cuando las dolencias se atenuaron un poco supe que ya no podría construir puentes en los ríos del desierto y que no podría alejarme demasiado del refrigerador en el que guardo mis dosis de glucosa. Así que cambié de profesión y me hice maestra. Trabajé en una escuela y me dediqué a enseñarle a los niños un montón de cosas útiles: el idioma inglés, trabajos manuales y geografía. Siempre traté de captar su atención de manera absoluta y conseguir que recordaran cosas importantes no por miedo a que los reprobara, sino por verdadera pasión.

Eso me hacía sentirme francamente bien. Los niños siempre me han atraído más que los adultos, porque yo también soy un poco infantil. No hay nada de malo en ello. Lo bueno es que lo reconozco. Los niños son dúctiles y tiernos, abiertos y sencillos. Y no platican banalidades, como ocurre la mayor parte del tiempo con los adultos. Por desgracia, mientras más crecen, más se someten al poder de la razón: se convierten en ciudadanos de Ulro, como diría Blake, y ya no se dejan llevar al buen camino con tanta facilidad y naturalidad. Y por eso sólo disfrutaba el trato con los niños pequeños. Los mayores, digamos los que tienen más de diez años, son más horrorosos que los adultos. A esa edad los niños pierden su individualidad. Yo veía cómo se iban fosilizando a medida que se adentraban en la adolescencia sin que nada pudiera evitarlo, la cual provocaba que poco a poco buscaran ansiosamente ser como los demás. En algunos de ellos, muy pocos, se daban luchas internas y se resistían a adquirir esta nueva forma, pero al final también ellos se daban por vencidos. Nunca intenté estar a su lado en esos momentos, porque habría sido como dar fe de la Caída una vez más. Por lo general daba clases a los más pequeños, a lo mucho hasta el quinto grado.

Finalmente me jubilaron, y en mi opinión esto ocurrió muy pronto. Es difícil entenderlo porque yo era buena profesora, tenía más experiencia que cualquiera y jamás representé un problema, si exceptuamos mis dolencias, que en aquella época rara vez se dejaban sentir. Fui a las oficinas locales del Ministerio de Educación y allí presenté mi queja, los certificados y la solicitud necesarias para que me permitieran seguir trabajando. Pero por desgracia no surtió efecto. Era un mal momento para esa exigencia: ocurrían reformas y ajustes en el sistema educativo, cambiaban los programas y había un desempleo creciente.

Después busqué trabajo en otra escuela, y en otra más, por lo menos media jornada, un cuarto de jornada, por horas, habría aceptado incluso minutos si me los hubieran ofrecido, pero en todas partes sentí detrás de mí a muchos otros solicitantes, más jóvenes, y oí su respiración impaciente a mis espaldas, sus jadeos en mi nuca, el tamborileo ansioso de sus pies, a pesar de que la nuestra es una profesión ingrata y mal pagada.

Sólo volví a sentirme realizada cuando llegué aquí. Me mudé definitivamente de la ciudad, compré esta casa y empecé a trabajar como cuidadora de las propiedades de los vecinos. Un día vino a verme la joven directora de la escuela local, sofocada por su caminata a través de las montañas. «Sé que usted es maestra», me dijo, y me conmovió profundamente que hablara en presente, ya que en mi opinión esta carrera requiere una actitud mental y no que se realicen acciones específicas. Me propuso impartir unas cuantas horas de inglés en su escuela, para niños pequeños como los que siempre he preferido. Así que acepté y di clases de inglés a los niños una vez por semana. Niños de siete y ocho años que estudiaban con enorme entusiasmo y que también de la misma manera, rápida y brusca, empezaban a aburrirse. La directora quería darme también las clases de música, seguramente había oído cómo cantábamos «Amazing Grace», pero aquello era algo que me rebasaba. Bastante me costaba bajar todos los miércoles al pueblo vestida con ropa limpia, peinarme y usar un ligero maquillaje, pintarme los párpados con el lápiz verde y empolvarme la cara. Todo eso me costaba muchísimo tiempo y paciencia. En otra época hubiese podido impartir también la clase de gimnasia, pues soy alta y fuerte. Hubo un tiempo en que practiqué deportes, y aún debo guardar en algún sitio mis medallas. Pero cuando conocí a la directora ya no podía impartir gimnasia a causa de mi edad.

Debo reconocer que este momento, en pleno invierno, no me es fácil transportarme hasta la escuela. Esos días debo levantarme antes de lo habitual, aún a oscuras, alimentar la caldera, quitar la nieve del Samurai, y a veces, cuando éste se encuentra más lejos que de costumbre, abrirme paso en la nieve hasta él, lo cual no es cosa agradable. Las madrugadas de invierno están hechas de acero, tienen un sabor metálico y afiladas aristas. Los miércoles a las siete de la mañana, en enero, queda muy claro que el mundo no ha sido creado para el hombre, y sobre todo no para su comodidad y placer.

Por desgracia, ni Dioni ni ninguno de mis amigos comparte mi pasión por la astrología, así que intento no hacer alarde de ella. Ya de por sí creen que soy rara. Hablo del tema sólo cuando necesito conseguir la fecha y el lugar de nacimiento de alguien, tal y como sucedió con el comandante. Para obtenerlo pregunté prácticamente a toda la gente de la meseta y a la mitad de la gente de la ciudad. Al darme su fecha de nacimiento, la gente me descubre su verdadero nombre, me muestra su matasellos celeste, y abre ante mí su pasado y su futuro. Pero a algunas personas nunca tendré ocasión de pedirles tal dato.

Conseguir una fecha de nacimiento es relativamente sencillo. Basta con mirar el documento de identidad o cualquier otra identificación oficial: en ocasiones se puede encontrar por casualidad en internet. Dioni tenía acceso a distintos tipos de listas y de tablas, pero no me extenderé en ese tema por el momento. Sin embargo, la hora exacta de un nacimiento es algo más complicado. No se muestra en los documentos oficiales, a pesar de que ese dato es la verdadera llave para entender al hombre. Un horóscopo sin la hora exacta de nacimiento no sirve de gran cosa: conocemos el QUÉ, pero no sabemos CÓMO ni CUÁNDO.

Al escéptico de Dioni le he explicado una y mil veces que hubo un tiempo en que la astrología era tan importante como lo es hoy la sociobiología. Sólo así parece interesarse en el tema, pero no debería escandalizarse por esta comparación: el astrólogo cree que los cuerpos celestes influyen en la personalidad del hombre; el sociobiólogo, que dicha influencia la provocan las misteriosas emanaciones de los cuerpos moleculares. Se trata de una diferencia de tamaño. Ninguno de los dos sabe en qué consiste semejante influencia ni cómo se transmite: hablan de lo mismo, pero en escalas diferentes. En ocasiones esa semejanza me sorprende incluso a mí, que me gusta tanto la astrología y que no tengo ninguna estima por la sociobiología.

En el horóscopo natal, la fecha en que alguien llegó al mundo establece también la fecha de su muerte. Está claro que el que nace tiene que morir. Hay varios sitios en el horóscopo que nos muestran el lugar y el tipo de muerte, pero hay que saber verlos y relacionarlos entre sí. Comprobar por ejemplo los aspectos en que ocurre el tránsito de Saturno al hyleg y lo que sucede en la octava casa. Echar también un vistazo a la relación de las luces con lo anterior. Es algo bastante complicado y puede aburrir a cualquiera que no entienda del tema. Pero si se mira con atención el punto en que se relacionan dos hechos diferentes, le explicaba a Dioni, se verá que la correlación entre acontecimientos aquí abajo con la posición de los planetas allá arriba es extraordinariamente diáfana. A mí eso siempre me emociona. Pero esa emoción no nace de la inteligencia. Por eso Dioni no sucumbe ante ella.

A menudo, en mi defensa de la astrología tengo que utilizar esa odiada argumentación estadística que siempre resulta tan convincente a las mentes jóvenes. La gente joven cree en la estadística de una manera irreflexiva y con entusiasmo religioso. Basta con darles algo en porcentajes o expresado como probabilidad y lo toman inmediatamente por bueno. Así que me remitía a Gauquelin y al «efecto Marte», fenómeno que puede parecer extraño pero que es refrendado por la estadística: Gauquelin demostró que Marte, el planeta de la fuerza, la rivalidad, etcétera, ocupaba una posición concreta en los horóscopos de deportistas mucho más a menudo, estadísticamente hablando, que en los horóscopos de los no deportistas. Dioni, evidentemente, restaba importancia a esta prueba, y a todas las demás que le resultaban incómodas. Incluso a pesar de que le di numerosos ejemplos de predicciones que se cumplieron. Por ejemplo, la de Hitler, cuando el astrólogo de la corte de Himmler, Wilhelm Wolf, predijo «eine grosse Gefahr für Hitler am 20.07.44», es decir, un gran peligro para Hitler aquel día, y ahora sabemos que se trataba del día del atentado en la

Guarida del Lobo. Y después, otra vez ese mismo astrólogo funesto predeciría fríamente: «dass Hitler noch vor dem 7.05.45 eines geheimnisvollen Todes sterben werde», o lo que es lo mismo, que moriría de forma misteriosa antes del 7 de mayo.

—Increíble –decía Dioni–. ¿Cómo es posible? –se preguntaba a sí mismo, pero no tardaba en olvidarse del tema y su incredulidad se encendía de nuevo.

Intenté convencerlo de otras maneras, mostrándole cuán perfectamente interactúa lo de abajo con lo de arriba:

—Por ejemplo, fíjate, fíjate atentamente –le decía–: en el verano de 1980, Júpiter entra en conjunción con Saturno en Libra. Una potente conjunción. Júpiter representa el poder, Saturno los obreros. Entonces Wałęsa tiene el sol en Libra. ¿Ves la relación?

Dioni meneaba la cabeza poco convencido.

—¿Y la policía? ¿Qué representa a la policía en los cielos?

—Plutón. También a los servicios secretos y a la mafia.

—Ya, ya… –no estaba muy convencido, pero yo sabía que tenía muy buena disposición y que lo intentaba.

—Sigue mirando –decía mientras le mostraba la posición de los planetas–. Saturno estuvo en Escorpio en el año 1953: entonces ocurrieron la muerte de Stalin y el deshielo; en 1952-1956 vino el despotismo, la guerra de Corea, la invención de la bomba H. El año 1953 fue el más duro económicamente hablando en Polonia. Y fue precisamente entonces cuando Saturno entró en Escorpio. ¿No es una coincidencia extraordinaria?

Dioni se agitaba en la silla.

—Bueno, de acuerdo, mira aquí: con Neptuno en Libra viene el caos; con Urano en Cáncer, el pueblo se rebela y llega el fin del colonialismo. Cuando Urano entró en Leo, estallaron la revolución francesa, la insurrección de enero y nació Lenin. Recuerda que Urano en Leo siempre representa el poder revolucionario.

Pero todo aquello lo cansaba.

No, no había forma de convencer a Dioni sobre la astrología. Le daba igual.

Cuando me quedaba sola y extendía en la cocina mis herramientas de estudio, me alegraba de poder observar aquellas extraordinarias coincidencias y mecanismos. Primero tracé el horóscopo de Pie Grande e inmediatamente después el del comandante.

En general, la propensión de un individuo a tener accidentes la indican el ascendente, su regente, y los planetas que se encuentran en el ascendente. La muerte natural la indica el señor de la octava casa. Si ésta se encuentra en la primera casa significa que la muerte tendrá lugar por su propia culpa. Puede ser el caso por ejemplo de una persona distraída. Si el significador está relacionado con la tercera casa, la persona tendrá conciencia de las causas de su muerte. Si no está relacionado, la persona en cuestión ni siquiera se dará cuenta de dónde ha cometido el error fatal. En la segunda casa, la muerte tiene lugar por motivos del patrimonio y el dinero. En ese caso, uno puede morir durante un atraco. La tercera casa se relaciona con los accidentes de tráfico y los medios de transporte. En la cuarta, la muerte está relacionada con los terrenos que uno posee o con la familia, pero sobre todo con el padre. En la quinta, viene a causa de los niños, del abuso de los placeres o del deporte. En la sexta casa, nosotros mismos nos procuramos la enfermedad, por imprudencia o exceso de trabajo. Cuando el señor de la octava casa se encuentra en la séptima casa, la causa de la muerte será el cónyuge, puede ocurrir durante un duelo, un instante de desesperación a causa de una infidelidad, etcétera.

En el horóscopo del comandante, el sol estaba en la octava casa (la cual indica peligro de muerte, dado que es la casa de la muerte). El sol simboliza la vida, pero también el poder. Se encontraba en una posición muy complicada con respecto a Marte (que representa la violencia y la agresión) pero también se hallaba en la duodécima casa (la casa del asesinato, el atentado o el asesinato con alevosía), y además en Escorpio (muerte, asesinato, crimen). El amo de Escorpio es Plutón, lo cual implica que el poder puede relacionarse con instituciones como la policía o bien con la mafia. Por su parte, Plutón se encontraba en conjunción con el sol en Leo. De esto se podía concluir que el comandante era una persona misteriosa y ambigua, implicada en asuntos turbios, que era capaz de ser cruel y despiadado y que se beneficiaba de su cargo. Era muy posible que junto al poder oficial en la policía tuviera también mucho poder en otra parte, en alguna organización o grupo secreto y espantoso.

Pero lo más impresionante es que el amo del ascendente se hallaba en Aries, un signo que rige la cabeza, así que la violencia (Marte) se refería a su cabeza… y ésa fue la causa de su muerte: un golpe en la cabeza. Y algo más: cuando Saturno está colocado en un signo de naturaleza animal, como Aries, Tauro, Leo, Sagitario o Capricornio, anunciaba un peligro para la vida de la persona, por parte de un animal salvaje o agresivo.

—En el «Infierno» de Dante, Virgilio dice que los astrólogos eran condenados a vivir con el cuello horriblemente retorcido –me dijo Dioni, para cerrar de una vez por todas mi exposición.

—Muévete, viejo, no me dejes en ridículo –le dije a Samurai, y arrancó luego de soltar una especie de gruñido.

Entre nosotros hay una especie de lealtad. Cuando se vive juntos tanto tiempo y se depende mutuamente el uno del otro, nace algo parecido a la amistad. Sé que ya tiene su edad y que año tras año le cuesta más arrancar –lo mismo que a mí. Sé también que no le presto la debida atención y que este invierno la pasó mal. Como yo. En su cajuela transporto todo aquello que pueda requerir en caso de que suceda alguna catástrofe: pala y cuerdas, sierra eléctrica, bidón de gasolina, agua mineral y un paquete de galletas saladas que probablemente ya habrán caducado; una linterna (¡aquí es donde estaba escondida!), un botiquín, la llanta de recambio y una nevera portátil color naranja. Tengo también aquí otra lata de gas paralizante para defenderme en caso de que alguien me ataque en la carretera, lo cual es improbable.

Íbamos por la meseta en dirección del pueblo, atravesando prados y maravillosos eriales. Verdeaba ligera y tímidamente. Asomaban a flor de suelo las puntas de las ortigas tiernas, pequeñas y aún débiles. Era difícil imaginar que dos meses más tarde se erguirían firmes, altas y amenazadoras, con sus semillas en las velludas vainas verdes. A ras de tierra, junto al camino, vi los rostros en miniatura de las margaritas: nunca he podido evitar la sensación de que observan en silencio a todo aquel que pasa frente a ellas y que nos juzgan severamente. Como un ejército de flores enanas.

Estacioné junto a la escuela y al instante mis alumnos corrieron hasta el coche: les entusiasma ver la cabeza de Lobo que Samurai tiene pegada en las puertas delanteras. Me acompañaron después hasta el salón sin dejar de parlotear, hablando todos al mismo tiempo y atropellándose los unos a los otros, sin dejar de jalarme la manga del suéter.

—Good morning –dije.

—Good morning –respondieron los niños.

Y como era miércoles, empezamos nuestros rituales del miércoles. Por desgracia, una vez más, faltaba la mitad del grupo, los chicos, porque los habían eximido de la clase a causa de unos ensayos para la ceremonia de primera comunión. Así que tuvimos que repasar la clase anterior. Al siguiente curso le enseñaba palabras relacionadas con la naturaleza así que provoqué cierto desorden en el salón de clases, razón por la cual me regañó la señora de la limpieza.

—Usted siempre lo deja todo hecho una pocilga. Esto es una escuela y no una guardería. ¿Para qué quiere esas piedras sucias y esas algas?

En aquella escuela era la única persona a la que yo le tenía miedo y su tono, chillón y lleno de reproches, me sacaba de quicio. Debo confesar que dar clases me dejaba agotada, mental y físicamente. Así que me arrastré como pude a hacer las compras y a la oficina de correos. Compré pan, papas y otras verduras en grandes cantidades. Me permití comprar también un queso cambozola que costaba una fortuna, para que al menos la comida me alegrara el día. A veces compro diversas revistas y periódicos, pero por lo general su lectura me produce una sensación de culpa: de no haber hecho algo, de haber olvidado algo, de no estar a la altura de las circunstancias, de quedarme atrás con respecto al resto de la humanidad en algún asunto importante. Con toda seguridad, los periódicos pueden tener razón. Pero si observamos a la gente en la calle, es probable que muchas de ellas tengan también el mismo problema y que no hayan hecho con su vida lo que debieron hacer.

Todavía no habían llegado a la ciudad los primeros y ligeros indicios de la primavera, seguramente se había entretenido algo más en las afueras, en los huertos comunitarios, en los valles de los arroyos, como hicieran en tiempos los ejércitos enemigos. El invierno había dejado en los adoquines muchísima arena, utilizada sobre las resbaladizas aceras, y que ahora, al sol, convertida en polvo, ensuciaba el calzado primaveral recién sacado de los armarios. Los arriates tenían un pobre aspecto. El césped estaba sucio, con excrementos de los perros. Por las calles deambulaban grises transeúntes con los ojos entrecerrados. Parecían aturdidos mientras se formaban frente a los cajeros automáticos para sacar veinte zlotys a fin de pagar la comida del día. Se apresuraban al comedor porque tenían turno para las 13:35, o iban al cementerio para cambiar las flores de plástico del invierno por verdaderos y primaverales junquillos.

Aquel ajetreo humano me conmovió profundamente. En ocasiones me asalta una inmensa sensación de ternura y creo que está relacionada con mis dolencias: por lo general sucede cuando mis defensas disminuyen. De pie, en la empinada plaza, se fue apoderando de mí un gran sentimiento de pertenencia a la comunidad que formaban aquellas personas. Todos eran hermanos y todas eran hermanas. ¡Éramos tan parecidos los unos a los otros! Tan frágiles y transitorios, tan expuestos a la destrucción. Andábamos

confiados de un lado para otro bajo un cielo del que no nos cabía esperar nada bueno.

La primavera no es más que un corto intermedio: tras ella avanzan los poderosos ejércitos de la muerte; ya asedian las murallas de la ciudad. Vivimos rodeados por ellos. Si se mira de cerca todos y cada uno de los fragmentos que componen cada instante, uno termina por horrorizarse. En nuestros cuerpos avanza, imparable, la descomposición: pronto enfermaremos y moriremos. Nos dejarán nuestros seres queridos, su memoria se desvanecerá en el tumulto; no quedará nada. Sólo algo de ropa en el armario y alguien, que ya no reconocemos, en una fotografía. Nuestros más preciados recuerdos se esfumarán. Todo será tragado por la oscuridad y desaparecerá.

Sentada en una banca una chica embarazada leía el periódico, y pensé que la ignorancia podía ser una bendición. ¿Cómo sería posible saber todo esto y no abortar?

Entonces me volvieron a llorar los ojos, aquello era verdaderamente fastidioso. De un tiempo a la fecha no podía detener las lágrimas. Me dije que era tiempo de pedirle a Alí que encontrara un remedio.

La tienda Buena Nueva se encontraba en una de las callejuelas laterales que desembocaban en la plaza del mercado y se accedía a ella directamente desde el estacionamiento, lo cual no era la mejor invitación posible para los clientes potenciales de una tienda de ropa usada.

La visité por primera vez un año antes, ya bien entrado el otoño. Estaba congelada y hambrienta. La oscuridad húmeda del mes de noviembre bañaba la ciudad y la gente buscaba los sitios cálidos y luminosos.

Desde la puerta de entrada, una alfombra limpia y de muchos colores indicaba la dirección a seguir, antes de bifurcarse entre los percheros que contenían todo tipo de ropa, repartida según los colores y tonalidades; olía a incienso y la temperatura era agradable; casi hacía calor, gracias a unos enormes radiadores industriales que había debajo de las ventanas. Antes fue la sede de la Cooperativa de Corte y Confección de los Inválidos, como aseguraba un letrero que todavía podía verse en la pared. Una enorme planta ocupaba por completo un rincón: una gigantesca tetrastigma que seguramente habían metido hacía tiempo, pues ya había crecido en exceso, y sus fuertes tallos trepaban por las paredes en dirección hacia los cristales del escaparate. Era una mezcla de cafetería de la época socialista, tintorería y tienda de alquiler de disfraces de carnaval: la Buena Nueva.

A ella la bauticé así de inmediato. Su nombre me vino a la mente de forma automática y poderosa, como una revelación. Qué bella palabra, revelación. Al usarla ya no tenemos que dar más explicaciones.

—Busco un abrigo, una cazadora –dije con timidez.

La chica me dirigió una mirada inteligente y sus ojos negros brillaron. Tras un breve instante añadí:

—Que me dé calor y me proteja de la lluvia. Que no sea gris o negra como otras cazadoras; con las de color negro es fácil equivocarse en cualquier guardarropa. Que tenga bolsillos, muchos bolsillos para guardar las llaves, chucherías para los perros, para el teléfono móvil, para los documentos, al grado que no sea necesario llevar un bolso, y siempre tenga las manos libres.

Dije todo aquello consciente de que con la petición me abandonaba en sus manos.

—Creo que tengo algo para usted –respondió Buena Nueva y me condujo hacia el fondo de aquel largo y estrecho recinto.

Al final del pasillo había un perchero del cual colgaban unas cazadoras. Estiró el brazo sin dudar y sacó un precioso abrigo de color carmín.

—¿Qué opina? –en sus ojos se reflejaron las grandes superficies de las luminosas ventanas y brillaron con una luz preciosa y límpida.

Sí, la cazadora me iba como anillo al dedo. Me sentí como un animal al que le hubieran devuelto la piel robada. En el bolsillo encontré una pequeña concha marina y consideré que se trataba de un regalo de la propietaria anterior, con sus mejores deseos: «Que disfrute el abrigo».

También compré en aquella tienda dos pares de guantes, encontré un gran gato negro mientras buscaba en un cesto lleno de gorros, y al lado, entre las bufandas, otro gato negro. Los llamé Gorro y Bufanda, aunque era difícil distinguirlos. Los gatos negros de la Buena Nueva.

Aquella pequeña y bella dependienta, de rasgos de origen manchú, que se cubría la cabeza con una gorra de piel artificial, me hizo un té y me acercó una silla hasta la estufa de gas para que entrara en calor.

Así nos conocimos.

A veces, tan pronto vemos a ciertas personas se nos hace un nudo de la garganta y los ojos se nos llenan de lágrimas de emoción. Nos dan la impresión de recordar mejor que nosotros nuestra antigua inocencia, como si fueran una travesura de la naturaleza y la Caída no los hubiera magullado del todo. Quizá sean una especie de mensajeros, como los sirvientes que encuentran al príncipe perdido, no consciente de su origen, al cual le muestran las ropas que vistiera en su país y le recuerdan que debe regresar a casa.

Ella también padecía una enfermedad infrecuente: no tenía pelo. Ni cejas ni pestañas. Nunca tuvo, había nacido así a causa de los genes o la astrología. Yo, claro está, creo que se trata de la astrología, como fui a comprobarlo después en su horóscopo: un maltrecho Marte en las proximidades del ascendente, por la parte de la duodécima casa y en oposición a Saturno en la sexta (un Marte así supone también actividades ocultas y motivaciones oscuras).

Así que se pintaba unas preciosas cejas arqueadas con un lápiz de ojos, y en el párpado unas pequeñas líneas que simulaban las pestañas; la ilusión era perfecta. En la cabeza llevaba siempre turbantes, gorras, a veces incluso pelucas, o un pañuelo enrollado. En verano, yo contemplaba con extrañeza sus brazos, desprovistos por completo del vello que todos tenemos, ya fuera más claro u oscuro.

A menudo me pregunto por qué nos gustan unas personas y no otras. Y sobre ese tema tengo mi propia teoría: existe una forma armónica e ideal a la que de manera instintiva tiende nuestro cuerpo. Escogemos en los otros aquellos rasgos que podrían cumplir con ese ideal. El objetivo de la evolución es meramente estético y nada tiene que ver con ninguna adaptación. A la evolución lo que le interesa es la belleza, alcanzar la máxima perfección de cada forma.

Sólo tras haber conocido a aquella chica, comprendí lo verdaderamente feo que era nuestro vello, las cejas en medio de la frente, las pestañas, las cerdas de la cabeza, las axilas y el pubis. ¿Para qué necesitamos marcas tan estrafalarias?

Estoy segura de que en el paraíso todos carecíamos de vello. Vivíamos desnudos y sin pizca de pelo.

Había nacido en una aldea cerca de Kłodzko, en una familia muy numerosa. Su padre bebía y murió pronto. Su madre cayó enferma, gravemente enferma. Tenía una depresión y acabó en el hospital, trastornada por las medicinas. Buena Nueva se las arreglaba como podía. Aprobó sus estudios con matrícula de honor pero no fue a la universidad porque no tenía dinero y además cuidaba de sus hermanos. Decidió ganar dinero para estudiar pero no pudo encontrar trabajo. Finalmente la contrató la propietaria de aquella cadena de tiendas de segunda mano, pero el salario era tan bajo que la chica apenas si podía mantenerse y los estudios se fueron alejando año tras año cada vez más. Cuando no había nadie en la tienda, leía. Conocía sus libros porque los colocaba en una estantería y se los prestaba a los clientes de la tienda. Sombrías novelas de terror, novelas góticas de arrugadas cubiertas con el dibujo de un murciélago. Un monje perverso, una mano separada del cuerpo al cual perteneció y ahora asesina a la gente, ataúdes arrastrados fuera del cementerio por las inundaciones. Claramente, la lectura de aquellas cosas la reafirmaba en su convencimiento de que no vivimos en el peor de los mundos y le enseñaba a ser optimista.

Cuando escuchaba las historias que contaba Buena Nueva sobre su vida yo formulaba en mi cabeza todas esas preguntas que empiezan con un «¿Por qué no…» y siguen con la descripción de aquello que a nuestro parecer habría que hacer en dicha situación. Mis labios empezaban ya a tomar posición para aquel impertinente «¿Por qué…» cuando me mordí la lengua.

Eso es lo que hacen los sociodramas televisivos y por un momento estuve a punto de imitarlos: decirnos qué deberíamos hacer, en qué hemos fallado, qué descuidamos, y finalmente, azuzarnos contra nosotros mismos para que seamos víctimas de nuestro propio desprecio.

No dije nada. Las vidas ajenas no deberían ser tema de discusión. Hay que escucharlas y pagar con la misma moneda. Así que yo también le conté a Buena Nueva mi vida y la invité a casa para que conociera a las chicas. Y eso es justo lo que sucedió.

Llevé su caso al ayuntamiento, pero me enteré de que no estaba prevista ninguna ayuda para personas como ella. Ninguna beca. Una funcionaria aconsejó que pidiera un crédito en el banco. Uno de los que se pagan al acabar los estudios y uno está en condiciones de trabajar. Había cursos gratuitos de informática, corte o floristería, pero desgraciadamente sólo eran para gente sin empleo. Así que para tener el derecho de asistir a esos cursos ella debía renunciar a su trabajo.

Fui también al banco y me dieron una pila de documentos para llenar. Pero lo más importante era que primero Buena Nueva debía conseguir que la aceptaran en la universidad. Y yo estaba segura de que ella podría lograrlo. Me gustaba pasar el tiempo en la tienda de Buena Nueva. Era el lugar más acogedor de toda la ciudad. Se juntaban allí madres con niños y señoras mayores de camino al comedor de jubilados para comprar el almuerzo. Pasaba el guardián del estacionamiento y las congeladas vendedoras de frutas y verduras del mercado. Todos recibían algo caliente para beber. Se podría decir que Buena Nueva llevaba una cafetería.

Aquel día debía esperarla hasta que cerrara el santuario y después, con Dioni, hacer una excursión a Chequia para

visitar una librería en la que vendían a Blake. Buena Nueva estaba arreglando *foulards* en los estantes. No hablaba demasiado y cuando decía algo lo hacía en voz baja, de modo que había que escucharla con mucha atención. Los últimos clientes aún revolvían entre las perchas en búsqueda de gangas. Me estiré en la silla y entrecerré los ojos, henchida de bienestar.

—¿Sabe que en los bosques de la meseta, cerca de su casa, han aparecido zorros? Blancos y peludos.

Me quedé de piedra. ¿Cerca de mi casa? Abrí los ojos y vi al hombre del perro faldero.

—Parece que ese millonario que tiene un apellido muy gracioso ha soltado una parte de los que vivían en su granja –numerosos pares de pantalones colgaban de su hombro. Su perro me miraba con lo que parecía una sonrisa perruna, estaba claro que me había reconocido.

—¿Mondongón? –pregunté.

—Exacto –corroboró el hombre, y acto seguido se dirigió a Buena Nueva–. ¿Tiene pantalones de ochenta centímetros de cintura? No pueden dar con ese Mondongón. Ha desaparecido. Se ha esfumado sin dejar huella, como una aguja en un pajar –continuó–. Seguramente se ha escapado con su amante a un país más cálido. Y como es millonario, conseguirá ocultarse bien. Parece que estaba involucrado en algún tipo de fraude.

Un hombre joven totalmente rapado que había preguntado por unos pantalones deportivos de Nike o Puma y que estaba revolviendo en las perchas dijo casi sin abrir la boca:

—No se trata de ningún fraude, sino de la mafia. Traía ilegalmente pieles de Rusia y las hacía pasar por pieles de su granja. No pagó a la mafia, se asustó y huyó.

Aquel tema me preocupó. Me dio miedo.

—¿Su mascota es perro o perra? —pregunté amablemente al señor mayor, en un intento desesperado por desviar la conversación hacia temas menos lúgubres.

—Ah, ¿mi Maxito? Perro, faltaría más. Todavía soltero —se rio. Pero estaba claro que le interesaban más los chismes locales, porque se giró hacia el calvo y continuó—: Tenía una gran fortuna. Un hotel en la carretera a la salida de Kłodzko. Una tienda de ultramarinos. Una granja de zorros. Un matadero y una fábrica de embutidos. Una cuadra de caballos. ¡Más lo que aún tenía a nombre de su mujer!

—¡Aquí tiene usted unos de su talla! —le di unos pantalones grises que no estaban nada mal.

Los miró atentamente y se puso las gafas para leer las instrucciones de lavado.

—Éstos me gustan, me los llevo. ¿Sabe usted? Me gustan las cosas ceñidas, apretadas, que marcan la figura.

—¿Ve usted lo diferentes que llegamos a ser las personas...? Yo siempre compro todo grande. Da libertad —repliqué.

Dioni trajo una buena noticia. El semanario local *Las Tierras de Kłodzko* le había ofrecido publicar en la sección de «Poesía» sus traducciones de Blake. Estaba excitado y cohibido al mismo tiempo. La carretera por la que íbamos en dirección a la frontera estaba prácticamente vacía.

—Primero me gustaría traducir sus *Cartas*, y cuando acabe, entonces sí, volver a la poesía. Pero si lo que quieren es la poesía... Dios santo, ¿qué les puedo dar? ¿Qué les daremos para empezar?

La verdad era que ya no podía concentrarme en Blake. Vi que dejábamos atrás las miserables edificaciones del puesto

fronterizo y entrábamos en Chequia. La carretera era mejor y el coche de Dioni dejó de traquetear.

—Dioni, ¿es verdad lo de esos zorros? —preguntó Buena Nueva desde el asiento trasero—. Que se han escapado de una granja y andan por el bosque.

Dioni asintió:

—Ocurrió hace unos cuantos días. La policía creyó que antes de desaparecer, este empresario le habría vendido a alguien todos los animales. Pero parece que los soltó. ¿Es raro, no?

—¿Lo están buscando? —pregunté.

Dioni dijo que nadie había denunciado su desaparición, así que no había motivos para buscarlo. Su esposa no lo había denunciado, sus hijos no lo habían denunciado... Igual se había tomado unas vacaciones. Su esposa afirmaba que era algo que ya le había pasado antes. Había desaparecido durante una semana para después llamar desde la República Dominicana. Mientras los bancos no lo buscaran, no había motivos para preocuparse.

—El hombre es libre y puede hacer con su vida lo que quiera mientras no contraríe a los bancos —disertaba Dioni con un convencimiento que se nos contagiaba. Pensé que sería un magnífico portavoz de la policía.

Dioni agregó que la policía sospechaba que el dinero que el comandante llevaba consigo cuando murió era un soborno, y que la policía había establecido que el comandante regresaba precisamente de casa de Mondongón. La policía necesita un montón de tiempo para determinar lo que parece evidente.

—Y una cosa más —concluyó—. En la herramienta con la que probablemente asesinaron al comandante hay restos de sangre animal.

Llegamos a la librería segundos antes de que cerraran. El canoso Honza le entregó a Dioni los dos libros que había encargado y vi cómo las mejillas de Dioni se encendían. Nos miró radiante a Buena Nueva y a mí y después alzó los brazos como si quisiera abrazar a Honza. Eran dos antiguas ediciones de los años setenta con una buena introducción, imposibles de conseguir. Regresamos en un estado como de exaltación y ya nadie volvió a mencionar los acontecimientos luctuosos.

Dioni me prestó por unos días *Cartas escogidas* y al llegar a casa, alimenté la caldera, me hice un té fuerte y empecé a leer. Me gustó especialmente un fragmento que traduje sobre la marcha en una bolsa de papel.

Quiero creer que mi organismo se encuentra en buen estado —escribió Blake—, pero tiene varios males que aparte de mí nadie conoce. Cuando era joven, eran muchos los lugares que me hacían siempre enfermar —al día siguiente, y a veces incluso dos o tres días más tarde, con exactamente las mismas dolencias, el mismo dolor de estómago. Sir Francis Bacon solía referirse a la necesidad de someterse a una disciplina en la zona de las montañas. Bacon es un mentiroso. Ningún ejercicio transforma al hombre en otro, ni siquiera en la más pequeña de las partículas, y ese tipo de disciplina es lo que yo llamo arrogancia y estupidez.

Me pareció fascinante. Leía y leía sin parar. Como el autor esperaba que fuera: todo lo que leí penetró en mis sueños y tuve visiones toda la noche.

IX
Lo grande en lo pequeño

Una calandria herida en el ala,
y un querubín depone su canto.

L
A PRIMAVERA EMPEZABA EN MAYO Y LA ANUNCIABA
sin querer el dentista, que sacaba frente a la casa un
antiguo artilugio para perforar las muelas y un sillón
articulado que no era menos antiguo. Le quitaba el polvo
sacudiendo aquí y allá varias veces un trapo y lo liberaba
de telarañas y de paja; ambos artilugios hibernaban en el
pajar y sólo de vez en cuando, si se daba la urgente necesidad, iba a sacarlos. En invierno el dentista apenas trabajaba; en invierno no es posible hacer nada, la gente pierde el
interés por su salud, además de que hay poca luz y él veía
mal. Necesitaba una luz viva, la luz de mayo, de junio, para
que alumbrara directamente en la boca de sus pacientes, la
mayoría trabajadores forestales y hombres bigotudos que se
pasaban todo el día de pie haraganeando en el puente del
pueblo y de los que por eso se decía que trabajaban en el Sin-
dicato de Puentes y Caminos.

Cuando se secaron los barros de abril comencé a pasear
cada vez más lejos con el pretexto de mi ronda. En aquella

época del año me agradaba acercarme hasta Achtozja, un pequeño pueblo justo al lado de la cantera donde vivía el dentista. Y como todos los años, asistí a una sorprendente escena: sobre la hierba, de un verde resplandeciente, bajo el manto de un cielo azul, se veía un desgastado sillón blanco de dentista y en él siempre había alguien medio tumbado con la boca abierta al sol. Inclinado sobre él se encontraba el dentista con el torno en la mano. Su pie efectuaba un movimiento monótono, apenas visible desde la distancia en que me encontraba, cada vez que apretaba rítmicamente el pedal del torno. Y había dos o tres personas a unos cuantos metros de distancia, observando aquello en silencio, concentrados, mientras tomaban cerveza.

La principal ocupación del dentista consistía en extraer las muelas que dolían. A veces, con menos frecuencia, hacía un empaste. O prótesis. Cuando aún no sabía yo de su existencia me preguntaba a menudo qué tipo de raza era la que vivía en aquellas tierras. Muchos tenían una dentadura característica, como si todos fueran familiares y estuvieran bajo los efectos del mismo gen o de la misma posición en el horóscopo. Sobre todo la gente mayor: sus dientes eran alargados, estrechos, de un color grisáceo. Dientes muy raros. Luego desarrollé una hipótesis alternativa, pues me enteré que bajo la meseta se encontraban unos profundos yacimientos de uranio, que como es sabido produce diversas anomalías. Finalmente me enteré que se trataba de las prótesis del dentista –su signo diferenciador, su marca distintiva. Como todos los artistas su trabajo era irrepetible. En mi opinión, debería haberse convertido en una atracción turística de la Cuenca de Kłodzko, si su trabajo fuese legal. Desgraciadamente, años atrás había sido inhabilitado para

el ejercicio de su profesión por abusar del alcohol. Es extraño que no inhabiliten a nadie por sus problemas de la vista. Esa afección puede resultar mucho más peligrosa para un paciente, y el dentista usaba unas gafas de gran graduación en las que uno de los cristales se sostenía con cinta adhesiva.

Aquel día le perforaba una muela a un hombre. Era difícil distinguir los rasgos de la cara, desfigurada por el dolor y ligeramente amodorrada por el alcohol con que el dentista anestesiaba a sus pacientes. El horrible ruido del torno se introducía en mi cerebro y evocaba mis peores recuerdos de infancia.

—¿Cómo va la vida? –lo saludé.

—Sobreviviendo –dijo con una amplia sonrisa que recordaba la existencia de la frase clásica: *Médico, cúrate a ti mismo*–. Hace tiempo que no venía usted por aquí. La última vez que nos vimos creo que fue cuando andaba usted buscando sus...

—Sí, sí –lo interrumpí–. En invierno es imposible venir tan lejos. Antes de que logre abrirme paso entre la nieve, se hace de noche.

Volvió a concentrarse en la perforación, y yo me reuní con los otros mirones y estuve absorta mientras observaba la acción del torno en una boca humana.

—¿Ha visto usted los zorros blancos? –me preguntó uno de los hombres. Tenía una cara preciosa. Si su vida hubiera tomado otros derroteros seguramente habría sido un galán de cine. Sin embargo, en aquel momento su belleza desaparecía bajo una red de arrugas y surcos.

—Al parecer, Mondongón los soltó antes de huir –dijo otro.

—Quizá sintió remordimientos –concluí–. A lo mejor se lo comieron los zorros.

El dentista me miró con curiosidad. Asintió con la cabeza e introdujo el torno en la muela. El pobre paciente dio un salto en el sillón.

—¿No podría ponerle el empaste sin tener que perforar? –pregunté.

Pero no parecía que nadie se interesara en exceso por el enfermo.

—Primero Pie Grande, después el comandante, ahora Mondongón... –suspiró el hombre guapo.

—La gente tiene miedo de salir de casa. Yo, después de que anochece, todo lo que sea fuera de casa le digo a mi mujer que se ocupe ella.

—Lo ha resuelto usted de una manera inteligente –solté y añadí lentamente–: Los animales se vengaron de ellos porque se dedicaban a la caza.

—Por favor... Pie Grande no cazaba –rebatió el guapo.

—Pero ponía trampas –soltó otro–. La señora Duszejko tiene razón. ¿Quién si no él era el mayor cazador furtivo?

El dentista extendió una pasta blanca en un platito y después, con una espátula, la metió en la muela perforada.

—Sí, es posible. Claro que es posible, algún tipo de justicia debe haber, digo yo. Sí, sí. Fueron los animales.

El paciente gimió lastimosamente.

—¿Cree usted en la providencia divina? –me preguntó de repente el dentista mientras se quedaba completamente inmóvil sobre su paciente; en su voz se intuía un cierto retintín.

Los hombres contuvieron la risa, como si hubieran oído algo fuera de lugar. Tuve que pensarlo a fondo.

—Porque yo sí creo –agregó él sin esperar mi respuesta. Le dio una palmada amistosa al paciente en la espalda y éste saltó del sillón más contento que un ocho–. ¡El siguiente!

Uno de los mirones se acercó y de mala gana se sentó en el sillón.

—¿Qué le pasa? –preguntó el dentista.

Aquél, como respuesta, abrió la boca y el dentista echó un vistazo. Dio un paso atrás inmediatamente:

—Joder –que era con toda seguridad la valoración más breve del estado de la dentadura del paciente. Comprobó con los dedos, durante unos segundos, la sujeción de los dientes y después echó mano de una botella de vodka que había a sus espaldas.

—Bebe. Tenemos que extraer.

El hombre, totalmente hundido por aquella inesperada sentencia, farfulló algo incomprensible. Agarró el vaso de vodka prácticamente lleno que le tendía el dentista y se lo tomó de un trago. Yo estaba segura de que después de esa anestesia nadie podría sentir dolor alguno.

Mientras esperábamos a que el alcohol hiciera efecto, los hombres hablaban apasionadamente de la cantera, que al parecer pronto sería abierta de nuevo. Se tragaría la meseta año tras año hasta devorarla por completo. Al final tendríamos que irnos de ese lugar. Si realmente la abrieran, el poblado del dentista sería el primer lugar en ser desalojado.

—No acabo de creer en la providencia divina. Creen un comité de protesta –les aconsejé–. Hagan una manifestación.

—*Après nous le deluge* –dijo el dentista, y le metió los dedos en la boca al paciente, que casi perdía la conciencia. Después, sin gran esfuerzo, sacó de allí un diente ennegrecido con facilidad. Sólo oímos un leve crujido, pero por poco me desmayo–. Deberían vengarse por todo esto. Los animales deberían destrozar todo esto y mandarlos al carajo.

—Exactamente. Mandar de una puta vez todo esto a la puta nada –me sumé, y los hombres me miraron con sorpresa y respeto.

Volví dando un rodeo, ya bien entrada la tarde. Entonces, en el lindero del bosque vi dos zorros blancos. Iban despacio, uno tras otro. Su blancura sobre el fondo verde del prado no era de este mundo. Tenían aspecto de pertenecer al servicio diplomático del Reino Animal y haber llegado hasta allí para resolver cuestiones urgentes.

A principios de mayo florecía la cerraja amarilla. En los mejores años florece desde el puente de mayo, cuando los propietarios vuelven a sus casas por primera vez tras el invierno. En los años malos, las flores no cubren los prados de puntos amarillos hasta el Día de la Victoria. Fueron muchas las veces que admiré en compañía de Dioni aquella maravilla. Por desgracia, para Dioni aquello era el anuncio de una época dura; dos semanas más tarde sufriría un ataque de alergia a todo, le llorarían los ojos, se quedaría sin aire y sentiría que se ahogaba. En el pueblo aquello era soportable, pero cuando venía a verme los viernes, me veía obligada a cerrar herméticamente todas las ventanas y puertas para que los alérgenos invisibles no alcanzaran la nariz de mi amigo. En la época en la que florece la hierba, en junio, debíamos trasladar nuestras sesiones de traducción a su casa.

Tras un invierno tan largo, agotador y estéril, el efecto del sol era excepcionalmente negativo sobre mí también. No podía dormir por las mañanas, me levantaba al amanecer y me sentía permanentemente intranquila. Todo el invierno debía protegerme del viento incesante que venía de la meseta, y ahora debía abrir ventanas y puertas de par en par para que el viento entrara en la casa y se llevara todo tipo de dolencias y angustias.

Todo bullía de nuevo: bajo la hierba o bajo la superficie de la tierra se percibía una vibración febril, como si de un momento a otro fueran a explotar unos nervios subterráneos henchidos por el esfuerzo. Me era difícil desprenderme de la sensación de que aquello ocultaba una potente e irreflexiva voluntad, repugnante como la fuerza que obligaba a las ranas a subirse una sobre otra y copular sin cesar en el estanque de Pandedios.

En cuanto el sol se acercaba al horizonte, aparecía sin falta una familia de murciélagos. Llegaban sin hacer ruido alguno, volando con suavidad, su presencia siempre me había parecido húmeda. Una vez llegué a contar doce mientras revoloteaban alrededor de todas y cada una de las casas. Me encantaría saber cómo ve el mundo un murciélago; me encantaría sobrevolar la meseta aunque sólo fuera una vez metida en el cuerpo de un murciélago. ¿Qué aspecto tenemos todos cuando somos vistos con sus sentidos? ¿Parecemos sombras? ¿Capas de vibraciones, fuentes de ruido?

Al anochecer me sentaba a la puerta de mi casa y esperaba hasta que aparecían, hasta que llegaban volando uno por uno desde la casa de los profesores, visitándonos, por orden, a todos nosotros. Les daba la bienvenida con un leve gesto de la mano. En el fondo, tenía con ellos mucho en común, yo también veía el mundo en otras frecuencias, patas arriba. Yo también prefería el crepúsculo. No sirvo para vivir bajo el sol.

Mi piel reacciona mal a los crueles y severos rayos solares, cuando no son mitigados por hojas o nubes. Enrojece y se irrita. Como todos los años, durante los primeros días del verano me brotaron esas pequeñas ampollas que tanto pican. Las trataba con leche cuajada y una crema para las quemaduras que me había dado Dioni. Hubo que sacar del armario los sombreros de ala ancha del año anterior que debía atarme con una cinta por debajo de la barbilla para que no se los llevara el viento.

En una ocasión, un miércoles, cuando regresaba de la escuela con uno de aquellos sombreros, di un rodeo para... no sé muy bien para qué. Hay sitios que uno no visita de buen grado y sin embargo tienen algo que nos atrae. Es posible que ese algo sea el espanto. Quizá por eso, igual que a Buena Nueva, me gustan las películas de terror.

Para mi sorpresa, aquel miércoles acabé en la granja de los zorros. Iba en mi Samurai a casa y de repente en el cruce simplemente giré hacia el lado contrario, tal como suelo hacer. Poco después se acabó el asfalto y sentí aquel horroroso hedor que ahuyentaba de ese lugar a todos los paseantes posibles. Aquel repugnante olor seguía todavía allí aunque la granja había sido clausurada oficialmente dos semanas atrás.

Mi Samurai se comportó como si tuviera olfato también. Se apagó. Sentada en el coche, paralizada por aquella peste, vi frente a mí, a unos cien metros de distancia, una serie de construcciones cercadas por una alta tela metálica, simples barracas situadas una tras otra. Un alambre de púas triple recorría la parte superior de la tela metálica. Brillaba un sol cegador. Todas las briznas de hierba arrojaban una sombra nítida, las ramas parecían pinchos. Había un silencio sepulcral. Agucé el oído como si estuviera esperando que desde más allá de aquella cerca llegaran hasta mí sonidos horrendos, el eco de lo que allí había sucedido tiempo atrás. Pero estaba claro que no había un alma, ni humana ni animal. A lo largo del verano cubrirían todo aquello las bardanas y las ortigas. Al cabo de un año o de un par de años, la granja desaparecería entre el verde y como mucho se convertiría en un lugar lleno de fantasmas. Pensé que se podría hacer allí un museo. Como advertencia.

Un rato después, conseguí poner el coche en marcha y regresé a la carretera.

Yo sé muy bien qué aspecto tenía el millonario desaparecido. Poco tiempo después de mudarme allí me encontré con él en nuestro puente. Fue un encuentro raro. Aún ignoraba quién era.

Una tarde, estaba yo volviendo en el Samurai de hacer las compras en la ciudad. Antes de llegar al puente que atravesaba nuestro arroyo, vi un vehículo todoterreno; se estacionó sobre el arcén, como si quisiera estirar los huesos: todas las puertas estaban abiertas. Reduje la marcha. No me gustaban aquellos coches altos y robustos creados más bien pensando en la guerra que en dar paseos en el corazón de la naturaleza. Sus grandes ruedas aplastaban las rodadas de los caminos de campo y destrozaban los senderos. Sus potentes motores hacían mucho ruido y contaminaban. Estaba convencida de que sus dueños tenían unos falos pequeños y que con el tamaño del coche compensaban aquel defecto. Me quejaba todos los años con el alcalde de aquellos horribles coches de los *rallies* y le enviaba solicitudes. Recibía la respuesta convencional de que el alcalde consideraría mis observaciones llegado el momento, y después de eso, silencio. Y en aquel instante tenía yo allí a uno de aquéllos, justo antes del arroyo, a la entrada del valle, casi frente al umbral de mi casa. Pasé con el coche muy lentamente y examiné de arriba abajo a aquel indeseable.

En el asiento delantero, fumando un cigarrillo, había una mujer joven y guapa. Tenía el pelo teñido de rubio, media melena, y llevaba un cuidadoso maquillaje en el que destacaban unos labios contorneados con un lápiz oscuro. Estaba tan bronceada que parecía que la acabaran de retirar de una parrilla. Sacó las piernas fuera del auto y de uno de sus pies desnudos, de uñas rojas, resbaló su sandalia y cayó al suelo. Me paré y me asomé por la ventanilla.

—¿Puedo ayudar en algo? –pregunté amistosamente.

Negó con la cabeza y después levantó los ojos hacia el cielo y con el pulgar señaló algún lugar a sus espaldas, esgrimiendo al mismo tiempo una sonrisa de complicidad. Me pareció bastante simpática, aunque no entendí su gesto. Por eso bajé. Que hubiera respondido con un gesto, sin palabras, motivó que yo me comportara silenciosamente; me aproximé a ella casi de puntillas. Alcé las cejas inquisitivamente. Me gustaba aquel ambiente de misterio.

—No pasa nada –dijo a media voz–. Estoy esperando a… mi marido.

¿Al marido? ¿Allí? No entendía en absoluto una escena en la que sin querer yo también participaba. Eché, recelosa, un vistazo, y entonces vi al marido aquel. Salía de entre unos matorrales. Tenía un aspecto bastante extraño y ridículo. Iba vestido con una especie de uniforme, como de camuflaje, de colores verdes y marrones. Llevaba ramas de piceas por todas partes, desde la cabeza hasta las botas. Su casco estaba recubierto de la misma tela que el resto del uniforme. Llevaba la cara pintada con una pintura negra sobre cuyo fondo brillaba un bigote blanco y bien cuidado. No le vi los ojos porque los ocultaba un impresionante aparato óptico, algo parecido al artefacto que los oculistas utilizan para examinar la vista, lleno de tornillos y juntas. Por otra parte, recorrían el ancho pecho y la prominente barriga fiambreras, mapas, estuches y cinturones de munición. Llevaba en las manos una escopeta con mira telescópica; recordaba un arma de la Guerra de las Galaxias.

—Santa Madre de Dios –susurré contra mi propia voluntad.

Durante un buen rato fui incapaz de emitir sonido humano alguno, y miraba entre sorprendida y aterrorizada a aquel bicho raro, hasta que la mujer arrojó el cigarrillo al camino y soltó con ironía:

—Ahí lo tenemos.

El hombre se acercó a nosotras y se quitó el casco de la cabeza. Creo que nunca había visto a una persona de aspecto tan saturnal. Era de constitución media, frente ancha y cejas pobladas. Andaba ligeramente encorvado y los pies los tenía metidos hacia dentro. No pude evitar la sensación de que estaba acostumbrado a la lujuria y que sólo una cosa le movía en la vida: la realización consecuente y a toda costa de sus deseos. Se trataba del hombre más rico de los alrededores.

Tuve la impresión de que se alegraba de ser visto por alguien más que su mujer. Estaba orgulloso de sí mismo. Me saludó con un gesto de la mano, y acto seguido se olvidó de mi existencia. Se volvió a poner el casco y aquellas grotescas gafas y miró en dirección a la frontera. Entendí todo de inmediato y sentí un arrebato de ira.

—Vámonos ya –le dijo con impaciencia su mujer como si tratara con un niño. Es posible que sintiera las vibraciones de ira que llegaban desde donde yo me encontraba.

Durante unos segundos aparentó no haber oído, pero después se dirigió al coche, se quitó todos aquellos aparatos de la cabeza y dejó la escopeta.

—¿Qué está haciendo aquí? –le pregunté; no se me ocurrió otra forma de abordarlo.

—¿Y usted? –soltó, sin mirarme.

Su esposa se puso la sandalia caída y se acomodó en el asiento del conductor.

—Yo vivo aquí –respondí fríamente.

—Ah, es usted la señora de aquellos dos perros... Ya le hemos dicho que no se alejen de la casa.

—Están en terreno privado... –empecé, pero me interrumpió. El blanco de sus ojos brilló con odio en aquel rostro sucio.

—Señora, para nosotros no hay terrenos privados.

Aquello fue hace dos años, cuando todavía me parecían más fáciles todas las cosas. Había olvidado mi encuentro con Mondongón. Qué me importaba. Pero después, de repente, un planeta acelerado atravesó un punto invisible y se produjo un cambio, uno de esos cambios de los que nosotros aquí abajo ni siquiera somos conscientes. Igual sólo unos pequeños signos nos descubren ese acontecimiento cósmico, pero tampoco los percibimos. Alguien pisa una rama caída en el sendero, en el congelador explota una cerveza que alguien olvidó sacar a tiempo, de un rosal silvestre caen dos frutos rojos. ¿Cómo podríamos entender todas esas cosas? Está claro que lo grande está recogido en lo más pequeño. No hay duda de que así es. En la mesa, mientras estaba escribiendo aquello, descansaba la configuración planetaria e incluso todo el cosmos. El termómetro, la moneda, la cucharilla de aluminio y el tazón de porcelana. La llave, el móvil, el papel y el bolígrafo. Y una cana mía en cuyos átomos se conservaba la memoria de los inicios de la vida, de la catástrofe cósmica que dio principio al mundo.

X

Cucujus haematodes

No mates mariposas ni polillas,
pues el Juicio Final ya se aproxima.

A PRINCIPIOS DE JUNIO, CUANDO LAS CASAS SE hallaban habitadas al menos durante los fines de semana, yo seguía tratando mis obligaciones muy seriamente. Salía, por ejemplo, al menos una vez al día a la colina y con los prismáticos llevaba a cabo mi observación del terreno. Primero observaba las casas. De alguna manera, se trataba de seres vivos que convivían con las personas en una simbiosis ejemplar. Se me alegraba el corazón cuando veía en ellas claramente que sus simbiontes habían regresado. Llenaban los interiores vacíos con su ajetreo, con el calor de sus cuerpos, con sus pensamientos. Sus pequeñas manos arreglaban las heridas y los desperfectos que había dejado el invierno, secaban las paredes húmedas, limpiaban las ventanas y arreglaban las cisternas de los baños. Y las casas tenían entonces el aspecto de haberse despertado del profundo sueño en el que cae la materia cuando nadie la molesta. Sacaban al patio las mesas y las sillas de plástico, abrían las contraventanas de madera y finalmente el sol podía pasar al interior. Durante los fines de semana salía humo de las chimeneas. Los profesores aparecían cada vez con mayor frecuencia, siempre con un grupo de amigos. Paseaban por el camino, aunque nunca llegaban hasta los linderos. Salían a pasear todas las tardes después de comer, hasta la ermita de ida y vuelta, y por el camino se detenían a discutir acaloradamente. A veces, cuando el viento soplaba desde el lugar en que ellos se encontraban, me llegaban algunas palabras sueltas: *Canaletto, claroscuro, tenebrismo*.

Los viernes empezaron también a aparecer los poceros. Se ocuparon de arrancar las plantas que hasta entonces habían crecido alrededor de su casa para plantar otras nuevas recién compradas en la tienda. Era difícil adivinar qué lógica los movía. Por qué no les gustaba el saúco y en su lugar preferían las glicinias. Una vez, poniéndome de puntillas para verlos por encima de su potente vallado, les dije que probablemente las glicinias no soportarían las heladas del mes de febrero que teníamos por allí, pero asintieron con la cabeza y siguieron con lo suyo. Cortaron un precioso rosal silvestre y arrancaron los arbustos de tomillo. Colocaron frente a la casa un imaginativo montículo de piedras y lo llenaron, como ellos decían, de coníferas: tuyas, cipreses, pinos enanos, abetos. En mi opinión, eran cambios sin sentido.

Llegó para pasar más tiempo Cenicienta y la vi cuando paseaba con calma por los linderos, estirada como el palo de una escoba. Una tarde fui a su casa con las llaves y las facturas. Me invitó a tomar una infusión y acepté por cortesía. Cuando acabamos de pasar cuentas, me atreví a preguntar:

—¿Si me diera por escribir mis memorias, qué tendría que hacer? –le pregunté, un tanto cohibida.

—Hay que sentarse frente a una mesa y obligarse a escribir. Llega solo. No se puede censurar nada. Hay que escribir todo lo que le viene a uno a la cabeza.

Extraño consejo. No me gustaría escribirlo «todo». Me gustaría escribir únicamente aquello que considero bueno y útil. Creía que iba a decir algo más, pero ella permanecía callada. Me sentí desilusionada.

—¿Desilusionada? –preguntó entonces como si me hubiera leído el pensamiento.

—Sí.

—Cuando no se puede hablar, entonces es necesario escribir –dijo–. Eso ayuda mucho –al decir esto guardó silencio.

El viento arreció y vimos por la ventana cómo los árboles se mecían acompasadamente al ritmo de una música inaudible, como el público de un concierto en un anfiteatro. Una corriente de aire en algún lugar en la parte alta de la casa cerró de golpe una de las puertas. Como si alguien hubiera disparado. Cenicienta se sobresaltó.

—Me inquietan esos ruidos, ¡es como si aquí todo tuviera vida propia!

—El viento siempre hace ese ruido. Ya me he acostumbrado –dije.

Le pregunté qué tipo de libros escribía y ella me contestó que historias de terror. Aquello me alegró. Tenía que hacer que se conocieran ella y Buena Nueva, seguro que tendrían mucho que contarse. Eran eslabones de la misma cadena. Alguien que sabía escribir sobre aquellas cosas tenía que ser una persona valiente.

—¿Y el mal siempre tiene que ser castigado al final? –pregunté.

—Me tiene sin cuidado. Me tienen sin cuidado los castigos.

A mí simplemente me gusta escribir sobre cosas terribles. A lo mejor es porque soy miedosa. Es algo que me ayuda.

—¿Qué le pasó? –pregunté animada por el crepúsculo que empezaba a caer y señalé con el dedo el collarín ortopédico en su cuello.

—Degeneración de las vértebras cervicales –dijo en un tono que parecía que me estuviera hablando de algún electrodoméstico casero estropeado–. Será que tengo la cabeza demasiado pesada. Eso es lo que creo. Mi cabeza es demasiado pesada. Las vértebras no soportan el peso y cric, crac, se degeneran.

Sonrió y me sirvió un poco más de aquella horrible infusión.

—¿No se siente sola aquí? –preguntó.

—A veces.

—La admiro. Me gustaría ser como usted. Es usted muy valiente.

—En absoluto. Tengo de qué ocuparme aquí.

—Yo también me siento rara sin Ágata. El mundo aquí es tan grande, tan inabarcable –me miró y durante unos segundos me examinó con la mirada–. Ágata es mi esposa.

Parpadeé. Nunca había oído que una mujer se refiriera a otra como «mi esposa». Pero me gustó.

—¿Le sorprende, verdad?

Estuve pensando durante unos segundos.

—Yo también podría tener una esposa –dije convencida–. Se vive mejor con alguien que a solas. Es más fácil andar en compañía que en solitario.

No respondió. Era difícil hablar con ella. Finalmente le pedí que me prestara un libro suyo. El que diera más miedo. Me prometió que le diría a Ágata que lo trajera. Estaba oscureciendo y ella no encendía la luz. Cuando ambas nos sumimos en la oscuridad por completo, me despedí y regresé a casa.

Más tranquila luego de comprobar que las casas volvían a estar al cuidado de sus propietarios, me alejaba gustosamente cada vez más y más en mis rondas. Ampliaba mis terrenos como una loba solitaria. Me sentía aliviada cuando las casas y el camino desaparecían de mi vista y se quedaban atrás. Me adentraba en el bosque y vagaba por él sin prisa por terminar. Entonces el silencio se hacía cada vez mayor y el bosque se convertía en un gigantesco y acogedor abismo en el que podía esconderme a pensar. Allí no tenía que ocultar la más problemática de mis dolencias: mi llanto. Allí, podía dejar que corrieran las lágrimas, de modo que lavaran mis ojos y corrigieran mi vista. Quizá por eso veía más que aquellos que tenían los ojos secos.

Primero me di cuenta de la falta de corzos: habían desaparecido de repente. ¿O no sería que la hierba era tan alta que ocultaba sus espinazos pelirrojos y perfectos? Eso habría significado que los corzos ya habían empezado a parir.

Aquel mismo día me encontré con una hembra y un joven, precioso y moteado corcino, y vi también a un hombre en el bosque. Estuvimos bastante cerca, aunque él no me vio a mí. Llevaba una mochila verde con armazón exterior, como las que se hacían en los años setenta, así que pensé que aquel hombre debía tener más o menos mi edad. Y a decir verdad, a juzgar por su aspecto, parecía viejo. Era calvo, y su cara estaba cubierta por unas cerdas canosas, trasquiladas casi al ras, probablemente con una de esas máquinas baratas de los chinos que se compran en los mercados verdes. Llevaba unos pantalones vaqueros desteñidos, demasiado grandes y feamente deformados en las nalgas.

Aquel hombre avanzaba cuidadosamente por el camino paralelo al bosque, observando dónde ponía los pies. Seguramente ése fue el motivo por el que permitió que me acercara tanto. Cuando llegó al cruce donde almacenaban los troncos cortados de las piceas, se quitó la mochila, la apoyó contra un árbol y se adentró en el bosque. Los prismáticos me mostraban una imagen temblorosa y un tanto borrosa, así que apenas podía entender qué estaba haciendo allí. Se inclinaba sobre el sotobosque y escarbaba. Cualquiera diría que se trataba de un buscador de setas, pero era demasiado pronto para hallar setas. Lo observé durante casi una hora. Se sentó en la hierba, se comió un bocadillo y escribió algo en un cuaderno. Luego permaneció una media hora tumbado boca arriba con las manos detrás de la cabeza y mirando hacia el cielo. Después agarró su mochila y desapareció en la espesura.

Llamé por teléfono a Dioni desde la escuela con la noticia de que un extraño andaba rondando por el bosque. Le dije también lo que decía la gente en la tienda de Buena Nueva: que el comandante estaba metido en el tráfico clandestino de terroristas a través de la frontera. Además, que habían pillado a algunos tipos sospechosos no muy lejos de allí. Pero Dioni se mostró bastante escéptico, y no me creyó cuando le dije que podía tratarse de alguien que había ido al bosque a borrar huellas de alguna actividad. ¿Y si hubiera armas escondidas por allí?

—No te quiero preocupar, pero seguramente el caso va a ser sobreseído porque no se ha encontrado nada nuevo.

—¿Cómo? ¿Y las huellas de los animales alrededor? Fueron los corzos quienes lo arrojaron al pozo.

Se hizo el silencio y después Dioni preguntó:

—¿Por qué le cuentas a todo el mundo lo de esos animales? De todas formas nadie te cree y encima te toman un poco por… por… –se atascó.

—Loca, ¿verdad? –le ayudé.

—Pues sí. ¿Para qué cuentas esas historias? Tú misma sabes que eso es imposible –me reclamó Dioni y pensé que había que explicárselo de manera clara a mis detractores.

El reclamo de Dioni me hizo enojar. Pero en cuanto sonó el timbre para volver a clase, solté rápidamente:

—Hay que decirle a la gente qué está ocurriendo. No tengo otra salida. Si no, lo harán otros.

Aquella noche no dormí excesivamente bien con la conciencia de que un desconocido merodeaba tan cerca de mi casa. Y las noticias de un posible cierre del caso también me provocaban una desagradable y agotadora inquietud. ¿En qué consistía aquello de «sobreseer»? ¿Podían olvidarse de un crimen así, de golpe? ¿Sin investigar todas las posibilidades? ¿Y las huellas? ¿Las habían tomado en consideración? A fin de cuentas, había muerto una persona. ¿Cómo podían darlo por «sobreseído»? Por primera vez desde que me fui a vivir allí, cerré todas las puertas y ventanas, con lo que el aire se enrareció rápidamente. No pude conciliar el sueño. Estábamos a principios de junio, así que las noches eran cálidas y olorosas. Sentí como si me hubiera encerrado en vida en un cuarto de calderas. Estaba al pendiente de escuchar pasos alrededor de la casa, analizaba cada ruido, pegaba un salto cuando oía el menor crujido de una rama. La noche agrandaba el más delicado de los sonidos, los convertía en gruñidos, gemidos, voces. Estaba aterrorizada. Por primera vez desde que me había instalado allí.

Al día siguiente por la mañana, vi al hombre de la mochila de pie frente a mi casa. Me quedé petrificada de miedo y alargué la mano en busca del gas paralizante.

—Buenos días. Disculpe que la moleste –su voz baja de barítono hizo vibrar el aire–. Me gustaría comprar leche fresca de su vaca.

—¿De mi vaca? –me tomó por sorpresa–. Yo no tengo vaca, tengo leche del supermercado de la rana, ¿desea una poca?

Pero mi respuesta lo decepcionó.

Había que reconocer que visto de día, me pareció bastante simpático. No tendría que usar el gas con él. Llevaba una camisa de lino blanca, con cuello Mao, como aquellas que se llevaban en los viejos tiempos. De cerca también resultó que no era calvo del todo. Le quedaba todavía algo de pelo en la parte de atrás y con eso se hacía una pequeña y fina coleta, como si cargara un cordón sucio.

—¿Y hace su propio pan?

—No –respondí sorprendida–, también lo compro en la tienda del pueblo.

—Ah, vaya.

Me dirigía ya hacia la cocina, pero di media vuelta para informarle:

—Ayer lo vi a lo lejos. ¿Ha dormido en el bosque?

—Sí, he dormido en el bosque. ¿Me puedo sentar aquí? Me duelen un poco los huesos.

Parecía distraído. La espalda de su camisa estaba completamente verde por el contacto con la hierba. Probablemente se había salido del saco de dormir. Apenas pude contener una carcajada.

—¿Le apetece un café?

Hizo un gesto brusco con la mano.

—No bebo café.

Estaba claro que no era un hombre inteligente. Si lo hubiera sido, se habría dado cuenta de que yo no tenía por qué conocer sus simpatías o antipatías culinarias.

—Entonces, igual le apetece tomar un poco de pastel –señalé la mesa que Dioni y yo habíamos colocado recientemente en el exterior. Había allí un pastel de ruibarbo que había preparado dos días antes y que casi se había terminado.

—¿Podría pasar al baño? –me preguntó como si estuviéramos regateando.

—Claro –dejé que entrara él primero a la casa.

Tomó café y comió pastel. Se llamaba Borys Snajder, pero pronunciaba su nombre de forma graciosa y prolongada:

—«Booroos.»

Y así se quedó para mí. Tenía un acento suave, del este, y de dónde salía aquel acento me lo explicó de inmediato. Era de Białystok.

—Soy entomólogo –habló con la boca llena de pastel–. Me especializo en un tipo de escarabajo muy raro y precioso. ¿Sabe que vive usted en el lugar más al sur de Europa habitado por el *Cucujus haematodes*?

No era consciente de ello. La verdad es que me alegré porque era como si hubiera llegado un nuevo miembro a mi familia.

—¿Y qué aspecto tiene? –pregunté.

Boros echó mano de su desgastada mochila de tela y sacó cuidadosamente una cajita de plástico. Me la puso a un palmo de la nariz:

—Pues éste.

En el interior de la cajita transparente había un escarabajo muerto. Yo lo habría llamado simplemente Bichito. Era pequeño, de color marrón, más bien ordinario. Yo había visto algunos escarabajos preciosos, pero aquél no era desde ningún punto de vista algo excepcional.

—¿Por qué está muerto? –pregunté.

—Le ruego que no crea que soy uno de esos aficionados que asesinan a los insectos y los convierten en especímenes. Lo encontré así.

Recorrí a Boros con la mirada e intenté adivinar de qué estaba enfermo.

Dijo que examinaba los troncos muertos, aquéllos carcomidos de forma natural y los talados, en busca de larvas de *Cucujus haematodes*. Las contaba, las inventariaba y anotaba los resultados en un cuaderno que tenía por título *Situación en los bosques del condado de Kłodzko de algunas especies escogidas de coleópteros saproxílicos que se encuentran en las listas de los anexos II y IV de la Directiva de Hábitat de la Unión Europea, y propuesta de protección de los mismos. Un proyecto.* Leí con suma atención el título, lo cual me liberó de la obligación de echar un vistazo al interior.

Me dijo que me imaginara que la Dirección de Bosques Estatales no tenía conciencia alguna de que el artículo 12 de la Directiva obligaba a los estados miembros a establecer un sistema de protección rigurosa del hábitat de reproducción y de prevención de la destrucción del mismo. Por el contrario, permite que las empresas saquen la madera del bosque a pesar de que es ahí donde los insectos ponen sus huevos y de donde saldrán después las larvas. Las larvas llegan más tarde a los aserraderos y a las fábricas madereras y no queda ni huella de ellas. Todas mueren y ni siquiera nos enteramos de ello. Y la vida sigue como si no hubiera culpables.

—Aquí, en este bosque, todos los troncos están llenos de larvas de *Cucujus haematodes* –dijo–. Durante la tala de los árboles incluso queman parte de las ramas. Y arrojan al fuego ramas llenas de larvas.

Pensé entonces que cada muerte provocada injustamente merecía algún tipo de publicidad. Incluso la de un insecto. Una muerte de la que nadie sabe nada se convierte en un doble escándalo. Y me gustó lo que hacía Boros. Oh, sí, me había convencido, estaba totalmente de su parte.

De hecho, de todas formas tenía que ir a hacer mi ronda, así que decidí unir lo interesante y lo útil y acompañé a Boros al bosque. Con su ayuda, los troncos me mostraron sus secretos. Lo que parecían troncos normales de cualquier árbol resultaron ser reinos completos habitados por criaturas que cavaban pasadizos, cavidades y túneles para colocar sus valiosos huevos. Las larvas tampoco eran excesivamente hermosas, pero me emocionaba lo confiadas que eran, la facilidad con la que confiaban su vida a los árboles, sin imaginar que aquellas enormes criaturas inmóviles eran realmente tan frágiles, y que además dependían completamente de la voluntad humana. Era difícil imaginar que esas larvas morían en el fuego. A lo largo de ese día, Boros levantó parte del manto del bosque y me mostró algunas especies, raras o no tan raras: el *Osmoderma eremita* o escarabajo del reloj de la muerte (quién sería capaz de imaginar que vivía ahí, bajo la corteza desprendida del árbol), el *Carabus auronitens* (ah, así se llamaba; lo había visto tantas veces y siempre era un brillante ser anónimo), el *Hister impressus*, bello como una gotita de mercurio, el ciervo volante menor (curioso nombre, ¿por qué no bautizar a los niños con los nombres de los insectos? Y los nombres de los pájaros, y de otros animales). Cerambícido Coleóptero. Cerambícido Kowalski. Drosophila Nowak. Corvus Duszejko... Son sólo algunos de los nombres que retuve. Las manos de Boros hacían magia, esbozaban símbolos misteriosos y de repente aparecía ya fuera un insecto, una larva o unos huevos en forma de racimo. Pregunté cuáles eran de provecho, y aquella pregunta indignó muchísimo a Boros.

—Desde el punto de vista de la naturaleza no hay criaturas útiles e inútiles. Eso no es más que una estúpida diferenciación que aplican las personas.

Llegó por la tarde, tras la caída del crespúsculo. Lo invité a pasar la noche en mi casa en cuanto me dijo que no tenía dónde dormir... Le hice una cama en la salita de estar, pero todavía pasamos un rato juntos. Saqué media botella de licor que me había quedado de los tiempos en que venía a verme Pandedios. Boros me estuvo contando de todos los tipos posibles de chanchullos y malversaciones de la Dirección de Bosques del Estado, pero después se relajó. Me era difícil entenderlo, porque cómo se puede tener una actitud tan emocional hacia algo que se llama Dirección de Bosques del Estado. La única persona que yo relacionaba con aquella institución era el guardabosques al que bauticé Ojo de Lobo. Lo llamé así porque tenía las pupilas alargadas. Al margen de eso era una persona honrada.

Y así fue como Boros se quedó en casa un buen tiempo. Todos los días, por la tarde, anunciaba que al día siguiente vendrían a buscarlo sus estudiantes o los voluntarios de Acción Contra D. B. E., pero todos los días resultaba que se les había estropeado el coche, que habían tenido que ir a otro lugar por un asunto importante, que por el camino se habían quedado en Varsovia, e incluso una vez que habían perdido el bolso con los documentos, etcétera. Yo empezaba a temer que Boros anidara en mi casa como una larva de *Cucujus* en el tronco de una picea y que sólo la Dirección de Bosques del Estado sería capaz de sacarlo de allí. Aunque debo reconocer que intentaba no ser un estorbo, e incluso resultaba de gran ayuda. Por ejemplo, limpió el cuarto de baño a conciencia y con total entrega.

Llevaba en la mochila un pequeño laboratorio, una caja con ampollas y frasquitos, y allí, como él decía, ciertas sustancias químicas sintéticas que reproducían increíblemente bien las feromonas de los insectos. Él y sus estudiantes experimentaban con aquellos compuestos químicos fuertemente activos para, en caso de necesidad, incitar a los insectos a que se reprodujeran en otro lugar distinto de su hábitat natural.

—Si untas con esto un trozo de árbol, las hembras de los coleópteros harán lo imposible por poner allí sus huevos. Llegarán hasta ese tronco desde cualquier lugar en los alrededores, sentirán el olor a varios kilómetros de distancia. Bastan unas gotas.

—¿Por qué no huelen así las personas? –le pregunté.

—¿Y quién te ha dicho que no huelen?

—No percibo nada.

—Igual no sabes que lo estás percibiendo, querida, y tu vanidad humana te invita a creer en el libre albedrío.

La presencia de Boros me recordaba cómo es vivir con alguien. Y lo incómodo que resultaba. Cuánto sacaba a uno de sus pensamientos propios y cuánto distraía. Cómo la otra persona empezaba a incordiar no haciendo algo que molestara, sino por el mero hecho de estar ahí. Y cuando él salía por las mañanas al bosque, yo bendecía mi preciosa soledad. Cómo era posible, me ponía a pensar, que la gente viviera junta decenas de años en un espacio pequeño. Que durmieran en una misma cama, echándose el aliento mutuamente y molestándose sin querer durante el sueño. No era que no me hubiera pasado a mí también. Durante un tiempo dormí con un católico en la misma cama y de aquello no salió nada bueno.

XI
EL CANTO DE LOS MURCIÉLAGOS

Un petirrojo en una jaula
pone furioso a todo el Cielo.

A la Policía:

ME VEO OBLIGADA A ESCRIBIR ESTA CARTA PORQUE *me preocupa la falta de progresos de la policía local en la investigación relacionada con la muerte de mi vecino en enero de este año y con la muerte del comandante un mes y medio después. Estos dos acontecimientos luctuosos tuvieron lugar en las proximidades de mi casa, por lo cual, no debería sorprenderles que me encuentre personalmente impresionada y preocupada.*

Considero que son muchas las pruebas que señalan que fueron asesinados. Nunca me habría atrevido a emitir afirmaciones de tanto peso, si no hubiera sido por el hecho (y entiendo que los hechos son para la policía lo mismo que los ladrillos para una casa, o las células para el organismo: sirven para construir todo el sistema), de que junto a mis amigos, fui testigo no tanto de la propia muerte, como de la situación inmediatamente posterior a la muerte, antes aun de que llegara la Honorable Policía.

En el primer caso, fue también testigo mi vecino, Świerszczyński, en el segundo, mi antiguo alumno, Dionizy.

Mi convicción de que los aludidos fueron víctimas de un asesinato se basa en dos elementos. Primero: en el lugar del crimen, en ambos casos, había animales. En el primer caso, junto a la casa de Pie Grande, ambos, el testigo Świerszczyński y yo misma vimos un grupo de corzos (mientras que uno de sus compañeros se hallaba despedazado ya en la cocina de la víctima). En lo referente, por otra parte, al caso del comandante, los testigos, entre ellos la abajo firmante, vimos una numerosa cantidad de huellas de pezuñas de corzos en la nieve junto al pozo en el que fue hallado el cuerpo. Desgraciadamente, un aura no propicia para la Honorable Policía provocó la rápida destrucción de importantes y significativas pruebas que conducían directamente hasta los autores de ambos crímenes.

Segundo: decidí mirar cierta información sumamente característica que podemos obtener de los cosmogramas (comúnmente denominados horóscopos) de las víctimas, y tanto en uno como en otro caso parece evidente que pudieron ser atacados por los animales con consecuencias mortales. Se trata de una muy rara colocación de planetas, con tanta mayor convicción lo someto a la atención de la Honorable Policía. Me permito adjuntar ambos horóscopos, en la esperanza de que serán consultados por el astrólogo oficial de la policía, y que éste corroborará, por lo tanto, mi hipótesis.

Atentamente,
Duszejko

El tercer o cuarto día de la estancia de Boros, Pandedios fue a visitarme a mi casa, lo que merecía ser considerado como otro acontecimiento, ya que casi nunca me visitaba. Yo tenía la impresión de que estaba preocupado por la presencia de un hombre desconocido en mi residencia y que había venido a explorar el terreno. Se movía doblado por la mitad, con la mano agarrándose las vértebras lumbares y con un rictus de dolor. Se sentó con un suspiro.

—Lumbago –dijo a manera de saludo.

Acababa de hacer hormigón en un cubo e iba a echarlo para construir un acceso a pie seco a su casa desde la parte del patio, y cuando se agachó por el cubo, algo crujió en su columna. Así que se quedó en aquella posición incómoda, con la mano estirada hacia el cubo porque el dolor no le permitía enderezarse ni un milímetro. Apenas en aquel momento se le había pasado un poco, así que se había acercado a pedirme ayuda porque sabía que yo entendía de todo tipo de construcciones, y el año anterior me había visto poner un pavimento de hormigón parecido. Le echó una mirada crítica y de pocos amigos a Boros y especialmente a su coleta, que con toda seguridad le parecería una gran extravagancia.

Los presenté, y Pandedios extendió la mano con visible vacilación.

—Es peligroso vagar por los alrededores, aquí pasan cosas raras –dijo amenazadoramente, pero Boros ignoró la advertencia.

Así que fuimos a salvar el hormigón antes de que fraguara en los cubos. Estuvimos trabajando Boros y yo, mientras que Pandedios se sentó en una silla y se dedicó a darnos órdenes que revestía de consejos, cada una de las cuales comenzaba con las palabras: «Yo les aconsejo…».

—Yo les aconsejo echarlo con cuidado aquí y allá y añadir más cuando haya que igualar. Yo les aconsejo esperar un momento a que se nivele. Yo les aconsejo no trabajar tan cerca el uno del otro porque podrían tropezar entre ustedes.

Era bastante insoportable. Pero después, acabado el trabajo, nos sentamos en una cálida mancha de sol frente a su casa, donde poco a poco se preparaban para florecer las peonias, y todo el universo parecía recubierto de un fino baño dorado.

—¿Y usted a qué dedicó su vida? –preguntó Boros de repente.

Aquella pregunta fue tan repentina que me dejé llevar por los recuerdos. Éstos desfilaron ante mis ojos y como suele pasar con los recuerdos, todo en ellos parecía ser mejor, más bonito, más feliz que en la realidad. Fue extraño, pero todos guardamos silencio por un rato.

Para la gente de mi edad ya no quedan sitios que hayamos amado de verdad y a los cuales hayamos pertenecido. Han dejado de existir los lugares de la infancia y de la juventud, los pueblos a los que íbamos de vacaciones, los parques con bancas incómodas en las que florecieron nuestros primeros amores, las antiguas ciudades, las cafeterías, las casas. Incluso cuando han conservado su aspecto exterior, visitarlas es aún más doloroso porque constituyen una cáscara que ya no alberga nada. Yo no tengo a dónde volver. Es como estar encarcelada. Los muros de mi celda coinciden con todo lo que alcanzo a ver, hasta el horizonte. Tras ellos hay un mundo que me es ajeno y que no me pertenece. Así que para la gente como yo sólo es posible el ahora y el aquí, porque todos los después son dudosos, todos los futuros están apenas esbozados y son inciertos, nos recuerdan los espejismos, que pueden ser destruidos por el más leve de los movimientos del aire. Eso era lo que pensaba cuando estábamos sentados en silencio. Aquello era mejor que una conversación. No tengo idea de en qué pensaban los dos hombres. Quizá pensaban en lo mismo. Quedamos de vernos por la tarde y bebimos entre los tres algo de vino. Incluso cantamos juntos. Empezamos con «Hoy no puedo ir a verte», pero en voz baja y tímidamente, como si tras las ventanas abiertas al huerto acecharan los grandes oídos de la noche, listos para escuchar cualquiera de nuestros pensamientos, de nuestras palabras, incluso las que componen la letra de la canción, y denunciarnos ante el tribunal supremo.

El único que no se preocupaba era Boros. Era comprensible, no estaba en su casa, y las actuaciones de los invitados siempre son las más descabelladas. Se echó hacia atrás en la silla y simulando que estaba tocando la guitarra, cantó con los ojos cerrados:

—Der iiis e jaaaus in Niuuu Orliiins, Dey coool de Raaa-sing Saaan...

Y a nosotros como por arte de magia, se nos pegó la melodía y la letra y mirándonos, sorprendidos por aquella repentina complicidad, cantamos con él.

Resultó que todos conocíamos más o menos la letra hasta que llegamos a lo de: «Oh, mother, tell your children», lo cual puede dar buena idea de nuestra memoria. Entonces tarareamos, simulando que sabíamos los versos. Pero no los sabíamos. Y rompimos a reír. Oh, fue algo precioso, conmovedor. Después permanecimos sentados en silencio intentando recordar otras canciones. No sé en el caso de los otros cantantes, pero a mí todo el cancionero se me borró de la cabeza. Entonces, Boros fue a la habitación y volvió con una pequeña bolsa de plástico de la que sacó unas briznas de hierbas secas y se dedicó a liar un cigarrillo.

—Cielo santo, no he fumado desde hace veinte años –los ojos de Pandedios brillaban con intensidad, y lo miré con extrañeza.

Aquélla fue una noche muy clara. El plenilunio del mes de junio recibe el nombre de «plenilunio de la luna llena celeste» porque la Luna adopta una preciosa tonalidad azul. Según mis *Efemérides* esa noche dura sólo cinco horas. Estábamos sentados en el huerto, bajo un viejo manzano en el que maduraban las manzanas. El huerto soltaba su perfume y susurraba para nosotros. Perdí el sentido del tiempo y las pausas entre las frases que pronunciábamos me parecían eternas. Se abría ante nosotros una enorme cantidad de tiempo. Hablamos durante siglos enteros, hablábamos todo el tiempo de lo mismo, lo mismo ahora por boca de uno y después por boca de otro, y ninguno de nosotros recordaba que la opinión con la que no estaba de acuerdo en un momento preciso era poco antes la opinión que defendía. De hecho no discutíamos en absoluto, manteníamos un diálogo, un triálogo, éramos tres faunos, otra especie humana, mitad personas, mitad animales. Y me di cuenta de que éramos muchos, en el huerto y en el bosque, y que teníamos el rostro cubierto de pelo. Éramos seres extraños. Y los murciélagos cubrieron el árbol y cantaron para nosotros. Sus voces sutiles y vibrantes derribaron las partículas que componían la niebla, y la noche vino a pasearse a nuestro alrededor y a tocar sutiles campanitas, convocando a todos los seres a una celebración nocturna.

Boros desapareció en la casa durante un año entero y Pandedios y yo permanecimos sentados en silencio. Pandedios

188

tenía los ojos abiertos de par en par y me miraba tan intensamente que tuve que esconderme de su mirada tras la sombra del árbol. Allí me oculté.

—Perdona –dijo simplemente y mi pensamiento se puso en movimiento como una gran locomotora para comprenderlo. ¿Qué asuntos tenía que perdonar a Pandedios? Recordé que en varias ocasiones no había correspondido a mi saludo. O que había hablado conmigo sin salir de su casa cuando le había llevado las cartas y que no había querido dejarme pasar al interior, a su bella y resplandeciente cocina. Ah, y una cosa más, que nunca se había interesado por mí cuando mis dolencias me habían dejado postrada y doliente en la cama.

Pero no eran cuestiones que yo tuviera que perdonarle. O a lo mejor tenía en mente a su hijo, tan frío y tan irónico, y con aquel abrigo negro suyo. Qué le vamos a hacer, no podemos responder por nuestros hijos.

Boros apareció por fin en la puerta, con mi laptop, que además ya había utilizado con anterioridad, y conectó a él su colgante en forma de colmillo de lobo. Durante un largo rato no se oyó ningún ruido y estuvimos esperando algún signo. Finalmente oímos una tormenta, pero ni nos asustó, ni nos sorprendió. Sólo se impuso a las campanillas de la niebla. Me pareció que aquella música era la más adecuada y que había sido inventada a propósito para aquella tarde.

—Riders on the storm –las palabras se abrieron paso desde algún lugar:

> Riders on the storm
> Into this house we're born
> Into this world we're thrown

Like a dog without a bone
An actor out on loan
Riders on the storm...

Mientras Boros tatareaba y se mecía en la silla, la letra de la canción se repetía sin cesar, todo el tiempo. No cambiaba nada.

—¿Por qué algunas personas son malas y despreciables? –preguntó retóricamente Boros.

—Por culpa de Saturno –dije–. La astrología clásica tradicional de Ptolomeo dice que la culpa es de Saturno. Que en sus aspectos poco armónicos tiene el poder de crear personas mezquinas, ruines, solitarias y lloronas. Son infames, cobardes, sinvergüenzas, tétricos, intrigan todo el tiempo, son unos chismosos, se despreocupan de su cuerpo. Quieren permanentemente más de lo que tienen y no hay nada que les guste. ¿Estás hablando de ésos?

—Puede ser producto de errores cometidos durante su educación –añadió Pandedios pronunciando lenta y cuidadosamente cada palabra, como si temiera que de un momento a otro la lengua le hiciera una mala pasada y lo obligara a decir algo completamente diferente. Cuando consiguió pronunciar aquella primera frase, se atrevió con la segunda–. O de la lucha de clases.

—O de un mal aprendizaje de los hábitos de higiene personal –añadió Boros y yo dije:

—De una madre adicta.

—De un padre autoritario.

—De sufrir acoso sexual en la infancia.

—Porque no le dieron pecho.

—Porque ha visto demasiada televisión.

—Por la falta de litio y magnesio en su dieta.

—Por la caída de la Bolsa –gritó increíblemente entusiasmado Pandedios, pero en mi opinión exageraba.

—No, no exageres –dije–. ¿A qué se debe?

Así que rectificó:

—A causa de un shock postraumático.

—A su constitución psicofísica.

—Dejémoslo en Saturno –dije, muerta de risa.

Acompañamos a Pandedios a su casa e intentamos mantener el máximo silencio posible para no despertar a la escritora. Pero no lo conseguimos: a cada momento soltábamos una carcajada excesiva.

Cuando ya nos íbamos a dormir, animados por el vino, Boros y yo nos abrazamos agradecidos por aquella velada. Un rato después vi cómo buscaba sus pastillas en la cocina y se las tomaba con agua del grifo.

Pensé que aquel Boros era un hombre muy bueno. Y estaba bien que tuviera sus dolencias. La salud es un estado incierto y no augura nada bueno. Es mejor ser alguien que viva tranquilamente enfermo, así al menos uno sabe de qué va a morir.

Vino a verme por la noche y se puso en cuclillas al lado de la cama. Yo no dormía.

—¿Duermes? –preguntó.

—¿Eres religioso? –tenía que hacerle aquella pregunta.

—Sí –respondió orgulloso–. Soy ateo.

Aquello me pareció interesante. Alcé la colcha y lo invité a mi lado pero como no soy ni cariñosa ni sentimental no me explayaré sobre el tema.

El día siguiente era sábado y Dioni apareció a primera hora de la mañana. Yo trabajaba en mi pequeño huerto para comprobar una teoría personal. Me parecía que heredamos el fenotipo en contra de lo establecido por la genética moderna y estaba en busca de pruebas. Me di cuenta de que algunos rasgos adquiridos aparecían de forma irregular en las generaciones posteriores. Así que hacía tres años que me había puesto a repetir el experimento de Mendel con los chícharos; de hecho, andaba metida en ello.

Había ido arrancando pellizcos de los pétalos de las flores, era ya la quinta generación consecutiva (dos al año) e iba comprobando si de las semillas crecían flores con los pétalos dañados. He de decir que los resultados de aquel experimento eran altamente prometedores.

El desvencijado coche de Dioni se materializó en la curva tan rápido que parecía sofocado y excitado. Dioni salió de él igual de agitado.

—Han encontrado el cuerpo de Mondongón. Muerto. Desde hace varias semanas.

Sentí que me iba a desmayar. Tuve que tomar asiento. No estaba preparada para eso.

—Así que no había huido con su amante –Boros salió de la cocina con una taza de té. No ocultaba su desilusión.

Dioni lo miró y calló, sorprendido, mientras me miraba. Tuve que proceder a una rápida presentación. Se estrecharon la mano.

—Ah, eso ya se sabía desde hacía tiempo –la emoción de Dioni disminuyó visiblemente–. Dejó las tarjetas de crédito y las cuentas corrientes con todo su dinero. Sí, aunque es cierto que el pasaporte no se encontró nunca.

Nos sentamos en la entrada de la casa. Dioni dijo que

lo habían encontrado unos ladrones de leña. Habían ido al bosque, por el lado de la granja de los zorros, la tarde anterior con un carro, y allí, ya casi al anochecer, tropezaron con los restos, eso habían dicho. Lo hallaron entre unos helechos, en una hondonada en la que antes se recogía arcilla. Se trataba de unos restos horribles, retorcidos y tan deteriorados que tuvo que pasar un tiempo hasta que lograron darse cuenta de que estaban viendo el cuerpo de una persona. Primero huyeron aterrorizados, pero sintieron remordimientos. Tenían miedo de ir a la policía por un simple motivo: su comportamiento criminal saldría inmediatamente a la luz. Difícilmente podrían sostener que sólo pasaban por allí... A última hora de la tarde llamaron a la policía y por la noche llegó una patrulla. Gracias a los restos de la ropa fue posible hacer una identificación inicial de Mondongón, por la cazadora de piel tan característica que llevaba. Pero se confirmaría el lunes siguiente.

El hijo de Pandedios calificaría después aquel comportamiento nuestro de «infantil», pero a mí me pareció de lo más lúcido: nos subimos, pues, todos a mi Samurai y fuimos al bosque tras la granja de zorros, al lugar en el que encontraron el cuerpo. Y no fuimos ni mucho menos los únicos que se comportaron de forma infantil, fueron unas veinte personas, hombres y mujeres de Transilvania, y también andaban por allí aquellos trabajadores forestales de los bigotes. Se había puesto una cinta de plástico de color naranja entre los árboles, evitando el paso, y era difícil ver algo desde la distancia que se había previsto para los mirones.

Se acercó hasta mí una mujer de mediana edad:

—Parece que estaba ahí tirado desde hacía varios meses y los zorros ya habían dado buena cuenta de él.

Indiqué que la había reconocido con un movimiento de cabeza. Nos habíamos visto a menudo en la tienda de Buena Nueva. Se llamaba Innocenta, lo cual siempre me había impresionado. Aparte de eso no la envidiaba, tenía varios hijos, todos ellos unos holgazanes sin oficio ni beneficio.

—Los chicos dijeron que estaba completamente blanco de moho. Que estaba completamente enmohecido.

—Pero ¿eso es posible? –pregunté horrorizada.

—Claro que sí, señora –dijo sumamente segura de sí misma–. Y que tenía un alambre en la pierna, como si ya se le hubiera clavado en el cuerpo, de tan fuerte que estaba apretado.

—Cepos –afirmé–, seguro que cayó en un cepo. Siempre los ponían por aquí.

Nos fuimos desplazando a lo largo de la cinta intentando ver algo. El lugar de un crimen siempre despierta temores, por eso los mirones prácticamente no hablaban entre sí, y si lo hacían era en voz baja, como si estuvieran en un cementerio. Innocenta se iba desplazando detrás de nosotros, y hablaba por todos los que estaban callados de miedo:

—Pero por un cepo nadie se muere. El dentista se empeña en repetir que esto es una venganza de los animales. Porque ellos cazaban, ¿sabe usted? El comandante y el millonario.

—Sí, lo sabía –respondí, sorprendida de que las noticias corrieran de aquella manera–. Yo también creo eso.

—¿De verdad? ¿Cree usted que es posible que los animales...?

Me encogí de hombros.

—Estoy convencida. Creo que se vengaron. A veces no entendemos algo, pero lo percibimos a la perfección.

Se quedó pensando un momento y me dio la razón.

Rodeamos la cinta y nos detuvimos en un lugar desde el que se veían bien los coches de la policía y los hombres con sus guantes de goma agachándose y mirando al suelo. Al parecer, en aquella ocasión la policía quería recoger todas las huellas posibles para no cometer los mismos errores que con el comandante. Grandes errores. No pudimos acercarnos más porque dos tipos uniformados nos obligaron a regresar al camino como si fuéramos una bandada de pollos. Sin embargo, se veía que buscaban huellas a conciencia, y algunos agentes daban vueltas por el bosque fijándose en todos los detalles. Dioni se asustó al verlos. Prefería no ser reconocido en aquellas circunstancias, ya que él trabajaba para la policía.

Durante la merienda, que tomamos fuera de la casa pues hacía un tiempo maravilloso, Dioni expuso sus consideraciones:

—Con esto toda mi hipótesis se desvanece. Creía que Mondongón había provocado que el comandante cayese en el pozo. Tenían asuntos en común, discutieron, quizás el comandante incluso trató de chantajearlo. Pensé que se habían encontrado junto a aquel pozo y que habían reñido. Entonces Mondongón habría empujado a aquél y el accidente habría tenido lugar.

—Y ahora resulta que es todavía peor de lo que todos imaginaban. El asesino sigue suelto –dijo Pandedios.

—Y pensar que anda por aquí cerca –Dioni dio cuenta de un postre de fresas.

A mí me parecía que las fresas no tenían ningún sabor. Me pregunté si era porque las abonaban con alguna porquería, o porque nuestras papilas gustativas habían envejecido igual que nosotros y ya nunca volveríamos a sentir aquellos sabores.

Con el té, Boros habló con seguridad profesional de cómo participan los insectos en la descomposición del cuerpo humano. Y me dejé convencer para regresar al bosque al caer el crepúsculo, cuando la policía ya se hubiera ido, para que Boros pudiera realizar sus experimentos. Dioni y Pandedios consideraron que era una rareza macabra y se quedaron en la terraza, asqueados.

El naranja de la cinta brillaba y fosforecía en la suave oscuridad del bosque. Al principio no me quise acercar, pero Boros se comportaba de manera segura y me arrastró tras de sí sin ningún tipo de ceremonias. Yo estaba a su lado, detrás, mientras él alumbraba el suelo del bosque con una linterna en la frente, por entre los helechos, y buscaba con el dedo huellas de insectos en el sotobosque. Es raro cómo la noche elimina todos los colores, como si considerara que son una extravagancia del mundo. Boros murmuraba algo por lo bajo y yo, con el corazón en un puño, me dejaba llevar por la visión: Mondongón llegaba a la granja y miraba por la ventana, veía el bosque, la fachada del bosque lleno de helechos, y en él unos preciosos, mullidos y salvajes zorros rojos. No sentían miedo alguno; estaban sentados como perros y lo miraban de una forma incesantemente provocadora. Quizás en su pequeño y codicioso corazón brotó la esperanza de alcanzar un fácil beneficio, porque a unos zorros como aquéllos, domesticados, preciosos, sería fácil embaucarlos. Y pensó: *Son tan confiados y tan mansos...* Quizá se trataba de uno de esos cruces de zorros que vivían en jaulas y que toda su corta vida daban vueltas y vueltas en un espacio tan pequeño que con el hocico tocaban su propia y valiosa cola. Pero no, no era posible. Sin embargo, aquellos zorros eran grandes y preciosos. Así que aquella tarde, cuando los volvió a ver, decidió que iría tras ellos y que comprobaría por sí mismo lo que tanto le tentaba, qué misterio escondían. Se puso su cazadora de piel y salió. Entonces vio que lo estaban esperando aquellos bellos y dignos animales de rostros inteligentes. «Psi, psi» –los llamó como se llama a los cachorros, pero cuanto más se acercaba él, más se alejaban ellos hacia el bosque, todavía desnudo y mojado en aquella época del año. Le parecía que no sería difícil agarrar uno, prácticamente se restregaban contra sus piernas. Se le pasó también por la cabeza que podrían tener rabia, pero eso le tenía absolutamente sin cuidado. Ya se había vacunado una vez contra la rabia, cuando lo mordió un perro al que le pegó un tiro, antes de rematarlo con la culata. Por lo tanto, incluso si fuera así, qué más daba. Pero los zorros mantenían un extraño juego con él: primero desaparecían de su vista y volvían a aparecer, dos, tres de ellos, acompañados por preciosos y peludos zorros jóvenes. Y finalmente, cuando uno de ellos, el mayor, el macho más bello se sentó ante él tranquilamente, Anzelm Mondongón se agachó impresionado y se fue, moviendo lentamente las piernas encogidas, inclinado, con el brazo extendido hacia delante y los dedos simulando que sostenían un buen bocado, lo que quizás haría que aquel zorro cediera a la tentación y acabara convertido en una bella estola. Y de repente se dio cuenta de que se había liado con algo, de que sus piernas habían quedado apresadas y de que no podía correr tras el zorro. La pernera de los pantalones se le levantó y sintió en el tobillo algo frío y metálico. Sacudió la pierna. Y cuando tomó conciencia de que era un lazo, de manera instintiva tiró hacia atrás, pero ya era demasiado tarde. Con aquel movimiento firmó su sentencia de muerte. El alambre se tensó y liberó el enganche primitivo: el joven abedul sujeto por éste al suelo se estiró con ímpetu y arrastró el cuerpo de Mondongón hacia arriba con tanta fuerza que durante un instante quedó colgando y pataleando en el aire, pero sólo durante un instante porque rápidamente se quedó inmóvil. Segundos después el abedul, sobrecargado, se rompió y de esa manera, Mondongón encontró descanso en el suelo, en un hueco que había quedado tras la extracción de arcilla y donde, bajo la hojarasca se preparaban para plantar brotes de helechos.

Agachado sobre el sitio del accidente, Boros llamó mi atención:

—Alúmbrame, por favor –dijo–, parece que tenemos aquí larvas de cléridos.

—¿Tú crees que los animales salvajes podrían dar muerte a un hombre? –le pregunté, excitada por mi visión.

—Oh, sí, claro que sí. Leones, leopardos, toros, serpientes, insectos, bacterias, virus…

—¿Y los corzos?

—Seguro que encontrarían la manera.

Boros estaba de mi parte.

Por desgracia, mi visión no aclaraba cómo los zorros de la granja habían conseguido escaparse. Ni de qué manera el lazo en la pierna del millonario se habría convertido en la causa de la muerte.

—He encontrado ácaros, cléridos, larvas de avispas y dermápteros, es decir, como se dice vulgarmente, tijerillas –dijo Boros durante la cena que había preparado en mi cocina Pandedios.

—Ah, y hormigas, claro. Y muchísimo moho, pero cuando levantaron el cuerpo destrozaron el moho. En mi opinión, eso demuestra que el cuerpo se encontraba en fase de fermentación butírica.

Comíamos pasta con una salsa de queso azul.

—No se sabe –decía Boros– si era moho o adipocira, es decir, grasa cadavérica.

—¿Qué es eso de la grasa cadavérica? ¿Cómo sabes todas esas cosas? –preguntó Pandedios con la boca llena de pasta; en las rodillas tenía a Marianela.

Boros explicó que en una época fue consultor de la policía. Y que había aprendido algo de tafonomía.

—¿Tafonomía? –pregunté–. ¿Y qué es eso?

—Es la ciencia que estudia la descomposición de los cadáveres. *Taphos* en griego significa «tumba».

—Dios mío –suspiró Dioni, como pidiendo la intervención de alguien. Pero evidentemente, nadie detuvo a Boros.

—Eso demostraría que el cuerpo estuvo allí unos cuarenta o cincuenta días.

Hicimos unos rápidos cálculos mentalmente. Dioni fue el más veloz.

—Es decir, que su muerte pudo ocurrir a principios de marzo –reflexionó–. Sólo un mes después de la muerte del comandante.

No se habló de nada más durante tres semanas enteras, hasta que no volvió a suceder. En aquel momento, sin embargo, el número de versiones que corría por los alrededores sobre la muerte de Mondongón era inmenso. Dioni nos contó que la policía, desde que el millonario desapareciera en marzo, no lo había buscado en absoluto, porque había desaparecido también su amante, de la que todo el mundo tenía conocimiento. Incluso su esposa, y aunque a muchos conocidos les parecía raro que se hubieran ido tan de repente, todos estaban convencidos de que Mondongón tenía negocios turbios. Nadie quería meter las narices en asuntos que no eran de su incumbencia. También su esposa había aceptado lo de la desaparición, y es posible que incluso le conviniera. Había presentado ya una demanda de divorcio, pero como se veía, no iba a ser necesaria. Había enviudado. Todo parecía mejor para ella. La amante apareció y resultó que habían roto desde diciembre, y que desde las Navidades estaba en casa de su hermana en Estados Unidos. Boros consideraba que, teniendo en cuenta que existían ciertas sospechas, los policías debieron haber emitido una orden de búsqueda de Mondongón. Pero quizá la policía supiera algo que nosotros ignorábamos.

El miércoles siguiente en la tienda de Buena Nueva me enteré de que según ciertos rumores un animal andaba haciendo estragos por los alrededores, y se recreaba particularmente en el asesinato de personas. Y que ese mismo animal había asolado un año antes la región de Opole, con la diferencia de que allí había atacado sólo a los animales domésticos. La gente de los pueblos era presa del pánico y por la noche todos cerraban a cal y canto casas y establos.

—Yo también he clausurado todos los agujeros de mi cerca —dijo el señor del perro faldero, a quien me encontré mientras compraba un elegante chaleco.

Me alegré de verlo. Y a su perrito. Éste se hallaba tranquilamente sentado y me observaba con una mirada inteligente. Los perros falderos son más inteligentes de lo que todos imaginan, aunque no lo aparenten en absoluto. Lo mismo sucede con otras muchas resueltas criaturas: no valoramos su inteligencia. Salimos juntos de la tienda de Buena Nueva y nos quedamos platicando durante un rato frente a mi Samurai.

—Recuerdo lo que dijo usted en el puesto de policía. A mí me resultó sumamente convincente. Yo creo que no se trata de un solo animal asesino, sino de varios. Es posible que a causa de los cambios climáticos incluso los corzos y las liebres se hayan vuelto agresivos. Y ahora se cobran la revancha por todo lo que les hemos hecho.

Eso es lo que me dijo aquel señor.

Boros se fue días después. Yo lo llevé a la estación. Sus estudiantes no habían llegado a recogerlo porque finalmente a aquellos ecólogos el coche se les había estropeado por completo. Igual nunca existieron dichos estudiantes. Quizá Boros tenía asuntos que arreglar en otro lugar y no sólo el tema del *Cucujus haematodes*.

Durante unos días lo eché verdaderamente de menos: sus cosméticos en el baño e incluso sus tazas de té abandonadas por todas partes en la casa. Me llamaba todos los días. Después lo hizo con menos frecuencia, cada dos días, por así decirlo. Su voz sonaba como si viviera en otra dimensión, en un lugar de ultratumba en el norte del país, donde los árboles tenían miles de años y los animales grandes se movían en cámara lenta, al margen del tiempo. Observé tranquilamente cómo la imagen de Boros Sznajder, entomólogo y tafónomo, iba palideciendo y disipándose, y quedaba de ella sólo una absurda trencita canosa colgando en el aire. Todo pasa. Es algo de lo que es consciente toda persona sabia desde el mismísimo principio sin lamentar nada.

XII
CHUPACABRAS

El perro del mendigo y el gato de la viuda:
aliméntalos y engordarás.

A FINALES DE JUNIO EL CIELO SE VINO ABAJO. COMO sucede en ciertos veranos. Entonces se oye cómo la hierba crece y susurra por entre la omnipresente humedad, cómo la hiedra escala los muros, cómo el micelio se abre paso bajo tierra. Después de la lluvia, cuando, por un momento, el sol se deja ver entre las nubes, todo adquiere tal profundidad que podríamos llorar.

Estuve yendo varios días a ver el estado del puentecillo que pasaba sobre el arroyo, para ver si no se lo llevaban las enfurecidas aguas.

Pandedios se presentó en mi casa un cálido día de tormenta con una tímida petición. Quería que lo ayudara a hacerse un traje para el baile de los recolectores de setas de la verbena de San Juan, que organizaba la Asociación de Recolectores de Setas «Boletus», y me enteré con sorpresa de que era el tesorero.

—Pero si la temporada todavía no ha empezado –titubeé.

—Te equivocas. La temporada empieza con los primeros

boletos anillados y los primeros champiñones silvestres y eso suele suceder a mediados de junio. Después ya no habrá tiempo para bailes porque iremos a recoger setas –como prueba de ello extendió la mano en la que tenía dos preciosos boletos anaranjados.

Estaba sentada en la terraza, con mis estudios astrológicos. Desde mediados de mayo Neptuno actuaba positivamente sobre mi ascendente, lo cual –como pude observar– afectaba mi inspiración.

Pandedios me animaba para que fuera con él a la reunión, quizá sólo quería que me inscribiera y que pagara la cuota de socio. Pero a mí no me gusta pertenecer a ningún tipo de asociaciones. Miré también, rápidamente, su horóscopo y me salió que, como en mi caso, Neptuno actuaba gratamente sobre Venus. ¿Y si realmente fuera una buena idea ir al baile de los recolectores de setas? Lo miré. Estaba sentado frente a mí, con una camisa gris, descolorida, y un cestillo de fresas sobre las rodillas. Fui a la cocina y regresé con un cuenco. Limpiamos las fresas. Había que apresurarse, pues estaban ya algo pasadas. Él, como no podía ser de otra manera, utilizaba unas pinzas. Intenté quitar con ellas el pedículo, pero resultó que era mucho más cómodo hacerlo con mis propios dedos.

—¿Cuál es tu nombre de verdad? –pregunté–. ¿Qué significa esa «Ś» delante de tu apellido?

—Świętopełk –respondió sin mirarme, tras un momento de silencio.[*]

—¡Oh, no! –grité en un primer momento, pero después pensé que quien le hubiera puesto aquel nombre había dado

---

[*] Nombre masculino, muy antiguo, de origen eslavo. «Święto» viene de «Święty», que significa «santo». N. del T.

en el blanco. Świętopełk. Tuve la sensación de que aquella confesión había supuesto un alivio para él. Se llevó una fresa a la boca y dijo:

—Mi padre me llamó así por despecho hacia mi madre.

Su padre era ingeniero de minas. Después de la guerra fue enviado como especialista a poner en marcha una mina de carbón en Waldenburg que había pertenecido a los alemanes, que más tarde pasaría a ser Wałbrzych. Desde el primer momento, fue colaborador suyo un alemán ya mayor, el director técnico de la mina, al que no se le había permitido irse hasta que las máquinas no empezaran a funcionar. La ciudad estaba en aquella época totalmente despoblada, los trenes transportaban nuevos trabajadores todos los días, pero éstos se instalaban en un único lugar, en un único barrio, como si la enormidad de la ciudad desierta les horrorizara. El director alemán intentaba a toda costa hacer lo que tenía que hacer lo antes posible e irse finalmente a una Suabia o Hesse cualquiera. Así que invitaba al padre de Pandedios a su casa, a comer, y rápidamente salió a la luz que el ingeniero le había echado el ojo a la hermosa hija del director. De hecho, era la mejor solución: que los jóvenes se casaran. Tanto para la mina, como para el director, como para las autoridades comunistas que tenían en aquellos momentos a la hija del alemán como una especie de rehén. Sin embargo, desde un primer momento, las cosas no fueron demasiado bien en el matrimonio. El padre de Pandedios pasaba mucho tiempo en el trabajo, bajaba a menudo a la mina, porque era una explotación difícil y exigente, dado que la antracita era extraída a grandes profundidades. Al cabo de un tiempo descubrió que se sentía mucho mejor bajo tierra que en la superficie, por difícil que sea imaginar algo así.

Cuando todo ocurrió según lo previsto y la mina se puso en funcionamiento, nació su primer hijo. Llamaron a la niña Żywia, para celebrar así el regreso de las Tierras Occidentales a la Madre Patria. Poco a poco, sin embargo, se fue haciendo más patente que los cónyuges no eran capaces de soportarse. Świerszczyński empezó a utilizar un acceso distinto para entrar en casa y habilitó el sótano para su uso personal. Allí tenía su despacho y su dormitorio. Fue entonces cuando llegó el niño, es decir Pandedios, quizá fruto de un último encuentro sexual. Y precisamente entonces, sabiendo que su esposa alemana tenía problemas con la pronunciación de su nuevo apellido, movido por un sentimiento de venganza que en estos momentos resultaría incomprensible, el ingeniero le puso a su hijo el nombre de Świętopełk. La madre, que no era capaz de pronunciar los nombres de sus hijos, murió inmediatamente después de conseguir que llegaran a los exámenes de bachillerato. Por su parte, el padre acabó enloqueciendo del todo y pasó el resto de su vida bajo tierra, en el sótano, ampliando todo el tiempo la red de habitaciones y de pasillos bajo la villa.

—Y es probable que mis rarezas las haya heredado de mi padre –finalizó Pandedios.

Yo estaba verdaderamente conmovida con la historia de mi vecino, pero también por no haberle escuchado nunca antes (ni después) un discurso tan largo. Me habría encantado conocer capítulos posteriores de su vida, sentía curiosidad, por ejemplo, por saber quién era la madre de Abrigo Negro, pero Pandedios me pareció, en aquel momento, agotado y triste. Nos comimos todas las fresas sin darnos cuenta.

Después de que me hubiera revelado su verdadero nombre, no podía negarme a lo que me pedía. Así que por la tarde fuimos al encuentro. Cuando mi Samurai arrancó, resonaron las herramientas que llevaba en el maletero.

—¿Se puede saber qué llevas en el coche? –preguntó Świętopełk–. ¿Para qué quieres todo eso? ¿Una nevera portátil? ¿Un bidón? ¿Una pala? ¿Es que no sabía que cuando se vive solo en las montañas es necesario ser autosuficiente?

Llegamos cuando ya todos se habían colocado en las mesas y bebían un café fuerte, hecho directamente en los vasos. Asombrada, vi que a la Asociación de Recolectores de Setas «Boletus» pertenecía un montón de gente, gente a la que conocía muy bien de las tiendas, los quioscos, de la calle, y gente a la que apenas había visto en el pueblo. Así que aquello era lo que conseguía unir a la gente: recoger setas. La conversación era dominada desde el principio por dos hombres, del tipo de los pájaros sordos, porque se ensordecían el uno al otro contando unas poco precisas aventuras que ambos denominaban «anécdotas». Algunas personas intentaban callarlos en vano. Según me enteré por mi vecina de la izquierda, el baile tenía que celebrarse en el parque de los bomberos, que estaba cerca de la granja de los zorros, no muy lejos de la curva con forma de corazón de ternera, pero algunos de los miembros habían protestado contra aquella idea.

—No va a ser agradable divertirse cerca del lugar en que murió alguien a quien conocíamos –dijo el que dirigía la reunión, y reconocí al profesor de historia de la escuela. No sospechaba que a él también le apasionaran las setas.

—Eso es una cosa –dijo la señora Grażyna, la vendedora del quiosco que me apartaba a menudo el periódico y estaba sentada enfrente de mí–. Pero además por allí puede ser peligroso, y hay mujeres y hombres que fuman y que querrán salir al aire libre… Recuerden que está prohibido fumar en el interior, y que sólo en el interior podemos beber, según el permiso que nos concedieron. De otra manera, sería considerado consumo público y sería ilegal.

Corrió un murmullo entre los reunidos.

—¿Cómo? –dijo un hombre con un chaleco caqui–. Yo, por ejemplo, cuando bebo, también fumo. Y viceversa. ¿Qué se supone que debo hacer?

El moderador del encuentro, el profesor de historia, se sintió desorientado, y en medio del alboroto que se armó todos opinaban cómo solucionar el problema.

—Se pueden quedar en la puerta y tener dentro la mano con el alcohol y fuera la mano con el cigarrillo –gritó alguien desde el fondo de la sala.

—El humo entraría de todas formas…

—Allí hay una terraza cubierta. ¿Un porche es dentro o fuera? –preguntó otro sensatamente.

El moderador de la reunión golpeó fuertemente la mesa y en aquel mismo momento llegó, retrasado, el presidente, que era socio de honor de la asociación. Todos callaron. El presidente pertenecía a la categoría de personas acostumbradas a llamar la atención.

Desde la más temprana juventud había ocupado puestos en algún consejo, el escolar, el de los Scouts al Servicio de Polonia, el del Ayuntamiento, el de la Sociedad de Canteras, y de todo tipo de juntas directivas. Y aunque durante una legislatura fue diputado, todos lo llamaban presidente. Acostumbrado a dar órdenes, resolvió el problema de inmediato:

—Pondremos un bufete en el porche, ¿verdad?, y declararemos la terraza zona de contención –bromeó con gracia, pero fueron pocos los que le festejaron el chiste.

Hay que reconocer que era un hombre fornido, aunque lo afeaba una excesiva barriga. Era una persona segura de sí misma, encantadora, y su jupiterina complexión despertaba confianza y causaba una buena impresión. Esa persona había nacido para mandar. Y no sabía hacer otra cosa. Satisfecho de sí mismo, el presidente dio un breve discurso sobre cómo la vida debía continuar, muchas veces luego de enormes tragedias. Salpicó el discurso de chistecillos y se dirigió permanentemente a nosotras como «nuestras hermosas señoras». Tenía el hábito, bastante generalizado por otra parte, de intercalar a cada momento la palabra «verdad». Yo tenía mi propia teoría al respecto de esas muletillas: todas las personas tienen un vocablo que utilizan en exceso, o de forma inapropiada. Esa palabra es la llave de su pensamiento. Así, teníamos al señor «Aparentemente», al señor «Generalmente», a la señora «Probablemente», al señor «Joder», a la señora «¿O no?», al señor «Como si». El presidente era el señor «Verdad». Existen evidentemente verdaderas modas en el caso de algunas palabras, como las que causan que de repente la gente movida por algún tipo de desvarío empiece a llevar unas ropas o unos zapatos idénticos, de la misma manera, de repente la gente empieza a usar una palabra concreta. Hacía un tiempo se había puesto de moda la palabra «generalmente» y entonces dominaba el «actualmente». El presidente dijo:

—El fallecido, que Dios lo tenga en su gloria, ¿verdad? –e hizo un gesto como si se santiguara–, era mi amigo, habíamos compartido muchas cosas. Era también un apasionado recolector de setas y con toda seguridad este año se habría unido a nosotros. Era, ¿verdad?, una persona muy íntegra, de amplios horizontes. Daba trabajo a la gente y por eso deberíamos respetar, ¿verdad?, su memoria. El que trabaja no anda tirado en la calle. Murió en misteriosas circunstancias, pero la policía, ¿verdad?, pronto aclarará el asunto. No deberíamos, sin embargo, dejarnos aterrorizar, ¿verdad?, por el miedo, ser víctimas del pánico. La vida se rige por sus propias leyes y no podemos hacer caso omiso de ellas. Valor, queridos amigos, hermosas señoras mías, estoy a favor, ¿verdad?, de poner fin a las habladurías y a la histeria injustificada. Hay que confiar, ¿verdad?, en las autoridades y vivir de acuerdo con nuestros valores –dijo aquello como si se estuviera preparando para unas elecciones.

Tras aquella alocución, abandonó el encuentro. Todos estaban entusiasmados. Yo no podía dejar de pensar que quien abusa de la palabra «verdad» miente.

Los participantes en el encuentro volvieron a sus caóticas discusiones. Alguien recordó el tema de la bestia que se manifestó el año anterior en los pueblos cercanos a Cracovia. Y se preguntaba si el baile en el parque de bomberos que estaba en el lindero del mayor de los bosques de los alrededores era seguro.

—¿Recuerdan cómo en septiembre la televisión cubrió el tema de un misterioso animal y la batida que había dado la policía en los alrededores de Cracovia? Alguien de este pueblo filmó casualmente al depredador en plena carrera, probablemente se trataba de un joven león –dijo exaltado un muchacho.

Tuve la impresión de que recordaba haberlo visto en casa de Pie Grande.

—Eh, me parece que exageras un poquito. ¿Un león? ¿Aquí? –dijo el hombre de caqui.

—No era un león, era un tigre joven –dijo la señora Marisastre; la llamé así porque era alta y nerviosa y les cosía a las mujeres del lugar vestidos sumamente rebuscados, así que el nombre le iba que ni pintado–. Vi unas fotos en la televisión.

—Tiene razón, déjalo acabar, fue como él dice –se indignaron las mujeres.

—La policía estuvo dos días buscándolo, al león o tigre, al animal ese, usaron helicópteros y a la brigada antiterrorista, ¿recuerdan? Todo aquello costó medio millón y no lo encontraron.

—¿Crees que se haya mudado aquí?

—Parece que mataba de un zarpazo.

—Que mordía la cabeza.

—Es el chupacabras –dije.

Por un momento se hizo el silencio. Incluso los dos Pájaros Sordos clavaron su mirada en mí.

—¿Qué es un chupacabras? –preguntó alarmada Marisastre.

—Pues precisamente un misterioso animal al que es imposible dar caza. Un animal vengador.

Entonces todos hablaron al mismo tiempo. Vi que Pandedios se ponía nervioso. Se frotaba las manos como si de un momento a otro fuera a levantarse y a estrangular al primero que se pusiera en su camino. Estaba claro que el encuentro había tocado a su fin y que ya nadie era capaz de volver a poner orden. Yo tenía un cierto sentimiento de culpa por haber mencionado a aquel chupacabras, pero qué le íbamos a hacer, yo también andaba metida en una especie de campaña.

No, no, la gente en nuestro país no tiene la capacidad de asociarse y de crear una comunidad, ni siquiera bajo la bandera de las setas Boletus. Es un país de individualistas neuróticos de los que todos y cada uno de ellos por separado cuando se encuentran en medio de los otros empiezan a dar lecciones, a criticarlos, a ofenderlos y a mostrarles su indudable superioridad. Estoy convencida de que en la República Checa es totalmente diferente. Allí la gente es capaz de discutir tranquilamente y nadie se pelea con nadie. Incluso si quisieran, no podrían, porque su lengua no sirve para pelearse.

Regresamos a casa tarde e irritados. Pandedios no dijo una palabra en el viaje de vuelta. Conduje a Samurai por atajos, por caminos intransitables, y me causaba placer que nos sacudiera de puerta a puerta, agarrando a saltos un charco tras otro. Nos despedimos con un breve: «Hasta luego».

Estaba de pie en mi cocina, oscura y vacía, y sentía que en un instante se apoderaría de mí el llanto de siempre. Pensé que lo mejor sería dejar de cavilar y hacer algo. Por eso me senté a la mesa y escribí la siguiente carta:

A la Policía,

Como no he recibido respuesta a mi carta anterior, a pesar de que según la legislación todo servicio público en el país está obligado a dar esa respuesta en un plazo de catorce días, me veo forzada a reiterar mis demandas respecto a los últimos y sumamente trágicos accidentes en nuestras inmediaciones y presentar de esa manera ciertas observaciones que arrojan luz al misterioso asunto de la muerte del comandante y de Mondongón, el propietario de la granja de zorros.

Si bien parece ser un accidente propio del peligroso trabajo de un policía o quizás un desafortunado concurso de circunstancias, cabe, sin embargo, preguntarse si la Policía ha establecido ¿QUÉ HACÍA EL MUERTO A AQUELLA HORA EN AQUEL LUGAR? ¿Se conoce su motivación, cualquiera que fuera? Porque a muchas personas, entre ellas a la abajo firmante, le parece sumamente extraño. Por otra parte, la que suscribe estaba en el lugar y constató (cosa que puede ser importante para la Policía) el gran número de huellas de animales, y en particular huellas de pezuñas de corzos. Parecía como si el fallecido hubiera sido inducido a abandonar el coche y conducido hasta unos matorrales bajo los cuales se ocultaba el aciago pozo. Es altamente probable que los corzos perseguidos por él efectuaran una ejecución sumaria.

Las circunstancias se repitieron con la siguiente víctima, a pesar de que no es posible afirmar la presencia de huellas tras un periodo de tiempo tan largo. No obstante, la dramaturgia de los acontecimientos puede ser explicada por la naturaleza de esta muerte. Tenemos aquí una situación fácil de imaginar, en la que el fallecido es atraído hasta unos matorrales, a un lugar en el que habitualmente se ponían trampas para animales. Allí cae en un cepo y pierde la vida (cómo ocurrió esto último, es algo que aún hay que establecer).

Al mismo tiempo, deseo exhortar a la Honorable Policía a que no se cierre ante la idea de que los autores de los trágicos acontecimientos arriba mencionados puedan ser los mismos animales. He preparado diversa información que arroja algo de luz sobre esta cuestión, ya que es mucho el tiempo transcurrido desde los últimos crímenes perpetrados por estos seres.

He de remitirme a la Biblia, en la que quedó dicho claramente que «si un buey embiste a un hombre o a una mujer y éstos mueren, el buey será matado a pedradas». San Bernardo excomulgó a un enjambre de abejas que le impedía hacer su trabajo con su zumbido. Las abejas serían también las responsables de la muerte de un hombre en Worms en el año 846, por lo que el concilio de Worms decretó la muerte de éstas por asfixia. En 1394, en Francia, unos cerdos mataron y devoraron a un niño. La marrana fue condenada a ser colgada, pero sus seis hijos fueron perdonados en consideración a su corta edad. En 1639, en Francia, en Dijon, un juzgado condenó a un caballo por haber matado a un hombre. Y como éstos uno puede hallar casos no sólo de asesinato, sino también de crímenes contra natura. Y así, en Basilea, en 1471, tuvo lugar un proceso contra una gallina que ponía unos extraños huevos brillantes. Fue condenada a muerte en la hoguera, acusada de tener un pacto con el diablo. He de apuntar, por mi parte, que las limitaciones intelectuales y la crueldad humanas no conocen límites.

El más famoso de los procesos se celebró en Francia, en 1521, y fue el proceso de unas ratas que ocasionaron grandes daños en las cosechas. Fueron demandadas y citadas a juicio por los vecinos y les fue designado un abogado de oficio que resultó ser el hábil jurista Bartholomew Chassenée. Cuando sus clientes no comparecieron a la primera llamada, Chassenée solicitó su aplazamiento, demostrando que vivían sumamente desperdigadas y que de camino a los juzgados los peligros que acechaban eran muchos. Solicitó también al juez que emitiera una garantía de que los gatos pertenecientes a los demandantes no causarían a las demandadas ningún daño de camino al juicio. Desgraciadamente, no pudiendo dar el juez semejante garantía, la causa fue aplazada varias veces. Finalmente, tras un encendido alegato de su defensor, las ratas fueron declaradas inocentes.

En 1659, en Italia, los propietarios de unos viñedos devastados por unas orugas redactaron una notificación a modo de citación judicial. Clavaron en los árboles de los alrededores hojas de papel con el contenido de la citación para que las orugas pudieran tomar conocimiento del acta acusatoria.

Exponiendo los anteriores hechos históricos, exijo que investiguen con seriedad mis sospechas y conjeturas, en la medida en que demuestran que en la jurisdicción europea estos juicios han ocurrido y pueden ser tratados como precedentes.

Al mismo tiempo, solicito no sean castigados los corzos y otros eventuales autores animales de los asesinatos, dado que su presunto acto habría sido una reacción al insensible y cruel comportamiento de las víctimas, que eran, como se desprende de mis escrupulosas pesquisas, cazadores activos.

Atentamente,
Duszejko

Fui a correos al día siguiente a primera hora de la mañana. Quería que la carta fuera enviada por correo certificado, de manera que tuviera una prueba. Sin embargo, todo aquello me parecía sin sentido, ya que la policía se encontraba justo enfrente de la oficina de correos, al otro lado de la calle.

Cuando estaba saliendo, un taxi se paró junto a mí y se asomó el dentista. Cuando bebía se hacía llevar en taxi a diferentes lugares y de esa manera gastaba el dinero que ganaba arrancando muelas.

—Eh, señora Duszeńko —me llamó. Tenía la cara colorada y la mirada borrosa.

—Duszejko —lo corregí.

—El día de la venganza está cerca. Se avecinan las huestes infernales –gritó y me saludó con la mano por la ventanilla. Después, el taxi arrancó con un rechinar de neumáticos y salió en dirección a Kudowa.

XIII
El Cazador Nocturno

El que atormenta al espíritu del escarabajo
teje una glorieta de noche eterna.

DOS SEMANAS ANTES DE LA FIESTA DE LOS RECO-
lectores de setas fui a visitar a Buena Nueva y re-
buscamos en la trastienda entre toneladas de ropa
a fin de encontrar disfraces. Desgraciadamente, no había
gran cosa para elegir entre la ropa de adulto. Predomina-
ban los disfraces infantiles y ahí sí que se podía disfrutar.
Un niño podía convertirse en quien quisiera: una rana, el
Zorro, Batman, un tigre. Conseguimos encontrar una máscara de lobo que no estaba nada mal. El resto lo hicimos
por nuestra cuenta y decidí ser un lobo. El disfraz parecía hecho a medida para mí y constaba de un peto de piel,
unas garras hechas con unos guantes rellenos y la propia
máscara. Podía tranquilamente observar el mundo desde
la boca del lobo.

Con Pandedios la cosa fue más difícil. No conseguimos
encontrar nada para tan imponente constitución. Todo le
quedaba pequeño. Finalmente, a Buena Nueva se le ocurrió una idea muy simple, pero muy buena. Porque si ya

teníamos al lobo... Quedaba únicamente convencer a Pandedios.

El día de la fiesta, desde primeras horas de la mañana, tras una tormenta nocturna, mientras andaba por entre mis chícharos experimentales mirando los daños que había ocasionado el chaparrón, vi en el camino el coche del guardabosques y le hice un gesto para que se detuviera. Era un agradable joven al que bauticé en mi pensamiento con el nombre del guardabosques Ojo de Lobo porque algo raro pasaba con sus pupilas, siempre me habían parecido alargadas, impresionantes. Él también había aparecido por allí a causa de la tormenta y contaba las viejas y altas piceas tronchadas en la zona.

—¿Conoces al *Cucujus haematodes*? –le pregunté, pasando, después de los saludos iniciales, al centro de la cuestión.

—Lo conozco –respondió–. Más o menos.

—¿Y sabe usted que pone sus huevos en los troncos de los árboles?

—Desgraciadamente lo sé –yo veía lo mucho que se esforzaba en prever adónde conducía aquel interrogatorio–. De esa manera destroza madera de gran calidad. ¿Adónde quiere llegar?

Le expuse brevemente el problema. Le dije prácticamente lo mismo que me había dicho a mí Boros. Pero por la mirada de Ojo de Lobo sospeché que me estaba tomando por una loca. Sus ojos se entornaron en una agradable y condescendiente sonrisa y se dirigió a mí como a un niño:

—Señora Duszeńko...

—Duszejko –lo corregí.

—Usted es una buena mujer. Se toma todo de una manera muy personal. Pero no creerá realmente que podemos detener la obtención de madera porque el *Cucujus* habite en los troncos de los árboles. ¿Tiene usted algo fresco para beber?

De repente se me esfumó toda la energía. No me estaba tomando en serio. Si yo hubiera sido Boros o Abrigo Negro, igual me habría escuchado, habría buscado sus razonamientos, habría discutido. Pero para él yo era una mujer vieja y completamente chalada que vivía en aquel páramo. Inútil e insignificante. Aunque no diría yo que no le cayera bien. Incluso sentía la simpatía que me profesaba.

Me dirigí hacia la casa arrastrando los pies y él detrás de mí. Se acomodó en la terraza y se tragó medio litro de jugo de fruta cocida. Viendo cómo bebía, pensé que podría haberle metido al jugo convalaria o somníferos en polvo de los que me había recetado Alí. Y cuando se hubiera quedado dormido, lo habría encerrado en el cuarto de la caldera y lo habría tenido encarcelado allí durante un tiempo, a pan y agua. O lo contrario, lo habría cebado y habría comprobado día a día por lo grueso del dedo si ya estaba listo para meterlo al horno. Habría aprendido a tomarme en serio.

—Ya no existe la naturaleza –dijo y entonces vi quién era en realidad aquel guardabosques: un funcionario–. Ya es demasiado tarde. Los mecanismos naturales han sido alterados y ahora hay que tener todo esto controlado para que no se produzca una catástrofe.

—¿Corremos el riesgo de que suceda una catástrofe a causa del *Cucujus*?

—Claro que no. Necesitamos madera para las escaleras, los suelos, los muebles, el papel. ¿Qué se imagina usted? ¿Que vamos a caminar de puntillas por el bosque porque anda reproduciéndose el *Cucujus haematodes*? Hay que cazar

zorros porque si no su población crecerá tanto que amena-
zará a otras especies. Hace unos años había tantas liebres
que devastaban los cultivos…

—Les podríamos dar sustancias anticonceptivas para que
no se reproduzcan, en lugar de matarlas.

—¿Cómo se le ocurre? ¿Sabe usted cuánto costaría eso?
Y además, nada asegura su eficacia. Si una liebre no come o
come demasiado, otra muy poco… Tenemos que mantener
cierto orden, si el orden natural ya no existe.

—Los zorros… –pensé en el venerable Cónsul y su costumbre de pasar de un lado a otro entre Chequia y Polonia.

—Exactamente –me interrumpió–. ¿Se hace usted una
idea del peligro que representan, por ejemplo, unos zorros
que fueron liberados de la granja? Afortunadamente, algunos de ellos ya fueron capturados y trasladados a otra granja.

—¡No! –exclamé. Me era difícil soportar la idea, pero me
consolé rápidamente pensado que al menos habían disfru-
tado un poco de la libertad.

—Ya no eran capaces de vivir en libertad, señora Duszejko. Habrían muerto. No sabían cazar, tenían alterado el
sistema digestivo. ¿Para qué les servía en libertad su preciosa piel?

Me miró por un momento y vi que el iris de sus ojos tenía la pigmentación desigualmente repartida. Sus pupilas
eran absolutamente normales, redondas, como en el caso
de todos nosotros.

—No se preocupe tanto. No cargue sobre sus espaldas
con todo el universo. Todo irá bien –se levantó de la silla–.
Bueno, manos a la obra. Vamos a llevarnos esas piceas. ¿A
lo mejor quiere usted comprar leña para el invierno? Es una
buena oportunidad.

No quería. Cuando se fue sentí el peso de mi propio cuerpo de forma dolorosa y la verdad es que no me apetecía ir a ninguna fiesta, y mucho menos a la de unos aburridos recolectores de setas. La gente que se pasa el día entero arriba y abajo en el bosque a causa de unas setas tiene que ser mortalmente aburrida.

Sentía un gran calor y me encontraba incómoda con mi disfraz; arrastraba la cola por el suelo y tenía que prestar atención para no pisármela. Fui en Samurai hasta la casa de Pandedios y estuve esperando un rato, admirando sus peonias. Al cabo de unos segundos, apareció en la puerta. Enmudecí de la impresión. Llevaba unos zapatos negros, unas medias blancas y un precioso vestido de flores con un delantal. En la cabeza, sujeta con un lazo por debajo de la barbilla, destacaba una caperuza roja.

Estaba enfadado. Se acomodó a mi lado en el asiento y no dijo ni una palabra hasta el parque de bomberos. Sostenía en las rodillas su caperuza roja y se la puso en cuanto nos detuvimos frente a la puerta del parque de bomberos.

—Como ves, carezco absolutamente de sentido del humor –dijo.

Todos venían de una misa dedicada a los recolectores de setas y comenzaban a brindar. Los tragos eran acaparados de buena gana por el presidente, que estaba tan seguro de su magnífica presencia que acudió vestido simplemente con un traje, y por lo tanto, disfrazado de sí mismo. La mayoría de los participantes se disfrazó allí mismo, en el baño; seguramente no se atrevieron a ir disfrazados a la iglesia. Pero estaba también el cura, el padre Susurro, con su cutis enfermizo y su negra sotana, y que parecía que estuviera disfrazado de cura. El Círculo de Amas de Casa Rurales, que había sido invitado, cantó algunas canciones tradicionales y después tocó la orquesta, compuesta por un hombre que tocaba hábilmente un aparato con un teclado, e imitaba bastante bien las canciones más populares del momento.

La música estaba fuerte y era molesta. Era difícil conversar, así que todo el mundo se concentró en comerse las ensaladas, el bigos y los embutidos. En unas canastillas de ganchillo que representaban diferentes tipos de setas se encontraban las botellas de vodka. Después de comer y de brindar varias veces, el padre Susurro se levantó de la mesa y se despidió. Fue cuando la gente se echó a bailar, como si la presencia del cura hasta ese momento los hubiera incomodado. Los sonidos rebotaban en el alto techo del viejo parque de bomberos y caían retumbando sobre los bailarines.

Cerca de mí estaba sentada una mujer menuda, erguida y tensa, que llevaba una blusa blanca. Me recordaba a Marianela, la perra de Pandedios, por lo nerviosa y excitada. La había visto antes cuando se acercó al achispado presidente y estuvo un rato hablando con él. Se inclinó sobre ella y después torció el gesto, impaciente. La agarró del brazo y probablemente apretó fuertemente, porque ella se zafó. Después dio un manotazo al aire como si ahuyentara a un inoportuno insecto y desapareció entre las parejas que estaban bailando. Imaginé, por lo tanto, que debía de ser su esposa. Volvió a la mesa y estuvo escarbando con el tenedor en el bigos. Y como Pandedios tenía un éxito increíble como Caperucita Roja, me acerqué hasta ella y me presenté.

—Ah, es usted –dijo, y en su cara, triste, apareció la sombra de una sonrisa. Intenté conversar, pero se sumó al ruido de la música una serie de atronadores pasos de baile en el suelo de madera: bum, bum. Para entender qué estaba diciendo tenía que contemplar atentamente sus labios. Entendí que a ella lo que le interesaba era llevarse lo antes posible a su marido a casa. Todos sabían que el presidente era un juerguista de cuidado que tenía una imaginación peligrosa tanto para él como para los otros. Después había que encubrir sus desmanes. Resultaba también que yo le daba clases de inglés a su hija menor y eso ayudó a que la conversación fluyera mejor, sobre todo porque la hija me consideraba *cool*. Aquél era un elogio muy agradable.

—¿Es verdad que fue usted quien encontró el cuerpo de nuestro comandante? —me preguntó la mujer al tiempo que buscaba con la mirada a su marido.

Respondí afirmativamente.

—¿No tuvo usted miedo?

—Claro que tuve miedo.

—No sé si usted lo sabe, pero así están los amigos de mi marido. El comandante tenía una muy estrecha relación con ellos. Creo que él también tiene miedo, aunque yo no acabo de saber muy bien qué asuntos tenían en común. Sólo me tortura una cosa... —vaciló y calló. Esperé a que acabara la frase, pero ella sólo meneó la cabeza y vi lágrimas en sus ojos.

La música aumentó de volumen todavía más y se hizo más viva, porque habían empezado a tocar «Sokoły». Todos los que no habían bailado hasta aquel momento, pegaron un brinco, como si los hubieran pinchado y se lanzaron a la pista. Yo no tenía la menor intención de hablar más alto que el hombre orquesta.

Cuando su marido se dejó entrever por un momento con una bella gitana, tiró de mi garra:

—Salgamos a fumar.

Lo dijo de una manera que quedaba claro que no tenía ninguna importancia que alguien fumara o no fumara. Así que aunque yo había dejado el tabaco diez años atrás, no me opuse.

Atropelladas, y a pesar de que fuimos violentamente invitadas a bailar, nos abrimos paso entre la multitud enloquecida. Los embriagados recolectores de setas se convirtieron en una comitiva dionisiaca. Nos paramos, aliviadas, en el exterior, en la mancha de luz que llegaba desde las ventanas del parque de bomberos. Era una noche húmeda de junio, con perfume de jazmín. Poco antes había dejado de caer una cálida lluvia, pero el cielo no se había despejado en absoluto. Parecía que volvería a llover de un momento a otro. Recordaba noches como aquéllas en mi infancia y de repente sentí cómo la tristeza se apoderaba de mí. No tenía muy claro si me apetecía hablar con esa mujer alterada y confundida. Ella encendió un cigarrillo nerviosamente y dio una profunda chupada:

—No puedo dejar de pensar en ello. Cuerpos muertos. Sabe usted, cuando él regresa de ir de caza, arroja en la cocina sobre la mesa un cuarto de corzo. Normalmente lo dividen en cuatro partes. Una sangre oscura se derrama sobre el mueble. Después lo corta en trozos y los mete en el congelador. Siempre que paso junto a la nevera pienso que allí hay un cuerpo descuartizado –volvió a aspirar profundamente el humo del cigarrillo–. O cuelga las liebres muertas en el balcón en invierno, para dejarlas manir, y allí están colgando con los ojos abiertos y sangre reseca en el hocico. Lo sé, lo sé, estoy neurótica, hipersensible, y debería ir a que me viera un médico.

Me miró con una repentina esperanza, como si deseara que le llevara la contraria, y me dije que todavía había gente normal en el mundo. Pero antes de que yo pudiera reaccionar, retomó la palabra:

—Cuando era pequeña contaban una historia sobre el Cazador Nocturno. ¿La recuerda usted?

Negué con la cabeza.

—Se trata de una leyenda de aquí, una leyenda local, al parecer de la época de los alemanes. Se cuenta que andaba suelto un Cazador Nocturno que mataba gente mala. Iba en una cigüeña negra y lo acompañaban unos perros. Todos le tenían miedo y por la noche cerraban las puertas a cal y canto. Y una vez, un niño de aquí, o quizá de Nowa Ruda, o de Kłodko, pidió a gritos por la chimenea que el Cazador Nocturno cazara algo para él. Unos días después, en casa del niño y de su familia, cayó por la chimenea una cuarta parte de un cuerpo humano, y volvió a suceder tres veces más hasta que juntaron todo el cuerpo y lo enterraron. El Cazador Nocturno no volvió a aparecer y sus perros se convirtieron en musgo.

Una ráfaga de frío que llegó repentinamente del lado del bosque me produjo un escalofrío. La imagen de los perros transformándose en musgo no quería desaparecer de mi vista, a pesar de que parpadeé.

—Extraña historia, parece una pesadilla, ¿verdad? —encendió un segundo cigarrillo y vi que le temblaban las manos.

Me habría gustado tranquilizarla de alguna manera, pero no tenía ni idea de cómo hacerlo. Todavía no había visto nunca a alguien al borde de un ataque de nervios. Le puse la mano en el antebrazo y la acaricié con delicadeza.

—Es usted una buena persona —ella me miró con una mirada como la de Marianela y se soltó a llorar. Lloraba silenciosamente, como una chiquilla, sólo le temblaban los hombros. Duró un buen rato, al parecer eran muchas las cosas que debía llorar. Tuve que ser su testigo, estar a su lado y mirar. Seguramente no esperaba nada más. La abracé y estuvimos así juntas: un lobo artificial y una pequeña mujer en la mancha de luz que proyectaba la ventana del parque de bomberos. Las sombras de los bailarines pasaban frente a nosotras–. Me voy a casa. Ya no puedo más –dijo lastimosamente.

Desde el parque de bomberos llegaban los ecos de un estridente pataleo. Bailaban de nuevo al ritmo de una versión disco de «Sokoły». Parecía que aquella canción gustaba más que las otras y cada dos por tres nos llegaba su «¡Ey!, ¡ey!», como detonaciones de proyectiles. Tuve una idea.

—Vete –tutearla me supuso un alivio–. Esperaré a tu marido y lo llevaré a tu casa. Estoy preparada para hacerlo. De todas formas estoy esperando a mi vecino. ¿Dónde viven exactamente?

Mencionó unas de las calles cerca de la Curva del Corazón de Ternera. Yo la conocía bien.

—No te preocupes –dije–. Llena la bañera de agua y descansa.

Sacó las llaves del bolso y titubeó:

—A veces pienso que se puede vivir con una persona e ignorar quién es realmente durante un montón de años –me miraba a los ojos con tanto miedo que quedé petrificada. Entendí que sospechaba de su marido.

—No, no es él. Seguro que no es él. Estoy convencida.

Me miró interrogativamente. Aunque no estaba muy segura, le conté algo:

—Una vez tuve dos perras que prestaban mucha atención a que todo fuera repartido de forma justa: la comida, las caricias, los privilegios. Los animales tienen muy desarrollado el sentido de la justicia. Recuerdo su mirada cuando yo hacía algo incorrecto, cuando las reñía inmerecidamente o no cumplía lo prometido. Me miraban terriblemente disgustadas, como si no pudieran entenderlo en absoluto, como si yo hubiera violado una ley sagrada. De ellas aprendí una justicia absolutamente básica y real –callé por un instante y después añadí–: nosotros tenemos una forma de concebir el mundo y los animales tienen una forma de sentirlo, ¿sabes?

Encendió otro cigarrillo.

—¿Y qué pasó con ellas?

—Están muertas.

Volví a colocarme en la cara la máscara de lobo.

—Tenían sus juegos, en los que se engañaban para divertirse. Cuando una encontraba un hueso, y la otra no sabía cómo arrebatárselo, simulaba que pasaba por el camino un auto al que había que ladrarle. Entonces la otra dejaba caer el hueso y corría al camino sin saber que se trataba de una falsa alarma.

—¿De verdad? Como las personas.

—Eran más humanas en todo que los humanos. Más sensibles, sabias, alegres... Y a la gente le parece que con los animales se puede hacer cualquier cosa, que son como objetos. Creo que a mis perras las mataron los cazadores.

—No, ¿por qué habrían hecho algo así? –dijo intranquila.

—Dicen que sólo matan a los perros salvajes que son una amenaza para los animales en libertad, pero no es cierto. Se acercan hasta las mismísimas casas.

Quería hablarle de la venganza de los animales pero recordé las advertencias de Dioni. Estábamos de pie en la oscuridad y no nos veíamos las caras.

—Eso es una tontería –dijo–. No puedo creer que le disparen a un perro.

—¿Realmente hay una diferencia tan grande entre una liebre, un perro y un cerdo? –pregunté, pero no respondió.

Subió al coche y arrancó bruscamente. Era un Jeep Cherokee, enorme y completamente equipado. Lo conocía. Era curioso cómo una mujer tan pequeña y menuda podía con un coche tan grande, pensé, y volví al interior, porque justo volvía a llover.

Pandedios, con unas mejillas graciosamente sonrosadas, bailaba con una recia cracoviana y parecía muy contento. Lo vi bailar con gracia, sin ninguna afectación, llevando serenamente a su pareja. Y es posible que supiera que lo estaba mirando porque de repente le hizo dar unas vueltas con fantasía. Todo parecía indicar que había olvidado el disfraz que llevaba, lo cual hacía de la escena algo muy divertido: dos mujeres bailando, una enorme y otra minúscula.

Tras aquel baile, anunciaron los resultados del concurso al mejor disfraz. Ganó un matrimonio de Transilvania disfrazado de *Amanita muscaria*. El premio era un libro sobre las setas. El segundo premio fue para nosotros y recibimos una tarta en forma de seta. Tuvimos que bailar juntos como Caperucita Roja y el Lobo, y después se olvidaron de nosotros. Fue entonces cuando pude tomarme una copa de vodka y me entraron ganas de divertirme, incluso si volvían a poner «Sokoły». Pandedios, sin embargo, ya quería irse a casa. Estaba preocupado por Marianela, a la que no dejaba nunca demasiado tiempo sola, porque conservaba el trauma de haber vivido en la choza de Pie Grande. Le dije que me había comprometido a llevar al presidente a casa. La mayoría de los hombres se habría quedado para ayudarme en aquella difícil misión, pero no Pandedios. Dijo que encontró a alguien que también se iría antes de la fiesta, quizás era aquella atractiva gitana, y desapareció no precisamente como un caballero. Qué le vamos a hacer, estoy acostumbrada a hacer sola las cosas difíciles.

Por la mañana volví a tener aquel sueño. Bajaba al cuarto de la caldera y ellas estaban otra vez allí: mi madre y mi abuela. Ambas con vestidos de verano, floreados, ambas con bolso, como si estuvieran a punto de salir a la iglesia y hubieran perdido el camino. Evitaron mi mirada cuando les hice reproches:

—¿Qué están haciendo aquí, mamá? –pregunté enfadada–. ¿Cómo es posible?

Estaban de pie entre un montón de leña y la caldera, absurdamente elegantes, aunque los motivos florales de sus vestidos parecían deslavados.

—Váyanse de aquí –les grité, pero la voz se me quedó en la garganta. Acababa de oír, procedentes de la zona del garaje ruidos y susurros crecientes.

Giré hacia aquella parte y vi que había allí muchísima gente: mujeres, hombres y niños vestidos con ropas grisáceas, extrañamente festivas. Tenían la misma huidiza y amedrentada mirada, como si no supieran qué estaban haciendo exactamente allí. Llegaban multitudinariamente desde otro lugar, se agolpaban en las puertas, inseguros, sin saber si podían entrar; susurraban desordenadamente entre sí y restregaban las suelas de sus zapatos contra el suelo de piedra del cuarto de la caldera. La creciente multitud no cesaba de empujar a las primeras filas hacia delante. Fui presa de un verdadero pavor. Palpé el picaporte a mis espaldas y en silencio, intentando no llamar la atención me escapé de allí.

Después, con manos temblorosas por el miedo, tardé mucho tiempo en lograr echar el cerrojo a la puerta.

El temor de aquel sueño no desapareció en absoluto cuando desperté. No lograba calmarme y pensé que lo mejor que podía hacer era ir a casa de Pandedios. El sol todavía no había salido por completo, pero yo no conseguía dormir. Una niebla sutil, que poco después se convertiría en rocío, se elevaba sobre todas las cosas.

Me abrió la puerta medio dormido. Parecía que no se hubiera lavado demasiado bien, ya que en las mejillas seguía teniendo los colores que yo le había puesto el día anterior con el maquillaje.

—¿Sucedió algo? –preguntó. No supe qué responder.

—Pasa –masculló–. ¿Cómo te fue?

—Tranquilo. Todo bien –respondí de manera banal, sabiendo que a Pandedios le gustaban las preguntas y las respuestas convencionales.

Tomé asiento y él fue a hacer café. Primero limpió largo tiempo la cafetera, echó agua con una medida y tuve la impresión de que hablaba solo todo el rato. La suya era una excitación muy extraña. Świętopełk hablando y hablando sin parar.

—Siempre he querido saber qué guardabas en ese cajón –dije.

—Ven a ver –lo abrió–. Todo a la vista, sólo cosas necesarias.

—Exactamente igual que yo en mi Samurai.

El cajón se desplazó silenciosamente con el ligero y delicado tirón de un dedo. Los utensilios de cocina estaban cuidadosamente colocados en elegantes compartimentos grises. Un rodillo, una batidora de varillas, un pequeño batidor de leche de pilas, una cuchara de helado. Y después unos utensilios que yo no sería capaz de reconocer, unas cucharas largas, unas espátulas, unos ganchos extraños.

Todo aquello recordaba los instrumentos quirúrgicos que se utilizan para realizar complicadas operaciones. Se veía que su propietario tenía sumo cuidado de todo, pues brillaban, cada uno colocado en su sitio.

—¿Qué es esto? –agarré en la mano unas anchas pinzas de metal.

—Son pinzas para el papel de aluminio, cuando se pega al rodillo –dijo, y sirvió el café.

Después echó mano de una pequeña batidora y batió con ella la leche hasta conseguir una nube de espuma que vertió sobre el café. Sacó del cajón un juego de formas con figuras recortadas y un recipiente con cacao. Estuvo pensando un momento cuál escoger y optó por un corazón. Espolvoreó sobre la forma el cacao y así pasé a tener sobre la nube de espuma un corazón marrón de cacao. Sonrió de oreja a oreja.

Más tarde, aquel mismo día, volví a pensar en aquel cajón. Echarle un vistazo me hacía sentir una tranquilidad absoluta. De hecho, me habría gustado ser uno de aquellos utensilios.

El lunes ya todos sabían que el presidente había muerto. Lo habían encontrado el domingo por la tarde unas mujeres que fueron a limpiar el parque de bomberos. Parece ser que una de ellas sufrió un shock y acabó en el hospital.

A la Policía:

Entiendo que la Honorable Policía no tiene posibilidades de responder a las cartas (no anónimas) de los ciudadanos por algún motivo importante. No entraré a cuestionar esos posibles motivos, pero me permito volver sobre un tema que ya apunté en mi carta anterior. Pero no le desearía ni a la Policía, ni a nadie más, ser tan ninguneado. El ciudadano que es ninguneado por las instituciones de alguna manera es condenado a la inexistencia. Sin embargo, es necesario recordar que quien no tiene derechos, tampoco tiene obligaciones.

Deseo hacer de su conocimiento que he logrado conseguir la fecha de nacimiento del fallecido Mondongón (desafortunadamente sin la hora, lo cual hace que mi horóscopo sea incierto) y he encontrado algo extraordinariamente interesante, lo que confirma por completo las hipótesis que apunté en su momento. Viene a resultar que el fallecido arriba mencionado tenía en el momento de su muerte a Marte en tránsito en Virgo, lo cual según las mejores reglas de la astrología tradicional tiene muchas analogías con los animales recubiertos de pelo. Al mismo tiempo, su sol en Piscis señala las partes más débiles del cuerpo, como los tobillos. Por lo tanto, todo parece indicar que la muerte de la víctima estaba puntualmente prevista en su carta astral. Así pues, si la Policía tomara en consideración los comentarios de los astrólogos resultaría posible proteger de las desgracias a muchas personas. La ubicación de los planetas nos dice claramente que los autores de este cruel asesinato han sido los animales de pelo, muy probablemente los zorros, salvajes o los que huyeron de la granja (o ambos grupos actuando de común acuerdo). De alguna extraña forma llevaron a la víctima hasta los cepos colocados allí desde hacía años por la gente. La víctima cayó en un lazo, particularmente atroz, que recibe el nombre de «horca» y quedó colgada en el aire durante mucho tiempo. Este descubrimiento nos lleva a una conclusión de carácter general. Compruebe la Honorable Policía dónde tenían a

Saturno las víctimas. Todas ellas tenían a Saturno en signos animales, y el señor Presidente, para colmo de males, en Tauro, lo cual anuncia una muerte violenta por asfixia causada por un animal...

Es también mi deseo adjuntar recortes de periódico en los que se analizan las denuncias sobre cierto animal no identificado hasta la fecha, visto en la región de Opole, que parece matar a otros animales de un zarpazo en la caja torácica. Últimamente vi en la televisión una película filmada con un teléfono móvil, en la que se ve claramente a un tigre joven. Todo ello tiene lugar en la región de Opole, es decir, cerca de donde nos encontramos nosotros. ¿No podría ser que algunos animales del zoológico se hayan salvado de las inundaciones y que se encuentren ahora en libertad? En todo caso, el asunto es digno de ser investigado, tanto más si tenemos en cuenta que los vecinos de los alrededores son víctimas del miedo, o mejor dicho, de un pánico enfermizo...

Me encontraba escribiendo esa carta cuando alguien llamó tímidamente a mi puerta. Era la escritora, Cenicienta.

—Señora Duszejko —dijo desde el umbral—. ¿Qué está pasando aquí? ¿Está enterada?

—Pase usted, no se quede en la puerta, que se hace una corriente.

Llevaba puesta una rebeca de punto que le llegaba casi hasta los pies. Entró a pasos muy cortos y tomó asiento en el borde de la silla.

—¿Y qué va a ser de nosotros? —preguntó dramáticamente.

—¿Teme usted que los animales nos asesinen también?

Se estremeció.

—No creo en esa teoría suya. Es absurda.

—Creía que usted, como escritora que es, tenía imaginación y la capacidad de ver más allá, y que no se cerraría ante una idea que a primera vista pudiera parecer improbable. Debería usted saber que todo lo que podemos pensar es una forma de la verdad –cité a Blake y parece ser que aquello le causó cierta impresión.

—No habría escrito ni una línea, si no hubiera tenido los pies bien puestos sobre la tierra, señora Duszejko –dijo con el tono de una funcionaria, y añadió en voz baja–: no me lo puedo imaginar, ¿lo ahogaron los escarabajos?

Yo preparaba un té negro. A ver si se enteraba de lo que era un té.

—Es cierto –dije–, estaba lleno de esos insectos, se le habían metido en la boca, en los pulmones, en el estómago, en los oídos. Las mujeres dijeron que estaba recubierto de escarabajos. Yo no lo vi, pero puedo imaginármelo perfectamente. *Cucujus haematodes* por todas partes.

Clavó en mí una mirada penetrante, que no supe interpretar. Y le serví de beber.

XIV
La caída

El interrogador que con astucia siéntase
jamás sabrá cómo responder.

VINIERON A MI CASA A PRIMERA HORA DE LA MAÑANA y me dijeron que debía rendir una declaración. Respondí que intentaría pasar a lo largo de la semana.

—No nos ha entendido usted –contestó un joven policía, el mismo que en su época había trabajado con el comandante. Después de su muerte había ascendido y era él quien tenía a su cargo el puesto de policía en la ciudad–. Nos tiene que acompañar a Kłodzko ahora.

Lo dijo de tal manera que no le llevé la contraria. Únicamente cerré la casa y por si acaso, llevé conmigo el cepillo de dientes y mis pastillas. Eso habría faltado, que me diera un ataque allí.

Como desde hacía dos semanas había llovido sin parar y había inundaciones, fuimos por una carretera más larga, asfaltada, que era más segura. Cuando descendíamos de la meseta hacia la cuenca del río vi un rebaño de corzos que se detuvieron y observaron sin miedo la patrulla. Me di cuenta, feliz, de que no los conocía, debía tratarse de otro rebaño, llegado probablemente desde Chequia hasta nuestros verdes y jugosos prados de la montaña. A los policías, los corzos no les interesaron. No intercambiaron una palabra ni conmigo, ni entre sí. Me ofrecieron una taza de café soluble con leche artificial y empezó el interrogatorio.

—¿Usted prometió llevar a casa al presidente? ¿Es cierto eso? Cuéntenos detalladamente, segundo a segundo, todo lo que vio.

Y muchas preguntas de ese tipo.

No había mucho que contar, pero intenté ser precisa en todos y cada uno de los detalles. Dije que decidí esperar al presidente fuera, ya que en el interior había demasiado bullicio. Ya nadie respetaba la zona de contención y todo el mundo fumaba dentro, lo cual me afectaba mucho. Por lo tanto, me senté en las escaleras y me dediqué a contemplar el cielo.

Después de la lluvia apareció Sirio y entreví el timón del carro. Me pregunté si las estrellas nos veían a nosotros. Y si era así, qué podían pensar de los humanos. Si realmente conocían nuestro futuro y si nos compadecían por estar metidos en el presente sin ninguna posibilidad de maniobra. Pero pensé también que, a pesar de todo, a pesar de nuestra fragilidad y nuestra ignorancia, teníamos una increíble ventaja sobre las estrellas: era para nosotros para quienes trabajaba el tiempo, dándonos la gran oportunidad de convertir un mundo que sufría y padecía en un mundo feliz y tranquilo. Eran las estrellas las que estaban presas de su propio poder y de hecho no nos podían ayudar. Únicamente diseñaban redes, tejían en los telares cósmicos urdimbres que nosotros debíamos rellenar con nuestro propio hilo. Y entonces me vino a la cabeza una hipótesis interesante. Que quizá las estrellas nos veían igual que nosotros veíamos, por ejemplo, a nuestros perros: teniendo como tenemos una mayor conciencia que ellos, en determinados momentos sabemos mejor lo que les beneficia, los llevamos atados con una correa para que no se nos pierdan, los esterilizamos para que no se reproduzcan sin sentido, los llevamos al veterinario para que los curen. Y ellos no entienden cómo, por qué, con qué finalidad. Pero obedecen. Así que quizá nosotros también deberíamos rendirnos a la influencia de las estrellas, pero también despertar al mismo tiempo nuestra sensibilidad humana. Eso es lo que pensaba allí, sentada en las escaleras. Y cuando vi que la mayoría de la gente salía de allí y se dirigía hacia sus casas a pie o en coche, entré para indicarle al presidente que debía llevarlo a su casa. Pero él no estaba allí ni en ninguna parte. Miré en los baños y di la vuelta al parque de bomberos. Pregunté también a todos aquellos recolectores de setas medio borrachos dónde se había metido, pero nadie fue capaz de darme una respuesta convincente. Algunos de ellos seguían canturreando «Sokoły», otros se dedicaban a acabarse la cerveza y sin preocuparse demasiado por las prohibiciones bebían fuera del recinto. Así que pensé que alguien lo habría acompañado ya y que yo no me había dado cuenta. Y también ahora estoy convencida de que se trataba de una suposición sensata. ¿Qué podía pasar de malo? Incluso si se hubiera quedado dormido en alguna parte, borracho, la noche era cálida y no corría peligro. Nada sospechoso me vino a la cabeza, así que subí al Samurai y regresamos a casa.

—¿Quién es Samurai? –preguntó el policía.

—Un amigo –respondí para hacer honor a la verdad.

—El apellido, por favor.

—Samurai Suzuki.

Quedó confundido y el otro se rio para sus adentros.

—Díganos, señora Duszeńko...

—Duszejko –corregí.

—...Duszejko. ¿Tiene usted alguna sospecha de quién podría tener algún motivo para hacerle daño al presidente?

Aquello me sorprendió.

—No leen mis cartas. He aclarado todo en ellas.

Se miraron mutuamente.

—No, pero ésta es una pregunta seria.

—Yo también doy respuestas serias. Les he escrito. Por cierto, aún no me responden. No está bien no responder a las cartas. El artículo 171, punto 1, establece que a la persona interrogada hay que permitirle expresarse libremente dentro de los límites que se desprenden del objetivo de la acción en cuestión, y sólo acto seguido será posible hacerle preguntas con el fin de completar, aclarar o controlar la información.

—Tiene usted razón –dijo el primero.

—¿Es cierto que todo él estaba cubierto de escarabajos? –pregunté.

—No podemos responder a esa pregunta. Por el bien de la investigación.

—¿Y cómo murió?

—Somos nosotros los que le hacemos las preguntas a usted, y no usted a nosotros –dijo el primero, y el segundo añadió:

—Los testigos vieron que hablaba usted con el presidente durante la fiesta, que estaban en las escaleras.

—Es verdad, le recordé que lo llevaría a casa porque su esposa me lo había pedido. Pero parece que él no estaba en condiciones de concentrarse en lo que yo le estaba diciendo.

Pensé que lo mejor sería esperar hasta que el baile acabara y que él se decidiera a irse.

—¿Conocía usted al comandante?

—Claro que lo conocía. Y además bien que lo sabe usted –le dije al joven–. ¿Para qué preguntar lo que ya sabe? ¿No es una pérdida de tiempo?

—¿Y a Anzelm Wnętrzak?

—¿Se llamaba Anzelm? No tenía idea. En una ocasión me lo encontré aquí, en el puente. Estaba con su amiga. Fue hace mucho tiempo, hace unos tres años. Estuvimos hablando un rato.

—¿De qué?

—Ya no me acuerdo. Estaba presente esa mujer, así que lo puede confirmar todo.

Yo sabía que a la policía le gustaba tenerlo todo confirmado.

—¿Es verdad que se comportó usted de manera agresiva durante las batidas de caza aquí, en los alrededores?

—Diría que me comportaba de manera iracunda, no agresiva. Hay una diferencia. Manifestaba mi ira porque mataban animales.

—¿Los amenazó usted de muerte?

—En ocasiones la ira trae a la lengua diferentes palabras, pero también hace que sea poco lo que se recuerda más tarde.

—Hay testigos que han declarado que usted gritaba, cito –aquí echó un vistazo a los papeles que tenía extendidos–: «Los voy a matar, son unos (palabra censurable), serán castigados por sus crímenes. No tienen vergüenza alguna, no tienen temor de nada. Les romperé la crisma».

Leyó aquello sin ninguna emoción, lo cual me hizo reír.

—¿De qué se ríe usted? –preguntó el otro con un tono ofendido.

—Me parece cómico que yo haya dicho cosas así. Soy una persona tranquila. ¿No estará exagerando su testigo?

—¿Niega usted haber tenido un pleito en el juzgado por haber tirado y destruido una torreta de caza?

—No, no tengo la menor intención de negarlo. Pagué la multa. Hay documentos que lo demuestran.

—¿Y de qué no hay documentos? –preguntó uno de ellos de una manera que le pareció astuta, pero creo que supe salir de forma inteligente:

—¿Sabe usted? De muchas cosas. En mi vida y también en la suya. No todo se puede decir con palabras, así que ni siquiera con papeles oficiales.

—¿Por qué lo hizo usted?

Lo miré como si se hubiera caído de las nubes.

—¿Por qué me pregunta usted por algo que usted mismo sabe muy bien?

—Haga el favor de responder a las preguntas. Tengo que recoger su respuesta en la declaración.

Me relajé totalmente.

—Ajá. De acuerdo, lo repito: para que no dispararan a los animales.

—¿Cómo conoce usted tan bien algunos de los detalles del crimen?

—¿Cuáles?

—Por ejemplo los relacionados con el presidente. ¿Cómo sabe usted que el escarabajo ese era el *Cucujus haematodes*? Es lo que le dijo usted a la escritora.

—¿Ah, sí? ¿Eso dije? Es un escarabajo muy popular en esta zona.

—¿De dónde ha sacado todo eso? ¿De ese ento… del tipo de los insectos que vivía en su casa durante la primavera?

—Es posible, pero sobre todo de los horóscopos, ya lo he explicado. En los horóscopos está todo. El más pequeño de los detalles. Incluso cómo se encuentra usted hoy, cuál es su color preferido de ropa interior. Sólo hay que saber leerlo todo. El presidente tenía muy malos inquilinos en la tercera casa, que es la casa de los pequeños animales. Y de los insectos.

Los policías intercambiaron una mirada significativa entre sí, lo cual en mi opinión fue un signo de mala educación.

En su trabajo no deberían extrañarse de nada. Continué con una absoluta seguridad en mí misma, convencida de que aquellos dos eran unos inútiles:

—Hace años que me dedico a la astrología y tengo una gran experiencia. Todo está relacionado con todo, y todos nos hallamos dentro de una red de diferentes correspondencias. Les tendrían que enseñar estas cosas en las academias de policía. Se trata de una vieja y seria tradición. Desde los tiempos de Swedenborg.

—¿De quién? –preguntaron al unísono.

—De Swedenborg. Un sueco.

Vi que uno de ellos anotaba el apellido.

Hablaron conmigo de esa manera durante dos horas más, y por la tarde me presentaron una orden de arresto por cuarenta y ocho horas y una orden de registro de mi casa. Estuve pensando febrilmente si no dejé tirada ropa interior sucia. Por la tarde recibí una bolsa e imaginé que era de parte de Dioni y de Buena Nueva. Había dos cepillos de dientes (¿por qué dos? ¿Sería uno para la mañana y otro para la noche?), un camisón de dormir sumamente elegante y sexy (probablemente Buena Nueva lo tomó de la tienda), algunos dulces y el libro de Blake traducido por un tal Fostowicz. Ésos venían del buen Dioni.

Por primera vez me encontraba en una prisión totalmente real y fue una experiencia muy dura. La celda estaba limpia, era sencilla y sombría. Pero cuando la puerta se cerró a mis espaldas, el pánico se apoderó de mí. El corazón me golpeaba en el pecho y estuve a punto de ponerme a gritar. Me senté en el camastro y no me atreví a moverme. Pensé entonces que preferiría morirme a pasar el resto de mi vida en aquel lugar. Sin ninguna duda. No dormí en toda la noche, ni siquiera llegué a acostarme. Estuve sentada en la misma postura hasta el amanecer. Estaba sudada y sucia. Sentía que las palabras que había pronunciado aquel día me habían ensuciado la lengua y la boca.

Las chispas llegan desde el mismísimo origen de la luz y están construidas de la más pura claridad, eso es lo que dicen las más antiguas leyendas. Cuando tiene que nacer un ser humano, la chispa cae. Atraviesa la oscuridad del espacio cósmico, las galaxias y finalmente, antes de caer aquí en la Tierra, rebota, pobre, contra las órbitas de los planetas. Todos ellos ensucian la chispa con diferentes atributos, y ésta se oscurece y apaga.

Plutón es el primero en trazar el marco de ese experimento cósmico y deja al descubierto sus principios básicos: la vida es un acontecimiento momentáneo, tras él llegará la muerte, que en algún momento permitirá a la chispa liberarse de la trampa; no hay otra solución. La vida es algo parecido a un polígono de pruebas sumamente exigente. Desde este momento contará todo lo que hagas, cada pensamiento, cada acto, pero no para castigarte o premiarte después, sino porque conforman tu mundo. Así es como funciona esta máquina. Más tarde, la chispa atraviesa la zona de Neptuno y se pierde en sus nebulosos vapores. Neptuno le da en compensación todo tipo de ilusiones, una somnolienta memoria de la salida, sueños de volar, fantasías, narcóticos y libros. Urano la dota de la capacidad de rebelión: desde ese momento dará testimonio de la memoria del lugar del que procede. Cuando la chispa pasa junto a los anillos de Saturno, resulta evidente que al fondo espera la prisión. Un campo de trabajo, un hospital, las reglas y los formularios, el cuerpo enfermo, las enfermedades mortales, la muerte de la persona amada. Pero Júpiter le ofrece consuelo, dignidad y optimismo, un precioso regalo: todo saldrá bien. Marte aporta fuerza y agresividad, que serán útiles. Al pasar junto al sol queda deslumbrada, pues de su antigua y amplia conciencia apenas si le queda un pequeño, minúsculo yo, separado del resto. Me lo imagino de la siguiente manera: un tronco, una existencia tullida con las alas arrancadas, una mosca atormentada por unos niños crueles; quién sabe cómo sobrevivirá a la oscuridad. Gracias a las diosas, ahora es Venus quien se encuentra en medio de la caída. La chispa recibe de él el don del amor, la más pura de las compasiones, lo único que puede salvarla a ella misma y a otras chispas; gracias a los dones de Venus podrán ayudarse y unirse. Justo antes de la caída tropieza con un pequeño y extraño planeta que recuerda a un conejo hipnotizado, que no gira en torno a su propio eje, pero se mueve veloz, con la mirada puesta en el sol: se trata de Mercurio. Éste le da la lengua, la capacidad de comunicarse. Al pasar por la Luna recibe algo inasible: el alma.

Y es entonces cuando cae a la Tierra e inmediatamente se reviste de un cuerpo. Humano, animal o vegetal. Así son las cosas.

Me pusieron en libertad al día siguiente, antes incluso de que se cumplieran las nefastas cuarenta y ocho horas.

Vinieron a buscarme los tres. Me arrojé a sus brazos como si llevara fuera del mundo años enteros. Dioni se puso a llorar, y Buena Nueva y Pandedios se quedaron sentados como palos en el asiento trasero. Se notaba que estaban espantados por lo que había pasado, mucho más que yo misma, y al final fui yo quien tuvo que consolarlos. Pedí que Dioni se detuviera junto a la tienda y compramos helados. Pero en líneas generales, a partir de aquel corto arresto, pasé a ser una persona muy distraída. No lograba aceptar que los policías hubieran registrado mi casa y desde entonces sentía su presencia por todas partes; lo revolvieron todo, los cajones, los armarios, el escritorio. No encontraron nada, porque ¿qué podían encontrar? El orden, sin embargo, había sido alterado, mi tranquilidad destruida. Yo vagaba por la casa, incapaz de concentrarme en ninguna labor. Hablaba sola y yo misma me daba cuenta de que algo no andaba bien conmigo. Me atraían mis grandes ventanas, me ponía ante ellas y no podía apartar la vista de la agitada y rojiza hierba, su baile con el viento, causante invisible de aquel movimiento. Y además las cambiantes manchas del verde en todas sus tonalidades. Allí me quedaba abstraída y perdía horas enteras. Puse las llaves en el garaje y durante una semana fui incapaz de encontrarlas. Quemé un hervidor de agua. Sacaba del congelador verduras y las encontraba cuando estaban resecas y medio podridas. Por el rabillo del ojo veía cuánto movimiento había en mi casa: la gente entraba y salía, del cuarto de la caldera hacia arriba y al jardín, y viceversa. Las chicas corrían alegres por la entrada. Mi madre estaba sentada en la terraza y tomaba té. Oí el sonido de la cucharilla al chocar ligeramente contra la taza y su largo y triste suspiro. Sólo volvía la calma cuando llegaba Dioni, y casi siempre lo hacía con Buena Nueva, si justo al día siguiente no tenía una nueva entrega de mercancía.

Cuando los dolores se intensificaron, Dioni llamó un día a la ambulancia. Debía ir al hospital. Era un buen momento para la llegada de la ambulancia: era agosto, el camino estaba seco y la tierra firme, hacía un tiempo precioso y, gracias a los planetas, acababa de ducharme por la mañana y tenía los pies limpitos.

Estaba en una sala, extrañamente vacía, con ventanas abiertas a través de las cuales llegaban los olores de los pequeños huertos de recreo, de los tomates maduros, de la hierba seca, de los tallos quemados. El sol había entrado en Virgo y éste iniciaba sus preparativos de otoño y se aprovisionaba para el invierno. Me venían a ver, es cierto, pero no hay nada que me incomode más que las visitas en el hospital. De verdad que uno no sabe cómo comportarse. Todas las conversaciones en ese desagradable lugar resultan poco naturales y forzadas. Espero que no me tomaran a mal que les dijera que se fueran a su casa.

A menudo, se sentaba en mi cama Alí, el dermatólogo. Venía de la sección vecina y me traía siempre la prensa leída y releída. Le hablaba de mi puente en Siria (me pregunto si todavía seguirá allí) y él a mí de su trabajo con las tribus nómadas del desierto. Me contó que durante cierto tiempo fue médico de los nómadas. Viajaba con ellos, los examinaba y los curaba. Siempre en movimiento. Él mismo era un nómada. No paraba, no pasó más de dos años en ningún hospital: de repente algo empezaba a cansarlo, a preocuparlo y buscaba otro trabajo en otro lugar. Los pacientes que finalmente habían acabado aceptándolo, sobreponiéndose a todo tipo de prejuicios iniciales, eran abandonados por él: cierto día en la puerta de su consultorio aparecía una hoja de papel indicando que el doctor Alí ya no recibiría más. Aquella forma de vida errante y su origen lo habían condenado, claro está, a ser objeto de interés de todo tipo de servicios especiales, por lo cual su teléfono estaba siempre bajo escucha. Al menos eso era lo que él afirmaba.

—¿Tiene usted algún tipo de dolencias propias? –le pregunté en una ocasión.

Claro que tenía. Todos los inviernos lo atacaba una depresión, y la habitación en el hotel obrero que le asignaba el ayuntamiento agravaba todavía más su melancolía. Tenía una cosa valiosa que había adquirido gracias a los años de trabajo: se trataba de una gran lámpara que emitía unos rayos parecidos a los solares, y que en teoría debía levantarle el ánimo. A menudo pasaba noches enteras con la cara expuesta a aquel sol artificial y vagaba mentalmente por los desiertos de Libia, Siria o Irak.

Me pregunté qué aspecto podría tener su horóscopo. Pero estaba demasiado enferma para hacer cálculos. La cosa no pintaba bien conmigo. Estaba tumbada en una habitación a oscuras con una fuerte fotoalergia, con la piel roja y resquebrajada, que me picaba como si la estuvieran cortando con unos pequeños bisturíes.

—Debe evitar el sol –me advirtió–. Nunca había visto una piel así, usted está hecha para vivir bajo tierra.

Se rio porque para él mi condición era algo inimaginable, él estaba todo el tiempo expuesto al sol, como un girasol. Yo, en cambio, era como una endivia blanca o un brote de papa y el resto de mi vida debería pasarlo a la sombra, en el cuarto de la caldera.

Lo admiraba porque –como él decía– tenía siempre las cosas justas para poderlas meter en cada momento en dos maletas en el espacio de una hora. Decidí aprender eso de él. Me prometí que en cuanto saliera me pondría a practicar. Una mochila y una laptop, eso debería bastarle a cualquier persona. De esa manera, Alí, se encontrara donde se encontrara, estaba en casa.

Aquel médico trotamundos me recordó que no deberíamos asentarnos cómodamente en ningún lugar, y luego de pensar en eso llegué a la conclusión de que yo había ido demasiado lejos con mi casa. Recibí de aquel doctor de tez morena una galabiya, una túnica blanca de manga larga cerrada a la altura del cuello que llegaba hasta los tobillos. Dijo que el color blanco era como un espejo y repelía los rayos.

En la segunda mitad de agosto mi estado empeoró hasta tal punto que me trasladaron a Wrocław para hacerme unas pruebas a las que no les dediqué excesiva atención. En el estadio de duermevela en el que pasaba los días enteros tenía agitadas visiones sobre mis chícharos olorosos. Era necesario controlar ya la sexta generación, de otra manera los resultados de los experimentos dejarían de tener valor y de nuevo volveríamos a considerar que no heredábamos nuestra experiencia vital, que todas las enseñanzas del mundo se quedaban en nada, que no éramos capaces de aprender nada de la historia. Soñaba que llamaba por teléfono a Dioni, pero que él no respondía, porque precisamente mis chicas habían tenido niños y había un montón de ellos en el suelo del vestíbulo y en la cocina. Se trataba de personas, una nueva raza de personas traídas al mundo por los animales. Todavía estaban ciegas, todavía no habían abierto los ojos. Y soñé que buscaba a las chicas en una gran ciudad, que tenía todo el tiempo esperanza, pero era una esperanza absurda y muy dolorosa.

Un día fue a visitarme al hospital de Wrocław la escritora, a fin de consolarme amablemente e informarme de manera delicada que vendía su casa.

—Ya no es el mismo lugar de antes —y me entregó unas crepas con setas de parte de Ágata.

Dijo que sentía ciertas vibraciones, le daba miedo la noche, había perdido el apetito.

—No se puede vivir en un lugar en el que pasan cosas así. Junto a esos horribles asesinatos salen a la luz pequeñas estafas y deshonestidades. Resulta que he estado viviendo entre monstruos —dijo agitada—. Usted es la única persona justa en todo esto.

—De todas formas, pienso renunciar el próximo invierno a cuidar las casas, ¿sabe usted? —dije, azorada por aquel cumplido.

—Es una buena decisión. A usted le iría bien algún país cálido…

—…pero sin sol —añadí—. ¿Conoce usted un lugar así aparte del baño?

No hizo caso a mi pregunta.

—La venta de mi casa ya se anuncia en el periódico —se quedó un momento pensativa—. Además hacía mucho viento. No podía soportar ese incesante ulular. Es imposible concentrarse cuando algo se te mete en el oído y silba y bisbisea todo el tiempo. ¿Se ha dado cuenta del ruido que hacen las hojas de los árboles? Especialmente en los álamos, es algo de verdad insoportable. Se mecen desde principios de junio y siguen hasta noviembre. Una pesadilla.

Nunca había pensado en ello.

—Me interrogaron, ¿sabe usted? –dijo escandalizada, cambiando repentinamente de tema.

No me sorprendió en absoluto porque interrogaban a todos. Aquel asunto había pasado a ser prioritario. Qué palabra más horrorosa.

—¿Y qué? ¿Fue usted de ayuda?

—¿Sabe usted?, a veces tengo la sensación de que vivimos en un mundo inventado por nosotros mismos. Establecemos lo que está bien y lo que no, dibujamos mapas de significados… Y después nos pasamos toda la vida luchando contra lo que hemos concebido. El problema es que cada uno de nosotros tiene su versión particular y por eso le cuesta tanto a la gente llegar a un acuerdo.

No dejaba de tener algo de razón.

Cuando se despidió de mí, busqué entre mis cosas y le ofrecí una pata de corzo. La desenvolvió del papel y su cara se torció con un rictus de asco.

—Santa madre de Dios, ¿qué es esto? ¿Señora Duszejko, se puede saber qué me ha dado usted?

—Acéptelo, por favor. Es algo así como el Dedo de Dios. Está completamente seca, no huele.

— ¿Y qué debería hacer con esto? –preguntó preocupada.

—Darle buen uso.

Volvió a envolver la pata en el papel, todavía dudó un momento al llegar a la puerta, y después se fue.

Pensé largo tiempo sobre lo que dijo Cenicienta y se emparenta con cierta teoría mía al respecto. Siempre he creído que la psique humana se creó para protegernos de ver la verdad. Para impedir que veamos el mecanismo directamente. La psique es nuestro sistema de defensa, la responsable de cuidar que jamás entendamos lo que nos rodea. Se dedica principalmente a filtrar información, a pesar de que las posibilidades de nuestro cerebro son enormes. Acaso porque no sería posible soportar ese conocimiento, ya que todas las partículas del mundo, por minúsculas que fueran, estaban hechas de sufrimiento.

Así que primero salí de la cárcel. Después salí del hospital. No hay duda de que luchaba contra la influencia de Saturno. En agosto, sin embargo, se movió lo suficiente como para dejar de crear condiciones desagradables, así que el resto del verano lo pasamos como una familia feliz. Yo tumbada en la habitación, a oscuras, Pandedios poniendo orden en las cosas y llevando la casa, y Dioni y Buena Nueva cocinando y encargándose de las compras. Cuando me sentí mejor, volvimos a ir a Chequia, a aquella sorprendente librería, y visitamos a Honza y sus libros. Comimos dos veces con él e hicimos un pequeño congreso sobre Blake, sin subvenciones ni ayuda de la Unión Europea.

Dioni encontró en internet un pequeño cortometraje. Duraba un minuto, no más. Un robusto ciervo atacaba a un cazador. Lo veíamos alzarse sobre sus patas traseras y golpear con las delanteras al hombre. El cazador caía, pero el animal continuaba el ataque, lo pisoteaba con rabia, no le permitía arrastrarse más allá del alcance de sus pezuñas. El hombre intentaba protegerse la cabeza y huir a gatas de aquel enfurecido animal, pero el ciervo lo hacía caer de nuevo. La escena no tenía final, no se sabía qué sucedía después ni con el cazador ni con el corzo. Tumbada en mi habitación, a oscuras, en pleno verano, vi aquella película un sinfín de veces.

XV
La fiesta de san Huberto

El balido, el ladrido, el grito y el rugido
son olas que golpean en la orilla del cielo.

CUANDO UN PLANETA NO SE ENCUENTRA EN EL signo en el que debería hallarse se dice que está dañado o en el exilio, como es el caso de mi Venus. Además, en mi caso, Plutón, que gobierna su ascendente, lo afecta de modo negativo. Esta situación provoca que yo posea, según me parece, lo que he llamado el «síndrome de Venus perezoso»: personas que han recibido mucho del destino, pero que no han aprovechado en absoluto sus posibilidades. Son inteligentes, perspicaces, pero no se ponen a estudiar en serio y su inteligencia la aprovechan más bien para jugar a las cartas o para hacer solitarios. Tienen cuerpos bellos, pero los destrozan por la falta de cuidado, intoxicándolos con el uso de sustancias que crean adicción, ignorando la existencia de médicos y dentistas.

El Venus Perezoso provoca un extraño tipo de vagancia: los afectados por él ven que las oportunidades en la vida pasan de largo ante ellos, por quedarse dormidos, por no querer ir, por llegar con retraso, por no tener cuidado. Tienen una predisposición al sibaritismo, a pasar la vida en un leve estado de duermevela, a dispersarse en los pequeños placeres, a sentir aversión hacia el esfuerzo y la falta absoluta de una predisposición a la competencia. Pierden todo el día, dejan cartas sin abrir, posponen sus asuntos, descartan todos los proyectos. Sienten desprecio hacia cualquier tipo de poder y rechazan todo tipo de obediencia y sometimiento, pues sólo desean proseguir tranquilamente su propio camino. No se puede sacar ningún provecho de este tipo de gente.

Si me lo hubiera propuesto, habría regresado a la escuela en septiembre, pero no conseguí reponerme. Lamentaba que los niños perdieran un mes de clase. Pero ¿qué podía hacer? Me dolía todo. Hasta octubre pude reincorporarme al trabajo. Me encontraba lo bastante bien como para organizar dos veces a la semana clases extra de inglés y poner al día a los alumnos. Pero me fue imposible trabajar normalmente. En octubre dejaron que los niños faltaran a clases, ya que los preparativos para la apertura y la consagración de la recién construida capilla estaban en todo su apogeo. La consagrarían a nombre de san Huberto el día de su onomástico, el tres de noviembre. Yo no quería que los niños faltaran a clase. Prefería que supieran más palabras en inglés a que aprendieran de memoria las vidas de los santos. Pero intervino la joven directora.

—Usted exagera. Hay ciertas prioridades —a juzgar por su tono, ni ella creía en sus palabras.

Considero que la palabra «prioridad» es tan horrible como la palabra «interfecto» o «concubina», pero no quería, de verdad que no quería discutir con ella ni sobre los niños ni sobre las palabras.

—Vendrá usted a la consagración de la capilla, ¿verdad?

—No soy católica.

—Da igual. Todos somos católicos culturalmente hablando, nos guste o no nos guste. Así que haga el favor de venir.

No estaba preparada para un argumento como aquél, así que me quedé callada. Las clases de inglés las fui recuperando con los niños por las tardes.

Dioni fue interrogado aún dos veces más y finalmente rescindieron su contrato por acuerdo de las partes. Trabajaría sólo hasta finales de año. Dieron una justificación un tanto confusa, recortes de plantilla, reajustes, lo de siempre. La gente como Dioni es siempre la primera en ser despedida. Pero yo creo, sin embargo, que aquello estuvo relacionado con sus declaraciones. ¿Lo considerarían sospechoso? A Dioni aquello no le preocupó en absoluto. Ya había decidido que quería ser traductor. Tenía la intención de vivir de la traducción de la poesía de Blake. Estupendo. Traducir de una lengua a otra y de esa manera aproximar un libro a las personas era una idea preciosa.

En aquel momento también llevaba su propia investigación y no era de extrañar, todos esperaban tensos algún nuevo descubrimiento de la policía, alguna noticia sensacional, que de una vez por todas acabara con aquella cadena de muertes. Con aquel motivo fue incluso a ver a la señora Wnętrzak y a la señora del presidente e investigó sus movimientos hasta donde le fue posible.

Sabíamos que los tres habían muerto de un golpe en la cabeza con algo duro, pero no se sabía de qué objeto se trataba. Especulamos que pudo ser un simple trozo de madera o una rama gruesa, pero en ese caso habría quedado un rastro característico en la piel de las víctimas. Y todo parecía indicar que allí se había utilizado un objeto grande con una superficie dura y lisa. La policía, además, había encontrado en el lugar del golpe leves restos de sangre animal, probablemente de un corzo.

—Yo tenía razón –dije tercamente por enésima vez–. ¿Ven? Fueron los corzos.

Dioni se decantaba hacia la hipótesis de que probablemente se tratara de un ajuste de cuentas. Lo que sí era seguro era que el comandante volvía aquella noche de casa de Mondongón, del que había recibido un soborno.

—Quizá Mondongón lo alcanzó e intentó quitarle el dinero, forcejearon, el comandante cayó, el rico se asustó y se olvidó de quitarle el efectivo –opinaba Dioni.

—Pero ¿quién mató a Mondongón? –preguntó filosóficamente Pandedios.

Yo, en cambio, prefería la hipótesis en la cual varias personas malvadas se eliminaban recíprocamente, como en una cadena.

—¿O quizá se trataba del presidente? –fantaseó de nuevo Pandedios.

Muy probablemente el comandante encubría algún delito de Mondongón. Pero si el presidente tenía o no algo en común con aquello, eso no lo sabíamos. ¿Si el presidente había sido el asesino, quién había asesinado al presidente? En los tres casos el móvil más probable era la venganza, y muy probablemente en el caso del millonario también se trataba de un asunto de negocios. ¿Podían ser verdad todas aquellas habladurías sobre la mafia? ¿Tenía la policía alguna prueba de aquello? Era muy posible que en aquellos sombríos asuntos estuvieran implicados otros policías y por eso la investigación avanzaba tan torpemente.

Dejé de defender mi teoría. Lo único que lograba con ello era convertirme en el hazmerreír. Tenía razón Cenicienta: la gente es capaz de entender únicamente lo que ellos mismos imaginan y con lo cual prefieren nutrirse. La idea de un complot que involucrara a las personas que ostentaban el poder local, corrupto e inmoral, parecía adecuada para explicar lo sucedido, y correspondía a la perfección con todo lo que difundieron la televisión y los periódicos en esos días. Porque era evidente que ni los periódicos ni la televisión prestarían atención a los animales, a menos que se tratara de un tigre que escapara del zoológico.

El invierno empieza inmediatamente después de la fiesta de Todos los Santos. Así son las cosas aquí: el otoño recogía sus pertenencias, se sacudía las hojas –ya no las iba a necesitar, las barría bajo los linderos, le arrancaba los colores a la hierba hasta que se volvía grisácea y difusa. Después todo era negro sobre blanco y la nieve caía sobre los campos labrados.

—Guía tu arado sobre los huesos de los muertos –repetí las palabras de Blake, no muy segura de que citaba correctamente el verso.

Estaba de pie frente a la ventana y observaba los rápidos preparativos de la naturaleza hasta que cayó la noche y el desfile del invierno tuvo lugar a oscuras. Por la mañana saqué la cazadora de plumas, aquella roja, la de Buena Nueva, y los gorros de lana.

En los cristales de mi Samurai apareció la escarcha, todavía joven, muy fina y delicada, como un hongo cósmico. Dos días después del Día de Muertos fui a la ciudad con la intención de visitar a Buena Nueva y de comprar unas botas para la nieve. Había que prepararse para lo peor. El cielo colgaba bajo, como es habitual en aquella época del año. Todavía no se habían consumido del todo las velas en los cementerios y a través de la tela metálica vi que las luces de colores titilaban durante el día, como si la gente quisiera ayudar con aquellas míseras llamas a un sol que se debilitaba en Escorpio. Plutón había tomado el poder sobre el mundo. Me puse triste. El día anterior había escrito unos correos electrónicos a mis generosos patronos en donde les decía que aquel año ya no podría vigilar sus casas.

Apenas me había puesto en camino recordé que aquel día era el tres de noviembre y que en la ciudad estarían celebrando la fiesta de san Huberto. Siempre que se organiza algún acto infame, de los primeros de los que se echa mano es de los niños. Recuerdo que nos enredaban de la misma manera en el desfile del primero de mayo. Hace mucho, mucho tiempo. Ahora tenían que participar en un Concurso de Creación Plástica para Niños y Jóvenes del Condado de Kłodzko: «San Huberto, modelo del ecologista de nuestros días», y después en una representación en la que se mostraba la vida y la muerte del santo. Escribí una carta sobre este asunto al delegado provincial de educación en octubre, pero no recibí respuesta. Yo consideraba que, como otras muchas cuestiones, aquello era un escándalo.

A lo largo de la carretera había numerosos coches estacionados, lo cual me recordó la misa y decidí entrar a la iglesia para ver el efecto de aquellos largos preparativos del otoño que tanto habían afectado las clases de inglés. Miré el reloj y todo parecía indicar que la ceremonia ya había empezado.

De vez en cuando me da por entrar en la iglesia y sentarme tranquilamente entre la gente. Siempre me ha gustado el hecho de que la gente se reúna y no deban hablar unos con otros, pues si pudieran hacerlo no tardarían en contarse tonterías o chismes, inventarían historias y presumirían de esto y aquello. Y así se ven obligados a sentarse en hileras, a sumirse en sus pensamientos, a pasar revista a lo sucedido en los últimos tiempos y a imaginar qué puede suceder más adelante. Y de esa forma controlan sus vidas. Al igual que todos los demás, solía sentarme en una banca y sumirme en una especie de duermevela. Pensaba perezosamente, como si los pensamientos llegaran desde fuera de mí misma, desde las cabezas de otras personas, o incluso desde las angelicales cabezas de madera situadas en las proximidades. Siempre imaginaba algo nuevo, diferente de lo que me venía a la cabeza cuando pensaba en casa. Desde ese punto de vista, la iglesia era un buen lugar.

A veces tenía la sensación de que allí podía leer los pensamientos de los demás con sólo desearlo. En varias ocasiones me pareció oír los pensamientos de los otros en mi cabeza: «¿Qué haremos con el nuevo papel tapiz en el dormitorio, qué dibujo elegir, es mejor algo completamente liso o con un ligero estampado?». «El dinero en la cuenta tiene un interés muy bajo, otros bancos ofrecen mejores condiciones, el lunes debo ir a examinar qué ofertas tienen y llevar el dinero.» «¿De dónde ha sacado el dinero aquélla?» «¿Cómo se puede permitir todo lo que lleva puesto? Supongo que no comen y todo lo que ganan se lo gastan en modelitos para ella...» «¡Hay que ver lo que ha envejecido ése, cuántas canas! Y pensar que era el hombre más atractivo del pueblo. ¿Y ahora qué? Es una ruina...» «Se lo diré al médico directamente: quiero una baja...» «Jamás, jamás de los jamases aceptaría una cosa así, no voy a permitir que me traten como a un niño...»

¿Y qué tendría que haber de malo en ese tipo de pensamientos? ¿Acaso tengo yo otros? Menos mal que aquel Dios, si es que existía, o incluso si no existía, nos concedía un lugar para pensar con tranquilidad, quizás en eso consiste la oración: pensar en paz, no desear nada, no pedir nada; simplemente poner orden en la propia cabeza. Con eso debería bastar. Sin embargo, siempre, tras unos primeros momentos agradables de relajación, me asediaban las antiguas preguntas de la infancia. Probablemente porque soy de naturaleza un tanto infantil. ¿Cómo es posible que Dios escuche al mismo tiempo las oraciones que surgen de todo el mundo? ¿Y qué pasa cuando unas son incompatibles con otras? ¿Debe escuchar las oraciones de todos los canallas, los demonios, de la gente mala? ¿Rezan esas personas? ¿Hay sitios donde no funciona Dios? ¿Funciona, por ejemplo, en la granja de los zorros? ¿En qué estaba pensando, entonces? ¿Y en el matadero de Mondongón? ¿Alguna vez se daba una vuelta por allí? Sabía que eran preguntas estúpidas e ingenuas, y que los teólogos se reirían de mí. Tengo la cabeza hueca, como la de aquellos ángeles colgados bajo la cúpula de un cielo artificial.

Cuando me sumo en aquellas reflexiones me molesta la insistente y desagradable voz del padre Susurro. Lo llamo así porque tengo la sensación de que al moverse, su cuerpo seco y huesudo, cubierto de una piel flácida y oscura, susurra levemente. Su sotana se restriega contra los pantalones, la barbilla con el alzacuellos, las articulaciones crujen entre sí. ¿Qué tipo de criatura de Dios es aquel sacerdote? Tiene la piel seca y arrugada y es como si le sobrara piel por todas partes. Se dice que fue una persona obesa, que se trató la obesidad quirúrgicamente y se hizo extirpar la mitad del estómago, a raíz de lo cual adelgazó tanto. En lo personal no podía evitar la sensación de que estaba hecho de ese papel de arroz con el que se hacen las pantallas de las lámparas. Que es una criatura hueca, artificial e inflamable.

A principios de año, cuando todavía estaba sumida en la más negra de las desesperaciones a causa de las chicas, vino a verme para pedir su aguinaldo. Primero llegaron sus monaguillos, con el sobrepelliz blanco sobre sus cálidas cazadoras, unos muchachos de mejillas rojas que desmentían la seriedad de su condición de emisarios sacerdotales. Yo tenía en casa halva, una especie de turrón, que comía de vez en cuando, así que les di un trozo a cada uno. Se la comieron y cantaron algunos cantos y se fueron.

El padre Susurro apareció jadeante y a paso ligero poco después, y sin sacudirse ni siquiera la nieve de las botas se metió directamente en mi pequeña sala de estar, pisando sin miramientos la alfombra. Salpicó las paredes con el hisopo, bajó la mirada y rezó una oración y en un abrir y cerrar de ojos colocó una estampa sagrada sobre la mesa y se sentó en la esquina del sofá. Hizo todo aquello como un relámpago, apenas si pude seguirlo con la vista. Tuve la impresión de que no se sentía bien en mi casa y que con sumo placer se habría ido rápidamente.

—¿Gusta un poco de té? –pregunté tímidamente.

Pero no aceptó. Estuvimos sentados en silencio durante unos segundos. Vi cómo los monaguillos se lanzaban bolas de nieve enfrente de mi casa. De repente sentí la absurda necesidad de hundir el rostro en su manga, ancha, limpia y almidonada.

—¿Por qué llora? –preguntó con aquel impersonal y raro argot sacerdotal en el que se dice «sentir temor» en lugar de «tener miedo», «inclinarse a» en lugar de «preferir», «instruirse» en lugar de «aprender», etcétera. Pero ni siquiera eso me molestaba. Estaba llorando.

—Mis perras han desaparecido –expliqué.

Era una tarde de invierno y la oscuridad se desparramaba ya por las pequeñas ventanas de la sala, por lo que no distinguía la expresión de su cara.

—Entiendo su dolor –dijo pasados unos segundos–. Pero son sólo animales.

—Eran mis únicas allegadas. Mi familia. Mis hijas.

—Haga el favor de no blasfemar –se indignó–. No puede decir de unas perras que eran sus hijas. Deje de llorar. Rece, eso procura consuelo en el sufrimiento.

Lo arrastré hasta la ventana tirando de aquella manga, preciosa y limpia y le mostré el pequeño cementerio, donde había unas cuantas tumbas cubiertas de nieve. En una de ellas ardía una pequeña vela.

—Ya me he resignado a la idea de que están muertas. ¿Sabe usted, padre?, muy probablemente las mataron los cazadores.

No reaccionó.

—Me gustaría poder enterrarlas. ¿Cómo puedo superar el duelo sin saber ni siquiera cómo murieron y dónde están sus cuerpos?

El sacerdote se movió intranquilo.

—No se puede tratar a los animales como si fueran personas. Es un pecado, esos cementerios…, qué soberbia la de los hombres. Dios situó a los animales por debajo del ser humano, a su servicio.

—Padre, dígame qué tengo que hacer. Quizás usted lo sepa.

—Rezar —contestó.

—¿Por ellas?

—Por usted. Los animales no tienen alma, no son inmortales. No alcanzarán la gloria. Rece por usted misma.

No sé por qué recordé esa triste escena de casi un año antes.

Y dado que la misa aún duraba, ocupé un lugar cerca de la salida, junto a los niños del tercer curso, que tenían un aspecto bastante extravagante. La mayoría de ellos estaba disfrazada de corzos, ciervos y liebres. Tenían unas máscaras hechas de cartón y se impacientaban por salir a actuar con ellas. Entendí que la representación tendría lugar apenas acabara la misa. Me hicieron sitio amablemente. Así que me senté entre ellos.

—¿Qué tipo de obra van a representar? –pregunté en voz baja a una niña de tercero A que tenía el precioso nombre de Jagoda, es decir, «Arándano».

—Cómo san Huberto encontró a un ciervo en el bosque –dijo–. Yo soy una liebre.

Le sonreí. Pero no entendía aquella lógica: Huberto, antes de ser santo, fue un granuja y un manirroto. Le encantaba cazar. Mataba. Y durante una cacería vio a Cristo en la cruz sobre la cabeza de un ciervo. Entendió lo grave de sus pecados, se hincó de rodillas y se convirtió. Desde entonces dejó de matar y llegó a ser un santo.

¿Por qué alguien así se convertía en el patrono de los cazadores? Saltaba a la vista una falta de lógica elemental. Si los devotos de Huberto quisieran seguir su ejemplo, deberían dejar de matar. Y si los cazadores lo convertían en su patrono, lo volvían el patrono de un pecado que Huberto consiguió superar. Ya había abierto yo la boca y llenado los pulmones de aire para compartir mis dudas con Arándano, pero pensé que no era ni el lugar ni el momento, especialmente porque el cura cantaba con voz muy potente. Así que formulé para mis adentros la hipótesis de que se trataba de una apropiación por contraste.

La iglesia estaba llena, no tanto a causa de los niños de la escuela que fueron arrastrados hasta allí, sino también por numerosos hombres absolutamente ajenos al lugar, los cuales ocupaban en su totalidad las primeras bancas. Sus uniformes hicieron que todo luciera de color verde. A ambos lados del altar, había otros individuos que sostenían unos estandartes de colores. Hasta el padre Susurro vestía solemnemente aquel día, y su gris y flácido rostro parecía ungido. No podía sumirme en mi estado preferido y abandonarme como siempre a la reflexión. Estaba intranquila y agitada y sentía que poco a poco se apoderaba de mí cierto estado en el que una vibración recorre mi interior.

Alguien me tocó levemente en el hombro y era Grześ, un chico de un curso más avanzado, con unos ojos preciosos y una mirada inteligente. Fue mi alumno el curso anterior.

—¿Han aparecido sus perros? –preguntó en voz baja.

Me vino a la mente en un instante, el otoño anterior y cómo habíamos colgado carteles por las bardas y las paradas de autobús.

—No, Grześ, desgraciadamente no.

Grześ parpadeó.

—Lo siento mucho, señora Duszejko.

—Gracias.

La voz del padre Susurro rompió el frío silencio salpicado de chasquidos y carraspeos y todos cayeron de rodillas un segundo después con un estruendo que se extendió hasta la bóveda.

—Cordero de Dios... –tronó sobre nuestras cabezas y oí un extraño sonido, un leve retumbar que llegaba de todas partes: era la gente que se golpeaba el pecho al rezarle al Cordero.

Después, como buenos pecadores arrepentidos, se dirigieron hacia el altar y se deslizaron sobre las bancas con las manos entrelazadas y la vista clavada en el suelo. Se armó un atasco en los cruces, pero todos tenían mucha más buena voluntad de lo habitual, así que se cedían el paso sumamente serios y sin mirarse los unos a los otros.

No podía dejar de pensar en un tema: ¿qué tenían en sus barrigas? ¿Qué habían comido ese día y el día antes; habían digerido ya el jamón, habían pasado ya por su estómago las gallinas, los conejos, las terneras?

También aquel ejército verde de las primeras filas se había levantado y se dirigía en tropel a comulgar. El padre Susurro se movía en aquel momento a lo largo del altar en compañía de un monaguillo y los alimentaba con otra carne más, en esta ocasión de carácter simbólico, pero carne a fin de cuentas, el cuerpo de un ser vivo. Pensé que si realmente existía el buen Dios ahora debería aparecer en su forma verdadera, como cordero, vaca o ciervo y tronar con una potente voz, quizá mugir, y si no podía aparecer en su forma verdadera, debería enviar a sus vicarios, a sus arcángeles de fuego, para que de una vez por todas pusieran fin a aquella terrible hipocresía. Pero Dios no intervino. Nunca interviene.

El rumor de los pasos se fue acallando poco a poco y finalmente la multitud regresó a las bancas. El padre Susurro limpió solemnemente y en silencio el cáliz y la patena. Pensé que le habría sido de utilidad un pequeñito lavavajillas en cada celebración; bastaría con apretar un botón y habría más tiempo para el sermón. Subió al púlpito, se arregló la manga de encaje, volví a tener ante los ojos su imagen en mi sala un año atrás, y dijo:

—Grande es mi júbilo al poder en este feliz día consagrar nuestra capilla. Mi alegría es tanto mayor al haber podido participar, como capellán de los cazadores, en esta valiosa iniciativa.

Se hizo el silencio, como si tras el banquete todos hubieran querido concentrarse en hacer la digestión tranquilamente. El cura echó un vistazo a los allí congregados y continuó:

—Como sabéis, queridos hermanos y hermanas, hace años que tengo bajo mi tutela a nuestros osados cazadores. Como capellán suyo, consagro sus asentamientos de caza, organizo encuentros, les administro los sacramentos y acompaño a los muertos «a los eternos territorios de caza»; dedico mi atención también a los asuntos relacionados con la ética de la cacería e intento que los practicantes obtengan beneficios espirituales.

Temblé de nervios, pero el cura seguía hablando:

—En nuestra iglesia, la preciosa capilla de san Huberto ocupa una nave. En su altar hay una estatua del santo y muy pronto adornarán también la capilla dos vitrales. Uno representa al ciervo con una cruz radiada que según la leyenda habría encontrado san Huberto durante una cacería. El segundo vitral representa al propio santo.

Las cabezas de los fieles se volvieron en la dirección señalada por el padre Susurro:

—Quienes iniciaron la construcción de la capilla –prosiguió el cura– son nuestros osados cazadores.

En aquel momento los ojos de todos miraron en dirección de las primeras filas. Los míos también, pero de mala gana. El padre Susurro carraspeó y quedó claro que se estaba preparando para un discurso verdaderamente serio.

—Los cazadores, mis queridos hermanos y hermanas, son embajadores y colaboradores de Dios en la obra de la creación, del cuidado de los animales, de la cooperación. A la naturaleza en la que vive el hombre hay que ayudarla para que se desarrolle. Al cazar sus piezas, los cazadores llevan a cabo una política adecuada. Han construido –llegado a ese punto miró discretamente unos apuntes– cuarenta y un pesebres para los corzos, donde suministran de forma sistemática alimento a los animales, cuatro almacenes-pesebres para los ciervos, veinticinco comederos para los faisanes y ciento cincuenta lamederos de sal para animales de caza mayor...

—Y después disparan a los animales en esos pesebres –dije en voz alta, y las cabezas de los que me rodeaban se giraron hacia mí con un gesto de desaprobación–. Es como invitar a alguien a comer y después asesinarlo –añadí.

Los niños me miraban asustados, con los ojos abiertos como platos. Eran los mismos niños a los que les daba clases. Los de Tercero B.

El padre Susurro, ocupado con su sermón, estaba demasiado lejos, en el púlpito, como para oírme. Metió las manos en las anchas mangas de encaje de su alba y alzó los ojos hacia la bóveda de la iglesia donde se desconchaban las estrellas ahí pintadas.

—Sólo en lo que llevamos de la temporada de caza han preparado para el periodo de invierno quince toneladas de forraje de alto contenido calórico... –enumeró–. Desde hace años nuestro círculo cinegético compra y deja en libertad en el medio natural faisanes para organizar cacerías pagadas en divisas, lo cual permite sanear la situación económica del círculo. Cultivamos tradiciones y costumbres del mundo de la caza, armamos a los cazadores como tales y hacen con nosotros sus votos –dijo, y en su voz resonaba el orgullo que sentía–. Las dos cacerías más importantes del año, el día de san Huberto, como hoy, y el día de Nochebuena, las realizamos de acuerdo con la tradición y respetando los principios de la caza. Pero sobre todo, deseamos gozar de la belleza de la naturaleza, velar por el mantenimiento de las costumbres y las tradiciones –estaba inspirado–. Sigue habiendo muchos cazadores furtivos, nada les importan las leyes del medio ambiente, las leyes de la naturaleza, matan a los animales de forma cruel, sin tener en cuenta las leyes de la caza. Ustedes respetan la ley. Afortunadamente, en nuestros días la idea de la caza ha cambiado. No somos vistos como los que quieren disparar a todo lo que se mueve, sino como los que velan por la belleza de la naturaleza, por el orden y la armonía. En los últimos tiempos, nuestros queridos cazadores han construido su propio hogar del cazador en el que se encuentran a menudo y hablan de temas como la cultura, la ética, la disciplina y la seguridad en las cacerías, así como sobre otros temas de su interés…

Solté una carcajada tan fuerte que en esta ocasión se giró hacia mí la mitad de la iglesia. Me atraganté. Un niño me dio un pañuelo de papel. Al mismo tiempo, sentí que se me entumecían las piernas, que se acercaba ese desagradable adormecimiento que me obligaba a mover los pies, y después los músculos de las pantorrillas y que en caso de no hacerlo, de un momento a otro sentiría que una fuerza terrible haría estallar esos músculos. Me parecía que iba a tener un ataque. Eso era: tenía un ataque, mira qué oportuno.

Ahora me parecía evidente por qué a las torretas de caza, que recordaban más a las torretas de los campos de concentración, se les llamaba «púlpitos». En el «púlpito», el hombre se sitúa por encima de otros seres y se atribuye el derecho a decidir sobre su vida o su muerte. Se convierte en un tirano y un usurpador. El cura estaba casi extasiado:

—Llenad la tierra y sometedla. A vosotros, cazadores, os dirigió Dios esas palabras, porque Dios hizo del hombre su colaborador para que participase en la obra de la creación y para que esa obra fuera realizada hasta el final. Un cazador dispara y en la palabra «disparar» se recoge la palabra «parar», sí, «parar a pensar», cumplir de esa manera con la vocación de velar por ese don divino que es la naturaleza y con la que todo cazador cumple de manera consciente, racional y juiciosa. Os deseo que vuestro círculo se desarrolle, que sea útil para las otras personas y para toda la naturaleza…

Conseguí salir de la fila. Tenía las piernas extrañamente rígidas. Me acerqué casi hasta el mismísimo púlpito.

—¡Eh, tú, baja de ahí! –dije–. Pero ya.

Se hizo el silencio y oí con satisfacción cómo mi voz retumbaba contra la bóveda y las naves, se hacía fuerte; no era de extrañar que uno pudiera perderse, ensimismarse, en las propias palabras al hablar.

—Te lo estoy diciendo a ti. ¿No me oyes? ¡Baja!

El padre Susurro me miró con los ojos completamente abiertos y aterrorizados, sus labios se movían ligeramente, como si, totalmente sorprendido, buscara alguna frase adecuada para la ocasión. Pero no lo conseguía.

—Pero, pero… –se veía muy desorientado, y un tanto agresivo.

—¡Baja ahora mismo de ese púlpito! ¡Y vete de aquí! –grité.

Entonces sentí sobre mi hombro la mano de alguien y vi que estaba detrás de mí uno de los uniformados. Pegué un tirón y entonces llegó otro y me agarraron fuertemente por los hombros.

—Asesinos —les dije.

Los niños me miraban aterrorizados. Con aquellas ropas que llevaban tenían un aspecto irreal, como una nueva raza humano-animal que acabara de nacer. La gente cuchicheaba y se agitaba en sus sitios. Susurraban entre sí, escandalizados, pero en sus ojos vi también compasión, lo cual me enfureció aún más.

—¿Qué miran? —grité—. ¿Están dormidos y por eso escuchan todas estas tonterías sin pestañear? ¿Perdieron la razón? ¿Y el corazón? ¿Tienen corazón o algo parecido?

Ya no forcejeaba. Permití tranquilamente que me sacaran de la iglesia. Me giré cuando ya alcanzábamos la puerta y grité:

—Váyanse de aquí. ¡Todos! ¡Ya! —agité los brazos—. ¡Váyanse! ¿Están hipnotizados? ¿Perdieron la poca compasión que les quedaba?

—Haga el favor de calmarse. Aquí hace más fresco —dijo uno de los hombres cuando nos encontramos fuera de la iglesia. Pero el otro me amenazó:

—Porque llamamos a la policía.

—Tiene razón, hay que llamar a la policía. Aquí se incita al crimen.

Me abandonaron y cerraron las pesadas puertas para que yo no pudiera regresar a la iglesia. Imaginé que el padre Susurro seguía con su sermón. Me senté en un pequeño muro y poco a poco volví en mí. Mi ira había terminado y un viento helado enfriaba mi rostro encendido.

La ira siempre deja tras de sí un enorme espacio vacío en el que de inmediato, como en una inundación, la tristeza corre como un gran río sin principio ni fin y termina por desbordarse. Lloré.

Contemplé dos urracas que jugueteaban en el césped frente a la casa parroquial, como si quisieran divertirme. Como si dijeran: «No te preocupes, el tiempo corre a nuestro favor, la obra se debe realizar, no hay otra solución...». Observaban con curiosidad el papelito brillante de un chicle hasta que una de ellas lo agarró con el pico y salió volando. La seguí con la mirada. Parecía que tenían el nido en el tejado de la casa parroquial. Las urracas. Las incendiarias.

Al día siguiente, a pesar de que no tenía clases, me llamó por teléfono la joven directora del colegio y me pidió que fuera por la tarde, cuando el edificio estuviera vacío. Sin que nadie se lo pidiera, me trajo una taza de té y cortó un pedazo de pastel de manzana. Inmediatamente supe de qué se trataba.

—Entenderá usted, señora Janina, que después de lo sucedido... –dijo preocupada.

—No soy ninguna «señora Janina», te pedí que no me llamaras así –la corregí, pero tal vez innecesariamente; yo ya sabía lo que iba a decir, probablemente quería conseguir estar más segura de mí misma ante aquellas formalidades.

—... señora Duszejko, de acuerdo.

—Preferiría que me escucharas a mí y no a ellos. Lo que dicen pervierte a los niños.

La directora carraspeó.

—Armó usted un escándalo y, además, en la iglesia. Lo peor es que todo eso tuvo lugar en presencia de los niños para quienes la persona del cura, así como el lugar en el que eso sucedió, deberían ser siempre excepcionales.

—¿Excepcionales? Pues con mayor motivo no deberían permitir que vayan allí a oír esas cosas. Tú misma lo oíste.

La muchacha tomó aire y dijo sin mirarme:

—Señora Duszejko, no tiene usted razón. Hay ciertas reglas y ciertas tradiciones y nosotros estamos ahí, son nuestras raíces. No se puede renegar de todo de golpe... –ahora se veía cómo iba preparándose interiormente y yo ya sabía qué iba a decir.

—No me gustaría que, como tú dices, renegáramos de todo. Pero lo que no permito es que se induzca a los niños al mal y enseñarles a ser hipócritas. El elogio del asesinato es malo. Así de sencillo. Eso es todo.

La directora apoyó entonces la cabeza en las manos y prosiguió en voz baja:

—Tengo que rescindir el contrato con usted. Seguro que usted ya lo imaginaba. Lo mejor sería que intentara obtener una baja por enfermedad para este cuatrimestre, es una deferencia que tenemos hacia su persona. Tomaríamos en cuenta que usted estuvo enferma y le darían una baja por más tiempo. Entiéndame, no puedo hacer otra cosa.

—¿Y el inglés? ¿Quién va a dar las clases de inglés?

Se sonrojó.

—Nuestra catequista acabó sus estudios del diplomado en inglés –me echó una rara mirada–. Además... –vaciló un momento–. Ya antes me habían llegado voces de sus poco convencionales métodos para enseñar lenguas. Al parecer, enciende usted velas, fuegos artificiales, y los profesores se quejan de que en su salón huele a humo. Los padres tienen miedo de que se trate de algo satánico. Es gente sencilla...

Y alimenta usted a los niños con cosas raras. Caramelos de durián. ¿Qué es eso? ¿Si alguno de ellos se intoxicara, quién respondería? ¿Se ha detenido usted a pensarlo?

Aquellos argumentos me hundieron. Siempre había intentado sorprender a los niños con algo, que estuvieran siempre emocionados. Sentí que me abandonaban todas mis fuerzas. No tuve ganas de seguir hablando. Me levanté pesadamente de la silla y sin decir una palabra, salí. Vi con el rabillo del ojo cómo colocaba nerviosamente los papeles en el escritorio y cómo le temblaban las manos. Pobre mujer.

En mi Samurai tenía todo lo que necesitaba. Me favoreció el anochecer, que caía ante mis ojos. Siempre favorece a los que son como yo.

La sopa de mostaza se prepara rápido y no cuesta mucho. Primero se calienta un poco de mantequilla en una sartén y se añade harina como si pretendiéramos hacer una salsa bechamel. La harina absorbe perfectamente la mantequilla fundida, después se llena de ella y se infla satisfecha, entonces vertimos leche y agua, mitad y mitad. Se acaban, por desgracia, las travesuras de la harina y la mantequilla, poco a poco la sopa va tomando cuerpo, entonces hay que echar sal, pimienta y comino a ese líquido todavía claro e inocente, llevarlo a ebullición y apagar el fuego. Y entonces añadir la mostaza, de tres tipos, de grano entero, francesa de Dijon y una cremosa, tipo rusa, y mostaza en polvo. Es importante que la mostaza no hierva, porque entonces la sopa perdería su sabor y se pondría amarga. Yo servía esa sopa con trocitos de pan tostado y sabía cuánto le gustaba a Dioni. Ese día vinieron los tres y no atinaba a descubrir qué tipo de sorpresa pensaban darme, pues estaban tan serios que llegué a preguntarme si no sería mi cumpleaños. Dioni y Buena Nueva usaban unas preciosas cazadoras de invierno, idénticas, y pensé que podrían ser pareja. Los dos tan guapos y tan frágiles, delicados narcisos de las nieves, que habían nacido al borde del camino. Pandedios, un tanto taciturno, estuvo largo rato sin dejar de mover los pies y frotándose sin cesar las manos. Traía una botella con un aguardiente que él mismo había hecho. Nunca me habían gustado sus destilados, en mi opinión tacañeaba el azúcar y sus licores siempre tenían un sabor amargo.

Se sentaron a la mesa. Yo aún estaba tostando el pan y los miré a todos juntos, quizá por última vez. Eso es lo que me vino a la cabeza, que había llegado la hora de separarse. Y entonces vi nuestro cuarteto de una manera diferente a como lo había visto hasta aquel momento: como si tuviéramos muchas cosas en común, como si fuéramos una familia. Entendí que pertenecíamos a ese grupo de gente que el mundo considera inservibles. No hacemos nada trascendental, no producimos pensamientos importantes ni objetos necesarios ni alimentos; no cultivamos la tierra ni hacemos que prospere la economía. No nos hemos multiplicado significativamente, a excepción de Pandedios, que tiene un hijo, aunque se trate de Abrigo Negro. No hemos aportado ningún tipo de provecho a la humanidad. No se nos ha ocurrido ningún invento. No hemos tenido poder, no hemos poseído nada más que nuestras pequeñas propiedades. Hemos hecho nuestro trabajo, pero éste no ha tenido ninguna importancia para los demás. De hecho, si faltáramos, no cambiaría nada. Nadie se daría cuenta.

Entre el silencio de la tarde y el rumor del fuego en la cocina, oí el sonido de las sirenas, en algún sitio en el pueblo, transportado por violentas ráfagas de viento. Me pregunté si ellos también oirían aquel silbido aciago. Pero ellos hablaban en voz baja, tranquilos, inclinados los tres hacia delante.

Cuando servía la sopa de mostaza en los cuencos me embargó una emoción tan profunda que se me saltaron las lágrimas. Afortunadamente, ocupados con la conversación, no se dieron cuenta de ello. Me retiré con la olla hasta la mesa que había junto a la ventana y desde allí los estuve observando de reojo.

Vi la pálida y terrosa cara de Pandedios, su pelo canoso, cuidadosamente peinado hacia un lado y sus mejillas recién afeitadas. Vi a Buena Nueva de perfil, la bella línea de su nariz y su cuello, su pañuelo de colores atado en la cabeza, y la espalda de Dioni, frágil, encorvada, y con su suéter de punto hecho a mano. ¿Qué sucedería con ellos, cómo saldrían adelante aquellos chiquillos?

¿Y cómo me las arreglaría yo? Yo también era como ellos.

Los frutos de mi vida fueron modestos, no permiten construir nada con ellos. Pero ¿por qué deberíamos ser útiles, y con respecto a qué? ¿Quién organizó el mundo así y con qué derecho? ¿Acaso un cardo no tiene derecho a la vida, o un ratón que se come el grano de los almacenes, o las abejas y los zánganos, las malas hierbas y las rosas? ¿Quién tuvo el descaro de juzgar quién es mejor? Un gran árbol, a pesar de estar retorcido y agujereado, puede durar siglos y nadie lo tala porque resulta imposible fabricar nada con él. Ese ejemplo debería levantarnos el ánimo. Todos conocen los beneficios de lo útil, pero nadie reconoce el provecho de lo inútil.

—Hay un resplandor allí abajo, sobre el pueblo —dijo Pandedios de pie frente a la ventana—. Algo se está quemando.

—Siéntense. Ahora les sirvo el pan tostado —les propuse cuando me aseguré de que mis ojos estaban secos.

Pero resultó imposible hacer que se sentaran. Todos se quedaron de pie, en silencio, frente a la ventana. Y después me miraron. Dioni con verdadero sufrimiento, Pandedios con incredulidad y Buena Nueva, de reojo, con una tristeza que me rompía el corazón. En ese momento, sonó el teléfono de Dioni.

—No respondas —grité—. Es a través de la operadora checa, te va a costar un riñón.

—No puedo, todavía trabajo en la policía —y Dioni contestó al teléfono—: ¿sí?

Lo miramos mientras la sopa de mostaza se enfriaba.

—Ya voy —dijo Dioni, y a mí me invadió una ola de pánico. Todo estaba perdido, ahora se irían de una vez por todas—. La casa parroquial está en llamas. El padre Susurro ha muerto —continuó, pero en lugar de salir, se sentó a la mesa y se comió la sopa de forma mecánica.

Tengo a Mercurio en retroceso, así que me es más fácil expresarme por escrito que oralmente. Podría ser una buena escritora. Pero al mismo tiempo tengo problemas para explicar mis sentimientos y los motivos que me mueven a actuar. Se lo tenía que decir y al mismo tiempo no podía decírselo. ¿Cómo expresar con palabras todo aquello? Por una cuestión de simple lealtad tenía que decirles lo que había hecho antes de que se enteraran por otros. Pero el primero en hablar fue Dioni.

—Nosotros sabemos que eres tú —dijo—. Por eso hemos venido hoy aquí. Para llegar a un acuerdo.

—Nos habría gustado sacarte de aquí –añadió Pandedios lúgubremente–. Pero no imaginábamos que volverías a hacerlo otra vez. ¿Has sido tú? –apartó el resto de la sopa.

—Sí –dije.

Dejé la olla en la cocina y me quité el delantal. Permanecí de pie ante ellos preparada para el juicio.

—Caímos en cuenta cuando supimos cómo había muerto el presidente –dijo en voz baja Dioni–. Lo de los escarabajos sólo tú podías hacerlo. O Boros, pero Boros hace tiempo que se fue. Incluso lo llamé por teléfono para comprobar que seguía fuera. Reconoció que le habían robado unas feromonas muy valiosas, para cuya pérdida no tenía explicación. Estaba lejos y tenía coartada. Pasé mucho tiempo preguntándome por qué, qué tenías en contra de alguien como el presidente, pero después llegué a la conclusión de que fuera lo que fuese, debía estar relacionado con las chicas. Por otra parte, todos ellos cazaban, ¿verdad? Y el padre Susurro también era un cazador.

—Era su capellán –musité.

—Yo lo sospechaba hace tiempo. Desde que vi lo que llevabas en el coche. No se lo dije a nadie. Pero ¿tú eres consciente de que tu Samurai parece el vehículo de un soldado de las fuerzas especiales?

De repente sentí que perdía el control de las piernas y me senté en el suelo. La fuerza que me tenía en pie desapareció de mí, se volatilizó como el aire.

—¿Crees que me arrestarán? ¿Que vendrán a buscarme pronto y que me volverán a encerrar en la cárcel? –pregunté.

—Has matado a algunas personas. ¿Te das cuenta de lo que has hecho?

—Calma –intervino Pandedios–. Calma.

Dioni se agachó, me agarró de los hombros y me zarandeó:

—¿Cómo pudiste hacer algo así? ¿Cómo se te ocurrió? ¿Por qué?

Me acerqué de rodillas hasta el aparador y saqué una fotografía que tomé de casa de Pie Grande. Se la di sin mirarla. La tenía grabada en el cerebro y era incapaz de olvidar ninguno de los detalles, por pequeño que fuera.

XVI
LA FOTOGRAFÍA

Los tigres de la ira son más sabios
que los caballos de la instrucción.

E N LA FOTOGRAFÍA SE VEÍA TODO A LA PERFECCIÓN.
Era la mejor prueba del crimen posible.

Había unos hombres uniformados, alineados, y frente a ellos, en la hierba, yacían los cadáveres de unos animales, cuidadosamente alineados: liebres colocadas una junto a otra, dos jabalíes, uno grande y otro pequeño, y además corzos, faisanes y patos, patos de collar y cercetas de alas verdes, pequeñas como puntos, como si todos aquellos animales compusieran una frase dirigida a mí exclusivamente, en la cual tres pájaros formaban unos largos puntos suspensivos: esto no acabará nunca.

Pero lo que vi en la esquina de aquella fotografía, casi hizo que me desmayara y todo se tornara oscuro ante mis ojos. No te diste cuenta, Pandedios, ocupado con el cuerpo sin vida de Pie Grande, que estabas diciendo algo mientras que yo luchaba contra las náuseas. ¿Quién no habría reconocido el pelaje blanco y las manchas? En la esquina de la fotografía había tres perros muertos, colocados en perfecto orden, como trofeos. A uno de ellos no lo conocía. Los otros dos eran mis chicas. Los hombres aparecían orgullosos con sus uniformes y posaban sonrientes para la foto. Los podía reconocer sin ninguna dificultad. En medio estaba el comandante, y junto a él el presidente. Al otro lado estaba Mondongón, vestido como un soldado de las fuerzas especiales, y su vecino era el padre Susurro, con el alzacuello. Y el director del hospital y el jefe de bomberos y el propietario de la gasolinera. Todos eran padres de familia y ciudadanos ejemplares. Tras esa hilera de destacados personajes, se encontraban los ayudantes y ojeadores, algo apartados; ésos ya no posaban. Pie Grande daba media vuelta, como si se acabara de dar cuenta y se hubiera preparado para la foto en el último momento, y algunos de los bigotones con cargas de leña, porque preparaban una gran hoguera de caza. Si no fuera por los cadáveres que estaban a sus pies, se podría pensar que aquella gente celebraba algún feliz acontecimiento, de tan contentos que estaban. Ollas de bigos, salchichas y brochetas, botellas de vodka puestas a enfriar. El olor masculino de la piel curtida, de las escopetas engrasadas, del alcohol y del sudor. Gestos de dominación, símbolos del poder.

Recordé exactamente cada detalle desde la primera mirada. No tuve que estudiar nada. No es de extrañar que sobre todo sintiera alivio. Por fin sabía qué había pasado con las chicas. Las había estado buscando hasta la navidad antes de perder la esperanza. Había ido a los refugios y había preguntado a la gente; había colgado avisos. «Han desaparecido las perras de la señora Duszejko, ¿las has visto?», preguntaban los niños de la escuela. Habían desaparecido dos perros como si se los hubiera tragado la tierra. Ni rastro.

Nadie sabía de ellos; ¿cómo podrían haberlos visto si estaban muertos? Gracias a la foto, por fin supe a dónde habían ido a parar sus cuerpos. Alguien me había dicho que Mondongón siempre se llevaba los restos de las cacerías a su granja y que con ellos alimentaba a los zorros. Pie Grande sabía aquello desde el principio y seguro que le divertía mi preocupación. Vio cómo las llamaba, desesperada, cuando llegué hasta la otra parte de la frontera. Y no dijo nada.

Aquella aciaga tarde él preparaba un corzo que había cazado furtivamente. Nunca he entendido esa distinción entre «cazar furtivamente» y «cazar» a secas. En un caso y en otro se trata de matar. En el primero, a escondidas e ilegalmente, en el segundo, abiertamente y al amparo de la ley. Pero Pie Grande tan sólo se atragantó con un hueso del corzo. Sufrió el castigo que merecía. Y no pude dejar de pensar en aquello. Lo habían castigado los corzos por matarlos con tanta crueldad. Se había ahogado con sus cuerpos, sus huesos se le atascaron en la garganta. ¿Por qué los cazadores nunca intentaron impedir que Pie Grande cazara furtivamente? No lo sé. Quizá porque sabía demasiado de todo lo que sucedía después de las cacerías, cuando, según decía el padre Susurro, se enzarzaban en supuestas discusiones sobre ética.

Así que mientras tú, Świętopełk, buscabas cobertura para tu teléfono móvil, yo encontré esta fotografía, y me llevé la cabeza del corzo para enterrar sus restos en el cementerio. Cuando volví a casa después de aquella horrorosa noche en la que nos vimos obligados a vestir a Pie Grande, ya sabía lo que tenía que hacer. Me lo dijeron aquellos corzos que vimos frente a la casa. Me habían elegido entre otros, quizá porque no como carne y ellos notan esas cosas, para que siguiera actuando en su nombre. Aparecieron ante mí como el ciervo de san Huberto, para que me convirtiera en la sancionadora mano de la justicia. No sólo de los corzos, sino también de los demás animales. De los que no tienen voz en los parlamentos. Me dieron incluso el arma, que resultó muy ingeniosa. Y nadie sospechó nada.

Seguí al comandante durante varios días y eso me produjo cierta satisfacción. Observaba su vida. No era interesante. Descubrí, por ejemplo, que frecuentaba el burdel ilegal de Mondongón. Y que sólo bebía Absolut. Aquel día, como solía hacer, lo estuve esperando en el camino, hasta que volviera del trabajo. Fui detrás de él en el coche y al igual que las otras veces no se dio cuenta. Nadie se fija en las mujeres mayores que andan por ahí, arriba y abajo cargadas de bolsas.

Tuve que esperar un largo rato frente a la casa de Mondongón hasta que saliera, pero llovía y hacía viento, así que al final me quedé congelada y volví a casa. Sabía, sin embargo, que él regresaría por el desfiladero, por caminos secundarios, porque evidentemente habrían bebido. Yo no tenía idea de qué iba a hacer. Quería hablar con él, confrontarlo cara a cara, pero bajo mis condiciones y no bajo las suyas, como en la comisaría, donde yo era una simple ciudadana, una loca patética, incapaz de hacer nada.

Quizá sólo quería asustarlo. Me vestí con un impermeable amarillo. Tenía el aspecto de un enorme enano. Frente a la casa vi que la bolsa de plástico en la que había llevado hasta allí la cabeza del corzo y que después colgué del ciruelo, se había llenado de agua y se había congelado. La descolgué del gancho y me la llevé. No sé si la recogí con intención de utilizarla. Sobre esas cosas no se piensa en el momento en que suceden. Sabía que Dioni iría a verme aquella tarde, así que no podía esperar al comandante demasiado tiempo. Pero justo cuando llegué al desfiladero, vi llegar su coche y pensé que aquello era una señal. Salí al camino y le hice señas con los brazos. Vaya que se asustó. Me quité la capucha para mostrarle mi cara. Estaba enfurecido.

—¿Qué quiere usted? —me gritó por la ventana.

—Le quiero mostrar algo –dije.

Ni yo misma sabía qué iba a hacer. Dudó un instante, pero como estaba bastante bebido, estaba dispuesto a correr aventuras. Por eso salió del coche y me siguió, tambaleante.

—¿Qué me quieres enseñar? –me preguntó pasando al tuteo.

—Algo que tiene relación con la muerte de Pie Grande –fue la primera cosa que me vino a la cabeza.

—¿Pie Grande? –preguntó con desconfianza, y después en un segundo lo entendió y rio con maldad–. Es cierto, tenía unos pies gigantescos.

Me siguió con curiosidad unos pasos hacia la izquierda, en dirección del pozo y unos arbustos.

—¿Por qué no me dijiste que habías matado a mis perros? –le pregunté de improviso, girándome hacia él.

—¿Qué me ibas a mostrar? –estaba enfadado e intentaba conservar el poder. Era él quien iba a hacer las preguntas allí.

Lo apunté con mi dedo índice, como si fuera el cañón de una pistola y se lo clavé en la barriga.

—¿Mataste a mis perros?

Se rio y se relajó de inmediato.

—¿De qué hablas?

—Responde a mi pregunta.

—No fui yo quien disparó. A lo mejor fue Mondongón. O el párroco.

—¿El cura? ¿El cura caza? –me quedé de piedra.

—¿Y por qué no? Es capellán. Caza y hay que ver cómo.

Tenía la cara hinchada y no dejaba de ajustarse el cinturón. Yo no podía imaginar que llevaba allí dinero.

—Mujer, date la vuelta, voy a mear –dijo de repente.

Estábamos casi junto al pozo cuando hurgó en su bragueta. Sin pensar en absoluto, tomé la bolsa llena de hielo como si fuera a lanzarla contra él. Únicamente se me pasó por la cabeza que aquello iba a ser "die kalte Teufelshand", oh, sí. ¿No les he contado que el deporte en el que gané varias medallas fue el lanzamiento de martillo, precisamente? Fui subcampeona nacional en 1971. Así que mi cuerpo adoptó la posición que tan bien conocía e hizo acopio de todas sus fuerzas. Ah, qué sabio es el cuerpo. Podría decir que fue él quien adoptó la decisión, quien tomó impulso y golpeó. Sólo oí un chasquido. El comandante se mantuvo un momento de pie, se tambaleó y la sangre bajó por su cara rápidamente. Recibió el impacto helado de aquel puño en la cabeza. El corazón me latía con fuerza y el ruido de mi propia sangre era tan grande que me ensordecía. No pensaba en nada. Vi cómo caía allí junto al pozo, despacio, suavemente, casi con encanto, y su barriga tapó la entrada del agujero.

No fue necesario mucho esfuerzo para empujarlo hacia dentro. Y eso fue todo. No volví a pensar en ello. Estaba segura de que lo había matado. No tenía ningún tipo de remordimientos. Lo único que sentí fue un gran alivio.

Todavía me faltaba una cosa. Saqué del bolsillo el dedo divino, la pezuña de corzo que encontré en casa de Pie Grande. Había enterrado la cabeza y tres patas; una me la había quedado para mí. No sé por qué. La usé para imprimir unas huellas en la nieve, muchas y caóticamente. Pensaba que aguantarían hasta la madrugada y que serían la prueba de que allí hubo corzos. Pero sólo tú, Dioni, las viste. Caía muchísima agua del cielo y borraba las huellas. Eso fue también una señal. Regresé a casa y me dediqué a preparar nuestra cena.

Sabía que había tenido mucha suerte y fue precisamente eso lo que me impulsó a continuar. Pensé qué contaba con la aprobación de los planetas. ¿Cómo era posible que nadie tomara cartas en el asunto ante el mal que sucedía a nuestro alrededor? Ocurría lo mismo que con mis cartas a las instituciones: nadie reaccionaba, aunque estaban obligados a responder. ¿Acaso mis solicitudes de auxilio eran poco convincentes? Uno puede tolerar cuestiones sin importancia que apenas producen cierta incomodidad pero nadie podía aceptar la crueldad sin sentido y omnipresente. Es muy simple: si los otros son felices eso permite que nosotros lo seamos. Es la economía más sencilla del mundo. De camino a la granja de los zorros con el ariete helado, imaginé que iniciaba un proceso que acabaría con el mal. Aquella noche, el sol entraría en Aries y empezaría un año completamente nuevo. Porque si el mal había creado el mundo, el bien tenía que destruirlo.

Por eso, tras pensarlo bien, seguí con Mondongón. Primero, lo llamé por teléfono y le dije que nos teníamos que ver. Que me había encontrado con el comandante justo antes de su muerte y que me había pedido que le dijera una cosa. Aceptó inmediatamente, yo no sabía entonces que el comandante llevaba encima dinero, pero después entendí que Mondongón albergaba la esperanza de recuperarlo. Le dije que iría a su granja cuando estuviera solo. Estuvo de acuerdo. La muerte del comandante lo tenía aterrorizado.

Poco antes, aquel mismo día, por la tarde, preparé una trampa: saqué de la cabaña de Pie Grande unos cuantos lazos de alambre. Los había desmontado tantas veces que sabía muy bien cómo funcionaban. Se elige un árbol joven, elástico y se dobla hasta el suelo; mientras se encuentra doblado de esa manera se le sujeta con un cierre hecho con una rama fuerte. Entonces se le fija un lazo de alambre. Cuando un animal cae en un lazo así, el árbol se endereza y desnuca a la presa. Coloqué el lazo de alambre entre los helechos, doblando con dificultad un abedul de tamaño mediano.

De todas formas, por la noche ninguno de los empleados de Mondongón se quedaba en la granja; apagaban las luces y cerraban la puerta de entrada. Aquel día la puerta estaba abierta para mí. Nos encontramos en el interior, en su despacho. Sonrió cuando me vio.

—Yo a usted la conozco.

No recordaba nuestro encuentro en el puente. Nadie tiene en mente los encuentros con viejecillas como yo. Dije que debíamos ir afuera, que allí tenía aquella cosa de parte del comandante, pues la había escondido en el bosque. Agarró las llaves y su cazadora y salió conmigo. Cuando le mostraba el camino por entre los húmedos helechos, se impacientó, pero yo representé muy bien mi papel. A sus insistentes preguntas, respondí con medias palabras:

—¡Oh, es aquí! –dije finalmente.

Echó un vistazo a su alrededor y me miró como si apenas hubiera entendido.

—¿Cómo que aquí? Aquí no hay nada.

—Aquí –señalé, y él dio un paso más y metió uno de sus pies en el lazo. Creo que desde fuera aquello parecía divertido. Creí que mi trampa lo desnucaría como a los corzos.

Esperaba que fuera así, porque ese hombre había alimentado con el cuerpo de mis chicas a los zorros. Porque cazaba. Porque despellejaba a los animales. Creo que habría sido un castigo justo.

Desgraciadamente, no entiendo de asesinatos. El alambre se le enrolló en el tobillo y el árbol, al enderezarse, sólo lo derribó. Mondongón cayó y aulló de dolor, pues el alambre le cortó la piel y es posible que también los músculos. Por fortuna había llevado conmigo la bolsa con los restos del corzo, pues tenía un plan de emergencia. En esta ocasión la había preparado de forma totalmente consciente, metida durante horas en el congelador. El arma del crimen ideal para una mujer mayor. Las mujeres como yo siempre van con bolsas de plástico, ¿verdad? Fue muy simple, lo golpeé con todas mis fuerzas, cuando intentó levantarse, una vez, dos, varias veces más. Después de cada golpe esperaba un momento para ver si aún se oía su respiración. Pero finalmente cesó. Me encontraba allí de pie, en silencio, a oscuras, sin ningún pensamiento, frente a un cuerpo sin vida. Volví a sentir un gran alivio. Le saqué las llaves y el pasaporte de la cazadora, empujé el cuerpo hacia abajo, por la arcilla y lo cubrí con algunas ramas. Regresé silenciosamente a la granja y entré en ella.

Me gustaría olvidar lo que vi allí. Sin dejar de llorar, intenté abrir las jaulas y sacar de allí a los zorros, pero resultó que las llaves de Mondongón sólo abrían la primera sala, la que permitía entrar a las siguientes. Pasé un largo rato desesperada, buscando las otras llaves, volcando el contenido de armarios y cajones, hasta que por fin las encontré. Yo me decía que no saldría de allí hasta no liberar a esos animales. Pasó mucho tiempo hasta que conseguí abrir todas las jaulas. Los zorros estaban aturdidos, muy agresivos, sucios, enfermos, algunos tenían heridas en las patas. No querían salir, no conocían la libertad. Cuando los azuzaba, gruñían. Finalmente se me ocurrió una idea: abrí las puertas hacia afuera de par en par y me retiré hasta el coche. Como supe después, todos lograron huir.

Las llaves las tiré por el camino a casa, y el pasaporte, tras memorizar la fecha y el lugar de nacimiento de aquel demonio, lo quemé en la caldera. Lo mismo que la bolsa vacía, aunque como ustedes saben, no me gusta quemar plásticos.

Regresé sin que nadie se diera cuenta. Una vez en el coche, ya no recordaba nada. Me sentía cansada, me dolían los huesos y me pasé toda la tarde vomitando.

A veces recordaba lo que había hecho. Me extrañaba que no encontraran su cuerpo. Imaginaba que se lo habían comido los zorros, que sólo habían dejado los huesos y que los habían esparcido por el bosque. Pero ni siquiera ellos lo tocaron. El hombre se recubrió de musgo, y me dije que aquello era una prueba de que no se trataba de un ser humano.

Desde aquel momento me propuse llevar en mi Samurai todos los utensilios posibles. La bolsa con el hielo en una nevera portátil, un pico, un martillo y clavos, incluso jeringas y mi dosis de glucosa. Estaba preparada para actuar en cualquier momento. No mentía cuando les decía que los animales se vengaban de la gente. De hecho, era así. Yo fui su herramienta.

¿Serán capaces de creerme si les digo que no lo hice del todo consciente? ¿Que olvidaba de inmediato lo que había sucedido, como si me protegieran unos potentes mecanismos de defensa? Quizá la culpa de todo eso fueron mis enfermedades, y quizá de vez en cuando dejaba de ser Janina y me transformaba en Ira Divina.

Ni siquiera sé cuándo y cómo le quité a Boros el frasquito con las feromonas. Me llamó por teléfono para hablar del asunto, pero no admití haberlo hecho. Le dije que debió perderlas en otra parte y lamenté que fuera tan despistado.

Por eso cuando me propuse para llevar al presidente a su casa, ya sabía lo que iba a suceder. Las estrellas dirigían la cuenta regresiva. Yo sólo presté obediencia.

Lo descubrí sentado, con la espalda apoyada en la pared, mirando al frente con la vista aturdida. Cuando entré en su campo de visión me pareció que no me había visto en absoluto, pero tosió y dijo con voz sepulcral:

—Me siento mal, señora Duszejko.

Cuando decía sentirse «mal» no se refería únicamente a la sensación de haberse excedido. Él estaba *mal* de manera general, y por eso sabía ante quién me encontraba.

—No debería abusar del alcohol –le dije.

Estaba dispuesta a ejecutar la sentencia, pero aún no lo había decidido. Pensé que si los astros estaban a mi favor, todo acabaría arreglándose de manera que yo sabría qué hacer exactamente.

—Ayúdeme –dijo con voz ronca–. Lléveme a casa.

Aquello sonó triste y sentí pena por él. Sí, debería acompañarlo a su casa, tenía razón. Liberarlo de sí mismo, de aquella podrida y cruel vida que llevaba. Aquélla era la señal que esperaba, la capté de inmediato.

—Espere un momento, ahora vuelvo.

Fui al coche y saqué la bolsa de hielo. Un testigo casual pudo pensar que quería ponerle unas compresas para la migraña. Pero no hubo testigos. La mayoría de los coches ya se había ido. Todavía quedaba alguien gritando frente a la entrada y de vez en cuando se oían voces subidas de tono.

En el bolsillo llevaba el frasquito que le había quitado a Boros.

Cuando volví, estaba sentado con la cabeza echada hacia atrás. Estaba llorando.

—Si sigue bebiendo de esa manera, le dará un infarto –dije–. Vamos.

Lo agarré por las axilas y jalé hacia arriba para que se levantara.

—¿Por qué llora? –le pregunté.

—Es usted tan buena...

—Lo sé –respondí.

—¿Y usted? ¿Por qué llora usted?

Eso no lo sabía.

Nos adentramos en el bosque. Lo empujé hacia dentro cada vez más, y sólo me detuve cuando las luces del parque de bomberos dejaron de ser visibles.

—Intenta vomitar, te sentirás mejor enseguida –le dije–. Y te enviaré a casa.

Me observó con una mirada ausente.

—¿Cómo que me «enviará»?

Le di unas palmadas tranquilizadoras en la espalda:

—Vamos, vamos: vomita.

Se apoyó en un árbol y se inclinó hacia delante, pero sólo escupió un hilo de saliva.

—¿Me quieres matar, verdad? –carraspeó.

Tosió y gruñó, pero después se oyó un borboteo y el presidente vomitó.

—¡Oh! –dijo avergonzado.

Yo llevaba en el bolsillo el frasquito que le había quitado a Boros y le di a beber de él.

—Ya verás como rápidamente te sientes mejor.

Bebió sin pestañear siquiera y volvió a sollozar.

—¿Me envenenaste?

—Sí –le dije.

Y entonces consideré que había llegado su hora. Enrollé las asas de la bolsa alrededor de mi mano y torcí el cuerpo para tomar el mejor impulso posible. Lo golpeé en la espalda y en la nuca. Era bastante más alto que yo, pero lo golpeé con tanta fuerza que cayó de rodillas. De nuevo pensé que las cosas eran como tenían que ser. Golpeé una segunda vez, en esta ocasión con mayor eficacia. Algo crujió en su cabeza, él emitió un gemido y cayó al suelo. Tuve la sensación de que me estaba agradecido por aquello. Aunque estábamos a oscuras, le coloqué la cabeza de manera que tuviera la boca abierta. Después eché el resto de las feromonas en su cuello y en sus ropas. Por el camino arrojé el hielo cerca del parque de bomberos y me guardé la bolsa en el bolsillo.

Así sucedieron las cosas.

Cuando terminé mi relato permanecieron sentados e inmóviles. La sopa de mostaza se había enfriado hacía tiempo. Nadie dijo una palabra, así que me puse la cazadora de forro polar, salí de casa y caminé en dirección del desfiladero.

Desde algún lugar del pueblo llegaba el ruido de las sirenas y su lastimoso y fúnebre sonido se extendió por toda la meseta. Después todo quedó en silencio. Sólo alcancé a ver cómo se alejaban las luces del coche de Dioni.

XVII
Venus

Cada lágrima de cada ojo
se convierte en un niño en la eternidad;
y radiantes mujeres lo recogen
y su propio deleite lo devuelven.

Todo indica que Dioni pasó por mi casa a primera hora de la mañana, cuando yo dormía gracias a las pastillas. ¿Cómo si no, lograría dormir después de todo aquello? Y no oí cómo llamaba. No quería oír nada. ¿Por qué no se quedó más tiempo, o no insistió y fue a golpear las ventanas? Quería decirme algo importante, eso es seguro. Pero quizá tenía prisa.

Estaba de pie, desorientada, en el porche, pero vi sobre el felpudo junto a la puerta el libro con las obras de Blake, el mismo que compramos en la República Checa. ¿Por qué me lo dejó allí? ¿Qué me quiso decir con ello? Lo abrí y lo hojeé mecánicamente, pero no cayó ningún pedazo de papel ni vi mensaje alguno en su interior.

El día era oscuro y húmedo, yo me movía con dificultad. Fui a hacerme un té cargado y entonces me di cuenta de que una de las páginas del libro estaba marcada con una

brizna de hierba. Leí un pasaje sobre el cual aún no habíamos trabajado, el fragmento de una de las cartas de Blake
a Richard Philips, delicadamente subrayado con un lápiz
(a Dioni no le gustaba nada de nada marcar en los libros):
«...leí en el artículo *El oráculo y los verdaderos britanos,* del
13 de octubre de 1807, que un cirujano con la fría pasión de
Robespierre –y aquí Dioni había añadido a lápiz, «el señor
Black Cout»– contribuyó a que la policía registrara la persona, los bienes y las propiedades de cierto astrólogo, para
acto seguido meterlo en prisión. Una persona capaz de leer
las estrellas a menudo es perseguida por su influencia, tal
como los seguidores de Newton, que no leen y no saben leer
las estrellas, y, sin embargo, son perseguidos por su forma
peculiar de razonar y de hacer experimentos. Todos somos
víctimas de lo errático; ¿quién podría jurar que no somos
criminales?». Tardé varios segundos en entender aquello, y
después me sentí desfallecer. El hígado se manifestó con un
dolor oscuro, creciente.

Colocaba en la mochila mis cosas y la laptop cuando oí
el ruido de un motor de coche, quizá de dos coches. No había tiempo para pensar, agarré todo aquello y salí corriendo
hacia abajo, hacia el cuarto de la caldera. Por un momento,
tuve la certeza de que allí estarían esperando mi madre y mi
abuela. Y las chicas muertas. Quizás habría sido la mejor de
las soluciones: unirme a ellas. Pero no había nadie.

Entre el cuarto de la caldera y el garaje había un pequeño
escondrijo para los contadores de agua, los cables y las esco-
bas. Todas las casas deberían tener un escondrijo así para el
caso de persecuciones y guerras. Todas las casas. Allí dentro,
en pijama y pantuflas, me metí con la mochila y la laptop bajo
el brazo. La barriga me dolía cada vez más. Primero oí unos

golpes, después el chirriar de la puerta de la entrada y unos pasos. Oí cómo subían por las escaleras y cómo abrían todas las puertas. Oí la voz de Abrigo Negro y de aquel joven policía que trabajaba con el comandante y que después me interrogó. Pero también había otras voces, de agentes que no conocía. Sentí cómo se dispersaron por toda la casa y me llamaban:

—¡Ciudadana Duszejko! ¡Señora Janina! —y aunque sólo fuera por aquel motivo, no tuve ganas de responder.

Subieron al piso superior, yo estaba segura de que lo estaban llenando todo de barro, y entraron a todas las habitaciones. Después, uno de ellos bajó y al cabo de un rato, se abrió la puerta del cuarto de la caldera. Alguien entró y caminó lentamente por todas partes, luego entró en la despensa y al final en el garaje. Sentí el movimiento del aire cuando pasó apenas a unos centímetros de mí. Contuve la respiración.

—¿Dónde estás, Adam? —una voz llegó desde arriba.

—¡Aquí! —gritó alguien junto a mi oído—. Por aquí no hay nadie.

La persona allá arriba soltó una grosería. Una muy fuerte.

—¡Brrr, qué lugar más desagradable! —dijo para sí el que recorría el cuarto de la caldera y se fue sin apagar la luz.

Los oí cuando estaban en la entrada, deliberando.

—Debió irse de su casa hace tiempo…

—Pero ha dejado el coche. ¿Bastante raro, no? ¿Se habrá ido a pie?

Entonces se sumó a ellos la voz de Pandedios, sofocado, como si hubiera llegado corriendo tras de la policía:

—Me dijo que iba a ir a casa de una amiga, a Szczecin.

¿De dónde había sacado que yo tenía una amiga en Szczecin? Tenía su gracia.

—¿Y por qué no me lo dijo antes, papá?

Pandedios no respondió.

—¿A Szczecin? ¿Tiene una amiga allí? ¿Qué sabe de eso, papá? —preguntó Abrigo Negro, enfurruñado. A Pandedios debió parecerle desagradable que su hijo lo amonestara de aquella manera.

—¿Cómo podría llegar hasta allí? —y hubo una vivaz discusión al final de la cual volvió a abrirse paso la voz del joven policía:

—¿Qué le vamos a hacer? Llegamos tarde. Nos faltó muy poco para capturarla. ¡Cuánto tiempo consiguió engañarnos! Es increíble que la hayamos tenido tantas veces al alcance de la mano.

Ahora estaban todos en la entrada, y desde mi escondite advertí que alguno de ellos había encendido un cigarrillo.

—Hay que llamar inmediatamente a Szczecin y comprobar cómo podría llegar ahí. ¿En autobús, en tren, pidiendo aventón? Hay que enviar una orden de búsqueda y captura —dijo Abrigo Negro.

Y el policía joven agregó:

—No iremos a buscarla con una brigada antiterrorista... Es una mujer vieja y extravagante. Loca de atar.

—Es peligrosa —soltó Abrigo Negro, y sentí que se fueron.

—Hay que sellar la puerta —dijo alguien—. Y la de abajo.

—Bueno, de acuerdo. Vamos —comentaron entre sí.

De repente oí la sonora voz de Pandedios:

—Me casaré con ella cuando salga de la cárcel.

E inmediatamente después se oyó la voz enfadada de Abrigo Negro.

—Papá, ¿usted ha perdido definitivamente la cabeza?

Permanecí allí, incrustada en el rincón, en absoluta oscuridad, todavía mucho después de que se hubieran ido, hasta que oí el ruido de los motores de sus coches a lo lejos, e incluso después esperé casi una hora, rodeada únicamente del sonido de mi propia respiración. Ya no me veía obligada a soñar. Estaba en el cuarto de la caldera, como en mis sueños, en el lugar al que acudían los muertos. Me pareció que oía sus voces en algún lugar bajo el garaje, en la profundidad del promontorio, un gran desfile subterráneo. Pero se trataba otra vez del viento, como suele suceder en la meseta. Me deslicé a escondidas hacia arriba y me vestí rápidamente con ropa de viaje. Sólo llevaba dos pequeñas bolsas. Alí me habría elogiado. Había evidentemente una tercera salida de la casa, a través del cobertizo, y por allí me escabullí, dejándoles a los muertos la casa.

Esperé en la cabaña de los profesores hasta que oscureció. Llevaba conmigo únicamente lo más importante: mis apuntes, los libros de Blake, las medicinas y la laptop con mis apuntes sobre astrología. Y las *Efemérides* claro está, por si me encontraba en el futuro en alguna isla desierta. Cuanto más me alejaba de la casa por la escasa y húmeda nieve, tanto más ligera me sentía anímicamente. Observé desde la frontera mi meseta y me vino a la mente el momento en el que la vi por primera vez, con admiración, pero todavía sin presentir que algún día viviría allí. Que no sepamos lo que va a suceder es un impresionante error en el programa del mundo. Habría que arreglarlo en cuanto fuera posible.

En los valles más allá de la meseta ya se habían posado unas espesas tinieblas y, desde arriba, vi las luces de las ciudades más grandes –Lewin y Frankenstein– lejos en el horizonte, y al norte, Kłodzko. El aire era limpio y las luces centelleaban. Allí, más arriba, donde yo estaba, la noche aún no había llegado; al oeste el cielo seguía siendo

anaranjado-marrón y seguía oscureciendo. Pero yo no temía a la oscuridad. Avancé hacia delante, en dirección de
los Montes Mesa, tropezando con terrones de tierra ya helados, con matas de hierbas secas. Tenía calor con aquellos
forros polares que usaba, mi gorra y mi bufanda, pero sabía
que en cuanto pasara al otro lado de la frontera ya no serían
necesarios. En la República Checa siempre hace más calor.

Y entonces allí, del lado checo, brilló Venus en el horizonte.

Minuto a minuto el cielo se volvía cada vez más claro,
como si a su rostro oscuro le apareciera una sonrisa, así que
supe que había tomado una buena dirección y llevaba el
rumbo adecuado. El cielo brilló mientras atravesé el bosque
y crucé la frontera imperceptiblemente. El cielo me guiaba.
Avancé por los campos checos todo el tiempo hacia él. Y él
descendía cada vez más y me parecía que me animaba a ir
tras él más allá del horizonte.

Me condujo hasta la carretera, desde donde ya podía ver
la ciudad de Náchod. Anduve a lo largo del camino en un
estado de ánimo liviano y alegre, lo que sucediera a partir
de aquel momento sería bueno y adecuado. No tenía miedo de nada, a pesar de que las calles de esa ciudad checa estaban vacías. Pero ¿acaso se puede temer algo en Chequia?

Por eso, cuando me detuve frente al escaparate de la librería sin saber qué pasaría después, Venus seguía conmigo,
aunque invisible tras los tejados de las casas.

Resultó que a pesar de lo avanzado de la hora, había alguien dentro. Llamé y me abrió el mismísimo Honza, sin
sorprenderse en absoluto. Le dije que necesitaba un sitio
para dormir. Él pronunció una sola palabra:

—Sí –y me hizo pasar al interior sin hacer preguntas.

Unos días más tarde vino a buscarme Boros. Me trajo ropa y pelucas que Buena Nueva había preparado cuidadosamente para mí. Parecíamos una pareja de ancianos que iba a un entierro, y en cierta medida era así: íbamos a mi propio entierro. Boros incluso había comprado una preciosa corona de flores. Llegó en un coche que le habían prestado sus estudiantes y conducía de manera veloz y segura. El viaje fue largo y agotador. Nos detuvimos con frecuencia, porque me sentía muy débil. Cuando llegamos a nuestro destino, no podía mantenerme en pie y Boros me tomó en brazos para cruzar el umbral.

Ahora vivo en una Estación Entomológica, en los confines de la Selva de Białowieża, e intento hacer todos los días una pequeña ronda, aunque tengo dificultades para caminar. Poco es lo que puedo cuidar por aquí, pues el bosque es impenetrable. A veces, cuando sube la temperatura y oscila en torno a los cero grados, aparecen sobre la nieve apáticos dípteros, colémbolos y *Cynips quercus folii* –ya me he aprendido sus nombres. Con frecuencia veo arañas. Me he enterado de que la mayoría de los insectos caen en letargo invernal. Las hormigas se apiñan unas contra otras en la profundidad del hormiguero, formando un gran ovillo y duermen así hasta la primavera. Desearía que la gente se tuviera ese tipo de confianza. El cambio de aires y las últimas emociones parece que han hecho que mis dolencias se agraven, así que por regla general permanezco sentada y mirando por la ventana.

Cuando Boros aparece por aquí, siempre lleva en el termo alguna sopa interesante. Yo no tengo fuerzas para cocinar. Me trae también periódicos y me anima a leerlos, pero a mí me dan asco. Los periódicos buscan que entremos en un permanente estado de desasosiego para dirigir nuestras emociones lejos de aquello hacia lo que realmente deberían encaminarse. ¿Por qué debería someterme a su autoridad y acatar sus órdenes? Doy vueltas alrededor de la casa, y recorro los senderos en una y otra dirección. Se da el caso de que no reconozco mis propias huellas en la nieve y entonces pregunto: ¿quién ha pasado por aquí? ¿De quién son estas pisadas? Creo que es una buena señal esto de no reconocerse a uno mismo. A pesar de todo intento concluir mis pesquisas. Mi propio horóscopo es ese número mil, y a menudo trabajo en él intentando comprenderlo. ¿Quién soy? Hay una cosa segura: conozco la fecha de mi muerte.

Pienso en Pandedios, que este invierno estará solo en la meseta. Y en el piso de hormigón, ignoro si aguantará las heladas. Me pregunto cómo harán todos para superar el nuevo invierno: los murciélagos en el sótano de los profesores. Los corzos y los zorros...

Buena Nueva estudia en Wrocław y vive en mi departamento. Dioni también está allí, porque en pareja se vive más fácil. Lo único que lamento es que no logré convencerlo sobre los beneficios de la astrología. Pero le escribo a menudo por medio de Boros.

Ayer le envié a Dioni un pequeño relato. Él sabrá a qué me refiero:

En la Edad Media, antes de que san Agustín prohibiera leer el futuro en las estrellas, cierto monje astrólogo predijo su propia muerte con ayuda del horóscopo. Había de morir por el golpe de una piedra que le caería en la cabeza. Desde aquel momento, bajo la capucha de monje llevaba siempre un casco de hierro. Hasta que un Viernes Santo se quitó la capucha y el casco de hierro, *más por no llamar la atención de la gente congregada en la iglesia que por amor a Dios. Y entonces le cayó una pequeña piedra en la cabeza, y lo hirió levemente. El monje, sin embargo, estaba convencido de que la predicción se había cumplido, así que ordenó todas sus cosas y un mes más tarde murió.*

Así son estas cosas, Dioni.

Pero aún me queda bastante tiempo.

Nota de la autora

Los epígrafes y las citas recogidos en el libro proceden de *Proverbs of Hell*, *Auguries of the Innocence*, *The Mental Traveller* y de las cartas de William Blake. El fragmento de las páginas 189-190 procede de la canción de The Doors titulada «Riders on the Storm».

El sermón del padre Susurro es una recopilación de sermones reales de capellanes cazadores, encontrados en internet.

Agradezco al Netherlands Institute for Advanced Study (NIAS) por haberme proporcionado la tranquilidad necesaria para llevar a cabo mi labor como escritora.

Nota del traductor

Los epígrafes y las citas recogidos en el libro proceden de la antología española *Ver un mundo en un grano de arena (poesía)* de William Blake en traducción de Jordi Doce (Editorial Visor Libros, 2009).

ÍNDICE

Esta obra se imprimió y encuadernó
en el mes de septiembre de 2021,
en los talleres de Diversidad Gráfica S.A. de C.V.,
Privada de Av. 11 No. 4-5, Col. Vergel,
C.P. 09880, Iztapalapa, Ciudad de México.